JOHN O'HARA

L'enfer commence avec elle

traduit de l'anglais (États-unis)
par Yves Malartic

édition révisée par Mathilde Deprez

ÉDITIONS DE L'OLIVIER

L'édition originale de cet ouvrage
a paru en 1935 chez Harcourt Brace & Company
sous le titre *Butterfield 8*.

La première édition française de cet ouvrage
a paru en 2008 chez Bernard Pascuito éditeur.

ISBN : 978.2.8236.1500.5

1

En ce dimanche matin du mois de mai, celle qui allait mettre New York en émoi se réveilla beaucoup plus tôt que ne l'auraient laissé présager ses occupations de la veille au soir. En moins d'une minute, elle passa du sommeil au réveil complet, et plongea en plein désespoir. Le genre de désespoir qu'elle avait peut-être connu deux mille fois auparavant, à raison de trois cent soixante-cinq matinées par an. En général, il était dû au remords pour ce qu'elle avait fait, et à la certitude de continuer à agir de la sorte. Mais les raisons profondes de ces quelques minutes de terreur et de solitude ne lui apparaissaient pas toujours clairement. Ces derniers temps, elle avait l'impression d'être allée très loin. Suffisamment loin pour admettre que ce qu'elle avait dit ou fait la nuit précédente n'était pas l'unique explication. Sa conduite de la veille, qu'elle rendait volontiers responsable de son accablement présent, était certes déplorable, mais pas toujours si abominable qu'elle dût se réveiller dans un tel état. Elle se rendait compte, quoique vaguement et seulement une fois qu'elle fut habituée à se montrer malhonnête envers elle-même, qu'elle avait pris le pli du désespoir. Elle s'était beaucoup éloignée du sentiment originel parce qu'elle s'était endurcie au point d'ignorer la cause première, fondamentale, de toutes les afflictions qu'elle avait connues dans sa vie.

Or cette cause existait bel et bien.

Mais pendant des années elle s'était refusée à y penser, espérant ainsi l'oublier, s'en éloigner. Si bien que chaque matin au réveil – parfois l'après-midi –, elle se demandait avec angoisse ce qu'elle avait bien pu faire la veille pour être aussi terrifiée. Elle finissait par se remémorer les faits et, durant une fraction de seconde, un semblant de vérité lui apparaissait. *Oui,* se disait-elle, *je me rappelle.* Elle se souvenait alors d'une action incontestablement mauvaise, et cherchait à l'expliquer de manière plus ou moins acceptable. Puis elle se maudissait et pleurait, et se murmurait des injures. Elle ne s'épargnait rien au cours de ces crises de rage, se murmurant encore et encore des choses que les hommes se disent lorsqu'ils veulent se pousser à tuer. Cet exercice l'épuisait physiquement et la laissait dans un état de fébrilité bravache – un état qui, malgré tout, échappait à tout le monde. Nul n'aurait pu remarquer chez elle autre chose qu'une attitude d'insolent défi ; elle seule savait qu'il s'agissait là d'un manège. Juste d'un manège.

D'abord, tu te lèves et tu t'habilles. Ce dimanche matin-là, elle fit une chose qu'elle avait l'habitude de faire et qui lui procurait un certain plaisir. Comme le cordon de son pyjama s'était dénoué durant la nuit, elle l'ouvrit et pouffa. Puis elle se demanda : *Où peut-il bien être ?*

Elle sortit du lit, serrant le pyjama trop grand contre son corps, et parcourut l'appartement d'un pas incertain, encore ivre de la veille. Elle ne trouva pas celui qu'elle cherchait. L'appartement était grand. Un piano à queue trônait au milieu d'une pièce spacieuse au mobilier massif. Dans un coin de cette pièce, sur une étagère, étaient posés des agrandissements photographiques représentant des hommes, des femmes, des garçons et des filles, en selle ou debout à côté de leur monture. Sur l'un des clichés, une jeune fille était assise dans une voiture deux places attelée à un cheval ; si l'on regardait attentivement, on apercevait les rênes, sans doute tenues par un valet d'écurie hors-champ. Plusieurs cadres contenaient des rosettes de concours hippiques, ou des rubans remportés à une foire du Connecticut. D'autres images représentaient des yachts ; mais si elle y avait regardé de plus près, elle aurait remarqué qu'il ne s'agissait en réalité que de reproductions du même yacht du Sound Inter-Club. Il y avait une photo d'aviron montrant un huit barré, et une autre d'un rameur tenant son aviron, qu'elle examina avec soin. Ses cheveux étaient coupés court. Il portait de grosses chaussettes de laine, un polo en coton avec trois boutons au col, orné d'une initiale sur la poitrine, et un short qui plissait au milieu à cause de son slip et de ce qu'il contenait. Elle s'étonna qu'il affichât un portrait pareil dans cette pièce, où ses filles pourraient le voir. *Enfin bon, si personne ne leur dit que c'est leur père, elles ne risquent pas de le reconnaître sur cette photo.*

La salle à manger était presque aussi vaste que le salon. La table lui évoquait des plats de viande nappés d'une sauce épaisse. L'appartement comportait quatre chambres à coucher en plus de celle où avait dormi Gloria. Deux d'entre elles étaient des chambres de jeunes filles, la troisième était celle de la domestique, et la quatrième, celle d'une femme. Gloria s'attarda dans celle-ci.

Elle parcourut les armoires et inventoria les vêtements. Elle contempla le lit impeccablement fait. Elle déboucha les flacons sur la coiffeuse, huma leur parfum, puis elle ouvrit une autre armoire. La première chose qu'elle vit fut un manteau de vison qui accapara toute son attention.

Elle retourna dans la chambre où elle avait dormi. Elle rassembla ses vêtements éparpillés : chaussures, bas, culotte, robe de soirée. *Je ne peux pas sortir ainsi*, pensa-t-elle. *Je ne peux pas sortir en pleine journée vêtue d'une robe et d'un manteau de soirée.*

Le manteau, en fait une cape, était soigneusement plié sur une chaise. Mais en regardant sa robe de plus près, elle se rappela mieux ce qui s'était passé la veille. La robe était déchirée, fendue du décolleté jusqu'à la ceinture. *Le fils de pute.* Elle jeta le vêtement au fond d'un des placards et retira le pyjama qu'elle portait, qui était d'ailleurs à lui. Elle prit une douche et se sécha lentement avec toutes les serviettes qui lui tombèrent sous la main, qu'elle éparpilla ensuite sur le carrelage. Elle prit sa brosse à dents et la passa sous une eau trop brûlante pour qu'elle pût la toucher, mais suffisamment pour la stériliser. Ça la fit rire. *Je couche avec lui au risque d'attraper n'importe quoi et je stérilise sa brosse à dents.* Elle se brossa les dents et se fit un bain de bouche, puis se prépara une dose de purgatif qu'elle avala avec plaisir. Elle se sentit mieux et se sentirait bientôt encore mieux. Le désespoir se dissipait. Elle savait quel méfait elle allait commettre et ça ne lui posait plus le moindre problème. C'était à peine si elle pouvait attendre.

Elle enfila sa culotte, ses bas et ses chaussures, se coiffa et se farda très légèrement. Elle ouvrit la porte d'un placard, fouilla les poches d'un smoking et n'y trouva pas ce qu'elle cherchait : des cigarettes, qu'elle dénicha dans un coffret rangé dans le tiroir du haut d'une commode. Elle en alluma une et se rendit dans la cuisine. Là, sur la table, elle avisa une enveloppe qu'elle n'avait pas encore remarquée et sur laquelle était écrit « Gloria » au crayon, en lettres rondes et penchées.

Soulevant le rabat qui, bien que collant, n'adhérait pas, elle retira de l'enveloppe trois billets de vingt dollars et le message suivant :

« Gloria, voici pour ta robe de soirée. Je dois aller à la campagne. Je te téléphonerai mardi ou mercredi. W. »

« Ben voyons », dit Gloria à voix haute.

Elle s'activa un peu. Dans le placard d'une des filles, elle trouva deux chapeaux de feutre noir quasi identiques et en prit un : *Elle s'imaginera qu'elle a emporté l'autre à la campagne et qu'elle l'a perdu.* Elle était consciente d'offrir un spectacle comique, en chaussures, bas, culotte et chapeau. *On va arranger ça.* Dans la chambre de la femme, elle s'empara du manteau de vison et l'enfila. Elle regagna ensuite la chambre de l'homme et mit les soixante dollars dans son petit sac de soirée orné de perles en cristal. Elle était parée.

En sortant de l'appartement, elle s'arrêta dans le vestibule devant un miroir en pied. Elle était amusée : *Si on n'était pas au printemps, cette tenue serait absolument épatante. Mais bon, ce n'est pas mal quand même.*

Elle souriait encore dans l'ascenseur. Le garçon n'était pas beau, mais il était grand et jeune, manifestement d'origine germanique. Elle songea, toujours avec amusement, à la tête qu'il ferait si elle écartait les pans de son manteau de vison.

« Je vais vous chercher un taxi, mademoiselle ? proposa-t-il, sans se retourner complètement.

– Oui, s'il vous plaît », répondit-elle.

Il serait certainement incapable de la décrire si on le lui demandait. Tout juste se rappellerait-il qu'elle était jolie, ou du moins en donnait l'impression. Il retiendrait surtout qu'elle portait un manteau de vison, or ceux qui l'interrogeraient sauraient déjà qu'elle portait un manteau de vison, puisque ce serait précisément la raison pour laquelle ils l'interrogeraient. La nuit précédente, lorsqu'elle était entrée dans cette maison, ce n'était pas lui mais un vieil homme qui manœuvrait l'ascenseur. Gloria se rappelait qu'il n'avait pas retiré sa casquette. Elle se souvenait de la casquette. Donc ce jeune homme ignorait qu'elle était entrée dans l'appartement en cape de velours pour en ressortir en manteau de vison. Évidemment. Sans doute ignorait-il même de quel appartement elle venait.

Elle le laissa la précéder dans le couloir jusqu'à la grande porte métallique vitrée et le vit héler un taxi. Elle ne lui donna pas de pourboire, pour éviter qu'il se souvînt d'elle. Puis elle grimpa dans le taxi et s'installa au fond dans le coin, hors de son champ de vision.

« Quelle adresse, m'dame ? demanda le chauffeur.

– Washington Square. Je vous arrêterai. »

Gloria était résolue à payer le chauffeur près de Washington Square et à entrer dans un immeuble quelconque où elle demanderait au hasard si Mme Unetelle habitait là. Elle resterait dans le hall assez longtemps pour être sûre que le taxi fût reparti. Puis elle en prendrait un autre pour aller à Horatio Street surprendre Eddie. Sans doute le trouverait-elle en bonne compagnie, en ce dimanche matin. Elle était d'excellente humeur et décida, sitôt débarrassée de son taxi, d'acheter une bouteille de whisky pour la boire avec Eddie et sa petite amie. Au coin de Madison, le taxi faillit écraser un couple de piétons. L'homme et le chauffeur s'injurièrent.

« Allez-y, dit Gloria, crachez-lui à la gueule ! »

Dans le même quartier, une autre jeune fille, assise à l'extrémité d'une assez longue table de réfectoire, fumait en lisant le journal. De temps en temps, elle posait sa cigarette sur le bord d'un cendrier et frottait ses cheveux courts, encore humides sur la nuque. Le reste de sa chevelure était sec et une ligne rose sur son front indiquait l'emplacement de son bonnet de douche. Elle frottait ses cheveux pour les faire sécher, puis s'essuyait les doigts sur le col de son peignoir. Ensuite sa main glissait et s'arrêtait sur sa poitrine, où elle demeurait de manière à la recouvrir en partie, les doigts nichés sous son bras, au creux de l'aisselle. Lorsqu'elle arriva à la fin d'une page, elle reprit sa cigarette et en tira quelques bouffées, jusqu'à ce que la chaleur de son bout incandescent l'avertît qu'elle allait se brûler les doigts. Elle la reposa alors dans le cendrier et recommença à se frotter les cheveux.

Puis elle se leva et sortit de la pièce. Elle revint presque nue, vêtue d'une simple culotte et d'un soutien-gorge. Elle ne retourna pas vers la table, mais posa un genou sur une chaise près de la fenêtre et regarda la rue. Une sonnerie retentit, et elle alla répondre dans la cuisine.

« Allô… dites-lui de monter, s'il vous plaît. »

Elle se hâta vers la chambre et en ressortit vêtue d'une jupe de tweed et d'un cardigan de cachemire, de bas en laine fine et de brogues qui claquaient un peu. Une autre sonnerie retentit et elle ouvrit la porte.

« Salut, salut ! Comment va mademoiselle Stannard ? Comment va mademoiselle Stannard ?

– Bonjour, Jimmy », répondit la jeune fille.

Elle referma la porte. Aussitôt, il la prit dans ses bras et l'embrassa.

« Hmm. Pas de réponse », dit-il en jetant son chapeau sur une chaise et en s'asseyant avant elle.

Il tendit machinalement son paquet de cigarettes. Elle fit non de la tête.

« Café ? proposa-t-elle.

– Oui, volontiers, s'il est bon.

– Je l'ai fait moi-même et j'en ai pris deux tasses. Il est buvable.

– Si c'est toi qui l'as fait, tu es mauvais juge.

– En veux-tu, oui ou non ?

– Une goutte seulement. Un fond de tasse bien chaud pour le gentleman en costume bleu.

– Au fait, pourquoi ce costume bleu ? Tu n'as donc pas pu emprunter la voiture de ton copain Machin-chose ? Nous devions aller à la campagne. »

Elle jeta un coup d'œil à ses propres vêtements et à ceux du jeune homme. Il portait un complet de serge bleue, une chemise au col amidonné et des souliers noirs.

« Est-ce que tu as eu cette place à Wall Street dont tu parlais l'autre jour ?

– Non. Non, aux deux questions. Norman Goodman, qui est mon copain et ne s'appelle pas Machin-chose, ne m'a pas prêté sa voiture. D'ailleurs, tu le connais et l'autre soir tu l'appelais même par son prénom. Quant au boulot à Wall Street, je n'en parlerai même pas. Norman m'a téléphoné hier soir pour me dire qu'il devait conduire son père à une cérémonie de circoncision ou quelque chose comme ça.

– Son père est rabbin ?

– Mais non, ne sois pas si… Son père n'est pas rabbin. C'est moi qui ai inventé cette histoire de circoncision.

– Alors qu'allons-nous faire ? Je présume que personne d'autre ne t'a prêté de voiture. Par un si beau temps, nous aurions été très bien à la campagne.

– Je suis en fonds. Je pense que nous pourrions aller prendre un petit-déjeuner au Plaza, mais puisque tu l'as déjà pris… Je suis supposé couvrir un sermon protestant, par un si beau dimanche de printemps. Je ne comprends pas pourquoi ils m'envoient sur place, puisque nous recevons le texte complet au bureau. Je me contente d'aller à ce foutu temple, et puis je retourne au bureau et recopie le sermon ou le mets en forme. Je n'ai qu'à trouver un titre, comme "La crise économique a réveillé la foi du peuple américain, déclare le révérend Makepeace John Meriwether (ne mettez pas de *a* sinon vous êtes viré), recteur de la cathédrale Saint-Patrick de l'Église méthodiste épiscopale libre, etc., etc." Pourrais-je avoir un peu de crème ?

– Je n'en ai plus. Du lait, ça ira ?

– Eh bien, tu as une sacrée silhouette, Isabel ! Bouge un peu, va jusqu'à la fenêtre, que je t'admire.

– Non, dit-elle en s'asseyant. Alors, qu'allons-nous faire, aujourd'hui ?

– Pas de Plaza ? Je suis en fonds.

– Et d'où te vient cette fortune ?

– J'ai vendu quelque chose au *New Yorker*.

– Vraiment ? Quoi donc ?

– Voilà à peu près un mois, je regardais par la fenêtre du dernier étage d'un building situé près de la tombe du général Grant et j'ai remarqué, de l'autre côté du fleuve, toute une colonie de bateaux. Sais-tu qu'en plein New York, des gens habitent leurs bateaux de plaisance tout l'hiver ? En réalité, ces bateaux ont le gaz et l'électricité, de la lumière et la radio, et sont montés sur pilotis, des pilotis de bois. Au printemps, on coupe toutes les amarres, un remorqueur les tire à l'eau, ils voguent jusqu'à Rockaway ou ailleurs, et vivent là-bas tout l'été. Je me suis dit que ça ferait une bonne histoire pour la rubrique "Nouvelles de la ville", j'ai creusé tout ça et j'ai envoyé un article. Hier j'ai reçu un chèque de trente-six dollars qui tombe à pic. On me demande d'en écrire d'autres.

– Et tu vas le faire, j'espère.

– Je voudrais bien, mais, crois-moi ou non, j'aurai bientôt un travail permanent et mon roman me prend beaucoup de temps.

– Ce roman avance-t-il ?

– À petits pas, à petits pas, comme le père Noël.

– Jimmy, je crois que je vais te quitter.

– Pour toujours ?

– Encore une déception comme aujourd'hui et ce sera pour toujours. Tu ne trouves pas qu'on serait mieux à la campagne par un aussi beau temps ? »

Elle se leva et se posta à la fenêtre.

« Viens voir ces types. Je ne me lasse pas de les regarder.

– Quels types ? Je suis trop bien assis pour me déranger et aller voir des types. Raconte-moi ce qu'ils font.

– Les types aux pigeons. Ils passent leur dimanche sur leurs toits à chasser les pigeons. La femme de ménage m'a expliqué pourquoi. Souvent, dans la confusion, les pigeons se trompent de groupe et reviennent plus nombreux qu'ils ne sont partis. Par exemple, celui qui en a dix-huit espère qu'il en revienne dix-neuf ou vingt, qu'aux siens s'en joindront un ou deux appartenant à quelqu'un d'autre. Ce n'est pas *à proprement parler* du vol.

– Mais tu ne voulais pas venir petit-déjeuner avec moi au Plaza ?

– J'ai déjà petit-déjeuné et toi aussi, si j'ai bien compris.

– Le meilleur petit-déjeuner de ma vie : jus d'orange, toasts et marmelade, café. Je pensais qu'on aurait pu manger des rognons, une omelette et des pommes de terre frites. Comme les Anglais. Mais si tu n'y tiens pas, tant pis. Je me disais juste que ce serait sympa, ou au moins que ça sortirait de l'ordinaire.

– Un autre jour, peut-être. Mais puisque tu insistes, je vais me changer et nous allons dépenser ton argent autrement.

– Je n'ai pas oublié que je te dois dix dollars.

– Eh bien ! Nous les dépenserons d'abord. Une minute, je me change. »

Resté seul, il ramassa quelques pages du journal et s'écria :

« Le *Times* ! Tu ne liras jamais rien de moi dans le *Times*. Pourquoi achètes-tu un journal pareil ? »

Mais elle avait fermé la porte de la chambre. Dix minutes plus tard, elle reparut.

« Hmm. Jolie. Jolie. Hmm.

– Ça te plaît ?

– La plus jolie robe que j'aie jamais vue. Et ce chapeau, adorable ! La mode de cette année me plaît beaucoup. Ces petits chapeaux sont si mignons ! Je crois qu'ils vont bien avec la manière dont tu te coiffes.

– En effet, mais dans ce cas précis tu tombes mal, une partie de mes cheveux est encore humide et j'ai l'air d'une gorgone. C'est ta faute ; je n'aurais pas pris de douche si j'avais su que nous n'allions pas à la campagne. J'aurais pris un vrai bain et mes cheveux seraient encore secs. Rappelle-moi de passer à la pharmacie…

– Mon amour, quel bonheur !

– … pour acheter un bonnet de douche convenable. Jimmy, avant de sortir, il faut que je te répète, et pour la dernière fois, que je ne veux plus entendre de telles grossièretés. Je ne suis pas ta maîtresse et je ne suis pas une fille des rues. Je n'ai pas l'habitude d'entendre ça. Ce n'est pas drôle, personne ne m'a jamais parlé ainsi. Tu parles comme ça aux femmes qui travaillent dans les journaux ? Si c'est le cas, je suis certaine que ça ne doit pas toujours leur faire plaisir. Tu peux admirer ma robe sans passer au crible ma silhouette et…

– Et pourquoi donc, grands dieux ? Cette robe n'est-elle pas destinée à mettre ta silhouette en valeur ? Elle te va bien parce que tu as une jolie poitrine et tout. Alors pourquoi devrais-je me taire ?

– Tu ferais mieux de partir, lui dit-elle en retirant son chapeau et en s'asseyant.

– Très bien, je m'en vais. »

Il prit son chapeau, marcha à pas lents jusqu'à la porte de l'appartement, posa la main sur le bouton de la porte puis revint sur ses pas.

« Je ne t'ai pas rappelé.

– Je le sais, et tu n'as pas bougé. Pourtant je suis aussi incapable de franchir cette porte que de sauter par la fenêtre. Pardonne-moi, s'il te plaît.

– Et tu recommenceras, de la même manière, pour les mêmes raisons. Puis tu demanderas pardon et je te pardonnerai. Chaque fois que je te pardonne, Jimmy, je m'en veux terriblement, parce que j'ai horreur de ces manières. Et je sais, je *sais* que tu me parles ainsi parce que tu crois que je fais partie de ces filles qui le méritent, et cette idée me rend malade. J'en ai assez !

– Chérie, ce n'est pas vrai. Tu n'es pas comme les autres filles. Tu es toi, Isabel. Vas-tu finir par me croire quand je te dis ce que je t'ai dit si souvent ? Que quoi que nous fassions, lorsque je te vois, le matin, le jour, avec d'autres, je suis ébloui en pensant que tu es ma petite amie. Ou que tu l'as été un jour. Tu es si jolie dans cette robe, avec ce chapeau. Je suis vraiment navré.

– Tu ne dirais pas des choses pareilles à Lib. Ou à Caroline.

– Je ne leur dirais ni ces choses-là ni d'autres. Je n'ai aucune raison de leur parler. Elles m'ennuient. Et puis sortons avant que je dise encore des sottises.

– C'est bien, embrasse-moi. Pas trop fort. »

Elle tendit la main. Il l'aida à se lever et l'attira vers lui.

« Mais c'est impossible. Comment ferais-je pour ne pas t'embrasser fort ? rit-il.

– Pas tout à fait impossible. Chaque chose en son temps, dit-elle en riant également.

– Et maintenant, je n'ai plus envie de partir.

– Nous sortons. Voyons si j'ai ma clé. »

Elle fouilla dans son sac.

« Oui, je l'ai. Oh, Jimmy, le rouge à lèvres ! Viens ici, que je l'efface. Ton mouchoir. »

Il tint la porte ouverte pour la laisser passer et, de sa main libre, fit derrière elle le geste de lui claquer les fesses, mais se garda bien de la toucher. Elle appuya sur le bouton de l'ascenseur qui monta en grognant et sifflant, puis dont la porte s'ouvrit.

« Bonjour, mademoiselle Stannard, la salua le liftier.

– Bonjour », répondit-elle.

Un étage plus bas, la cabine s'arrêta, un couple y entra. L'homme était exactement de la même taille que la femme, ce qui le faisait paraître plus petit.

« Bonjour, monsieur Farley, bonjour, madame Farley, dit le liftier.

– Bonjour », répondirent les Farley.

Personne dans l'ascenseur ne regardait son voisin. Tous se taisaient, les yeux fixés sur les épaules du liftier. Au rez-de-chaussée, Isabel indiqua d'un léger sourire qu'elle cédait la priorité à Mme Farley, puis elle sortit. M. Farley, d'un geste du menton, rendit la politesse à Jimmy et ses yeux s'arrondirent de surprise lorsqu'il vit que ce dernier ne se faisait pas prier. Mais les Farley les rattrapèrent à la porte, devant laquelle leur chauffeur tenait la portière de leur auto grande ouverte. Cette voiture, une Packard quatre places décapotable, faisait un sacré bruit, un peu comme un hors-bord filant sur l'eau.

« Voir de pareilles têtes de clowns entrer dans cette voiture et être obligés d'aller à pied, c'est rageant, dit Jimmy. Mais qu'importe ! Tout cela va changer, tout cela va changer ! Sais-tu quel est l'événement le plus sensationnel dont on parlait à Union Square[1] avant-hier ?

– Je ne veux même pas le savoir.

– Je n'aime pas ce ton-là, non, vraiment je n'aime pas ce ton », dit-il.

Puis il se mit à siffler et elle l'accompagna en chantant : « *Take me back to Manhattan, that dear old, dirty, town.* »

Au coin de Madison Avenue, un énorme taxi Paramount faillit les renverser. Jimmy injuria le chauffeur qui répondit :

« Je te crache à la gueule ! »

Isabel et Jimmy entendirent distinctement sa cliente, une jolie

1. Lieu de harangues et de manifestations. (*Toutes les notes sont du traducteur.*)

fille enveloppée dans un manteau de vison, lui dire : « Allez-y, crachez-lui à la gueule ! »

Le taxi grilla le feu et disparut vers le sud.

« Jolie fille, dit Isabel, tu la connais ?

– Et comment la connaîtrais-je ? Visiblement, elle habite ce quartier. Dans le centre nous n'employons pas un tel langage.

– Non, évidemment, et pourtant je te ferai remarquer que le taxi se dirigeait vers le centre.

– Fort bien, comme tu veux. De mon côté, dans le genre désagréable, je mentionnerai le couple de l'ascenseur. C'est l'archétype de l'ancien élève de Princeton avec ses lunettes vissées sur le nez et son épouse toujours à son bras. Je parie que, là, ils sont en train de se chicaner dans leur jolie bagnole. J'aime encore mieux une fille qui crie à un chauffeur de taxi : “Crachez-lui à la gueule !” que ces gens polis qui attendent d'être seuls pour se sauter à la gorge.

– Voilà en quoi nos avis divergent. J'aime mieux vivre dans ce quartier parce qu'au moins les gens…

– Je n'ai rien dit contre les habitants de ce quartier, contre le fait de les avoir pour voisins. J'ai simplement dit que j'aimais mieux ce genre de fille – cette fille – que ces gens. Voilà tout.

– Et moi, je maintiens que j'aime *mieux* cet homme et cette femme, et d'ailleurs, je les connais. C'est un architecte.

– Au diable ces gens-là. C'est la fille qui m'intéresse.

– Une fille qui porte un manteau de vison en cette saison ne doit pas valoir bien cher.

– Le manteau suggère quand même le contraire. » Il se tut un instant, puis reprit : « Sais-tu à quoi je pense ? Non, évidemment, mais je vais le dire quand même. Promets-moi de ne pas te vexer… Je me disais qu'une forte attirance sexuelle devait nous pousser l'un vers l'autre, puisque nous sommes toujours ensemble alors que nous nous disputons sans cesse.

– Nous nous disputons par ta faute, parce que tu me parles mal. »

Il ne répondit pas et tous deux continuèrent à marcher en silence.

Quand venait le dimanche matin, Paul Farley n'aimait pas rester seul avec sa femme, de même que Nancy Farley n'aimait pas rester seule avec Paul. Les Farley étaient catholiques. Ils n'en faisaient point étalage et, lorsqu'ils s'étaient mariés, la plupart des carnets mondains consacrés à leur union n'avaient pas même mentionné que la cérémonie avait lieu en l'église Saint-Vincent-Ferrer. De Paul, on avait dit : « Il a fait ses études à l'école privée de Lawrenceville puis à Princeton. Il a combattu à l'étranger avec le grade de sous-lieutenant dans une compagnie d'artillerie affectée à la 27e division. Il est membre de l'Association des anciens du 4e escadron, du Club des anciens élèves de Princeton, et du Racquet and Tennis Club. » De Nancy, on avait dit : « Mlle McBride, membre de la Junior Ligue, a fréquenté les écoles de Brearley et de Westover. Elle a fait ses débuts dans le monde l'hiver dernier au Club colonial et, peu après, lors d'un bal des célibataires à Baltimore, dans le Maryland. »

Après leur mariage, ils eurent trois enfants coup sur coup, mais à la mort du troisième, une fillette, Nancy, qui avait vraiment désiré une fille, prit la première grande décision de sa vie. Jusqu'alors elle avait toujours obéi à quelqu'un, sa mère, dans une moindre mesure son père, sa nurse, sa gouvernante, ses professeurs, son confesseur. Elle avait été élevée dans une maison où régnait une atmosphère de sainteté, car le frère de son père était un ami intime de feu le cardinal Gibbons. Les McBride continuaient à se conduire comme des amis de cardinaux. Toute la maisonnée était pieuse, domestiques compris. Lorsque Nancy était entrée dans le monde, la demeure familiale arborait encore nombre d'images pieuses et, dans chaque pièce, se trouvait au moins un tiroir empli de rosaires, chapelets, scapulaires, crucifix et autres médailles abandonnés. Les ouvrages du père Lasance, *Mon livre de prières*, *La Messe quotidienne* et d'autres livres de prières destinés à des occasions particulières étaient à peu près les seuls qu'on lût chez les McBride. L'une des batailles de Nancy contre la domination de ses aînés – toujours des défaites – fut d'obtenir qu'on retirât un petit bénitier de porcelaine accroché à la porte de sa chambre ; mais le jour de sa victoire, une amie de Westover avait longuement admiré ce saint objet et Nancy avait dû capituler.

Nancy était la cadette de quatre enfants. Le premier-né, Thornton, avait dix ans de plus qu'elle. Il avait fait ses études dans une des écoles préparatoires catholiques les plus sélectes, puis à Yale et dans une école de droit privée. Il travaillait avec son père et ne s'intéressait qu'au droit et au golf.

Venait ensuite son unique sœur, Mollie, son aînée de huit ans. À l'époque où Nancy s'était mariée, Mollie vivait aux Philippines avec son mari, officier de carrière.

Né deux ans après Mollie, Jay Joseph, qui s'était toujours fait appeler Jay, s'était révélé incapable de poursuivre ses études et, depuis qu'il avait contracté la tuberculose, il vivait au Nouveau-Mexique, consacrant son existence à une étude monumentale sur les relations entre l'Église et les Indiens du Sud-Ouest.

Un autre enfant aurait dû naître entre Jay et Nancy, mais la mère de Nancy avait fait une grossesse extra-utérine qui avait failli lui coûter la vie. On n'avait jamais parlé de cet événement à Nancy, ni pendant sa jeunesse ni même après la naissance de son deuxième enfant, dans la mesure où sa mère elle-même ne savait trop comment le lui expliquer. C'est après la mort du troisième qu'elle l'apprit et cette révélation l'indigna. Cela n'aurait peut-être rien changé à son souhait d'avoir des enfants, mais elle se sentit insultée par l'attitude de sa mère. Les gens devraient vous informer de ces choses-là. Votre propre mère devrait vous expliquer toutes ces choses-là. Mais entre ce qu'il fallait faire et ce qui était fait, il y avait un monde lorsqu'il était question de sa mère et de sexualité. Mme McBride mère acceptait les règles de sa religion selon lesquelles l'éducation sexuelle n'était pas souhaitable. Lorsque Nancy eut quatorze ans, sa mère se contenta de lui dire :

« C'est une chose qui arrive aux filles. » Puis ce fut tout jusqu'au mariage. Alors Mme McBride lui donna une deuxième leçon : « Ne te laisse pas toucher par Paul quand tu es indisposée. » Tout le reste, Nancy l'avait appris en confrontant ses connaissances avec celles de ses petites camarades d'école. Durant la guerre, elle eut une autre source d'informations : le gouvernement des États-Unis publia des brochures décrivant les atrocités commises par les Allemands sur les jeunes filles, nonnes, prêtres et vieilles femmes belges. Nancy lut ces brochures en secret ; ce qui ne l'incita pas à convertir son argent de poche en bons de la Défense nationale, mais lui permit de comprendre les différences qui existaient entre sa propre anatomie et celle des jeunes gens en compagnie desquels elle nageait, sur la côte de Long Island, durant les grandes vacances.

La vie sexuelle de Nancy avait été saine, normale, à peine douloureuse jusqu'à la mort de son troisième enfant. Paul était respectueux, tendre et gai. Ses grossesses, la paix incomparable qu'elle avait trouvée à allaiter, le sevrage qui s'ensuivait – elle avait vécu tout cela avec un minimum de craintes et de douleur, et parfois avec plaisir (surtout l'allaitement), éprouvant une joie divine, car elle se sentait vraiment croyante. Elle voulait beaucoup d'enfants et était heureuse que les choses fussent ainsi : l'Église approuvait les joies presque charnelles de la maternité. Puis, lorsque la petite fille mourut, Nancy découvrit que le corps n'est pas toujours la seule source de souffrance. Le jour où l'enfant mourut, Nancy rompit avec Rome. Rupture secrète, mais définitive, car un catholique ne se détourne pas de Rome à la légère.

L'homme muni d'une petite valise noire refusa l'aide des porteurs. Pourquoi lui porterait-on une petite chose comme ça ? N'était-il pas capable, lui, de porter une valise aussi légère ? Que s'imaginaient-ils ? Qu'il n'était pas suffisamment fort pour cela ? N'avait-il pas l'air assez fort pour porter un petit bagage, cette petite valise noire ? Pensaient-ils qu'il n'était pas assez jeune ?

Pensaient-ils qu'il était trop vieux ? Psst. Jove – Jupiter, à l'ablatif. Ces porteurs à casquette rouge étaient jeunes et semblaient costauds, mais il emplit ses poumons d'air et entra à grands pas dans la gare. Il parierait volontiers qu'il était aussi fort que la plupart d'entre eux. Il pourrait les casser en deux, et eux qui le pensaient trop vieux, ils voulaient lui porter sa petite valise. Il aurait bien voulu les voir travailler à la chaîne dans une usine, voir la sueur couler sur leur cuir satiné. Cuir satiné. Eh, elle n'est pas mauvaise. Ah ! Il aurait voulu être malade, ne plus penser à ces corps ; et il tapota son ventre, pinça sa clé Phi Bêta Kappa, et commença à enrouler la chaîne de sa montre autour de son doigt, mais tout le ramenait aux choses de la chair, et lui ne voulait plus penser à cela. Il aurait voulu penser à l'ablatif, à la périphrase passive et à la forme réfléchie, à la tangente et à la cotangente, à la réunion du conseil d'administration de l'école, qui aurait lieu le mardi suivant… Il aurait voulu ne pas avoir pensé au conseil d'administration qui se réunissait le mardi suivant, ou n'importe quel mardi. Il aurait voulu n'avoir toujours pensé qu'au conseil d'administration de mardi prochain.

Il monta dans un taxi et donna une adresse. Le chauffeur tarda tellement à mettre en route le compteur qu'il répéta l'adresse. Le chauffeur hocha la tête en se tournant à moitié vers lui. L'homme compara le visage qu'il voyait avec celui de la photo collée sur le tableau de bord. La ressemblance était approximative, comme d'habitude. Il supposa que la compagnie de taxis qui opérait à la gare avait bonne réputation. Oh, et puis ça n'avait aucune importance.

Je n'aurais jamais dû penser à autre chose qu'aux réunions du conseil d'administration de l'école. Cela m'aurait évité de traîner dans un satané taxi en plein New York et d'inventer des prétextes mensongers pour venir dans cette ville. Depuis que je la connais, ma vie n'est que mensonge. Que le diable l'emporte ! Je suis un homme bien. Je suis un homme mauvais, pire que cela même, mais elle est encore plus terrible que moi. Elle est vraiment néfaste, elle est le mal.

Pas seulement le mal, le Mal avec un grand M. Tout ce que j'ai fait de condamnable, c'est sa *faute, elle m'a corrompu, je n'avais jamais péché avant de la connaître. Enfin, j'avais péché, mais jamais à ce point-là. Je n'étais pas corrompu. Je n'avais jamais eu envie de venir à New York avant de la connaître, et c'est elle qui m'a attiré dans cette ville. C'est à cause d'elle que je mens à ma femme, que je la trompe, cette noble femme, cette pauvre et sainte femme. Cette fille est mauvaise, et les flammes de l'enfer ne seront pas assez ardentes pour elle. Oh, de l'air frais ! C'est bon, cet air frais, même dans un taxi. Mon Dieu ! Amos et Andy*[1]*. Voilà que je pense à Amos et Andy, et à ce qu'ils représentent. Chez moi. Sept heures du soir. L'odeur du dîner qui cuit, prêt à être servi, avec Amos et Andy sur les ondes. Est-ce que je suis homme à adorer Amos et Andy ?*

Il ouvrit la portière, sortit et paya le chauffeur.

1. Comiques de la radio, célèbres à l'époque.

2

Le jeune homme sortit de son lit et se dirigea vers la cuisine, où il appuya sur un bouton pour ouvrir la porte du rez-de-chaussée. Il était en sous-vêtements, une combinaison de coton, une pièce d'une fraîcheur douteuse. Il se passa la main dans les cheveux, bâilla et attendit que la sonnette retentît à présent à la porte de son propre appartement. Elle retentit et il entrouvrit :

« Oh ! dit-il en ouvrant complètement.

– Bonjour, chéri, regarde, ce que j'ai apporté ! » s'écria Gloria en levant vers lui une bouteille enveloppée de papier.

Il bâilla de nouveau, la remercia et se recoucha à plat ventre, le visage enfoui dans l'oreiller.

« Je n'en veux pas, murmura-t-il.

– Debout, c'est une magnifique matinée de printemps, dit Gloria. Je ne pensais pas te trouver seul.

– Oh ! Je suis seul. Je n'ai pas d'eau de Seltz. Il faudra que tu boives sec ou que tu te contentes de l'eau du robinet. Moi je n'en veux pas.

– Pourquoi ?

– Je me suis soûlé hier.

– En quel honneur ?

– Je ne m'en souviens plus. Écoute, Gloria, je suis mort, tu me laisses dormir un peu ?

– Mais bien sûr, Ed. Qu'as-tu fait de ton pyjama ? Tu n'as pas dormi comme ça ?

– Je n'ai pas de pyjama. Plus exactement, j'en ai deux et ils sont à la blanchisserie. Je ne me rappelle même pas le nom du blanchisseur.

– Voilà vingt dollars, achète-toi un pyjama ou bien paie ton blanchisseur.

– J'ai de l'argent.

– Combien ?

– Je n'en sais rien.

– Alors prends quand même ces vingt dollars, tu en auras besoin. D'ailleurs, je ne te crois pas quand tu dis que tu as de l'argent. »

Ed s'étira, tourna la tête vers Gloria :

« Te voilà bien riche, tout d'un coup. Ce ne serait pas un manteau neuf ?

– Si, tout neuf, et tu ne m'as pas invitée à le retirer. C'est comme ça que tu m'offres l'hospitalité ?

– Grands dieux, ce n'est pas la peine. Tu es chez toi, ici.

– Regarde », dit-elle, parce qu'il refermait les yeux. Elle ouvrit le manteau.

Il prit soudain l'expression d'un homme qu'on a frappé et qui ne peut rendre le coup.

« Très bien, dit-il, tu as volé ce manteau.

– Il a déchiré ma robe, ma robe de soirée toute neuve. Comment aurais-je pu sortir dans la rue ? Je n'avais plus que ma petite cape du soir, je ne pouvais pas me balader comme ça.

– Réflexion faite, je crois que je vais prendre un verre.

– Bien.

– Et comment s'appelle-t-il, celui-là ?

– Tu ne le connais pas.

– Qu'en sais-tu ? Pourquoi je ne le connaîtrais pas ? Dis-moi juste de qui il s'agit et gagnons du temps. Chaque fois que je te demande quelque chose, tu me dis que ça ne m'avancerait à rien de savoir, tu trouves toujours des réponses absurdes et tu tergiverses pendant une heure, ça me rend dingue – et puis après, tu me le dis. Si tu me répondais dès le début, on s'épargnerait tout ça.

– Très bien, je vais te le dire.

– Eh bien, vas-y.

– Il s'appelle Weston Liggett.

– Liggett. Liggett… Weston Liggett ? Mais oui, je le connais.

– Ce n'est pas vrai. Où l'aurais-tu rencontré ?

– Je ne le connais pas personnellement, mais je sais de qui il s'agit. Il faisait des courses de voile et c'était un des champions de l'équipe de Yale. Très mondain. Oh, et marié. J'ai vu le nom de sa femme. Qu'est-ce que tu dis de ça ? Où êtes-vous allés ?

– Chez lui.

– Chez lui ? Est-ce que sa femme est une… enfin est-ce qu'elle aime les filles ? » Eddie était maintenant tout à fait réveillé : « Elle t'a offert son manteau ? Tu recommences à donner dans ces trucs-là, alors ?

– Eddie, tu es dégoûtant.

– Tu trouves que *moi*, je suis dégoûtant ? Quel culot ! Et voilà que ça recommence ! C'est pour ça que tu es venue ici ce matin. Tu croyais que j'aurais de la compagnie. Sais-tu où tu devrais être ? Dans un asile d'aliénés. On enferme des gens qui n'ont pas fait le dixième de ce que tu fais. Reprends ton sale argent, ton sale whisky et fous-moi le camp. »

Gloria ne broncha pas. Elle resta assise, l'air las, comme quelqu'un qui désespère de voir arriver le train qu'elle attend. Elle ne paraissait même pas l'entendre. Mais son humeur contrastait tellement avec son enjouement une minute plus tôt que, de toute évidence, elle avait entendu ; et aucun doute que ses paroles étaient responsables de son changement d'humeur.

« Je suis navré, dit-il. Je suis navré, Gloria. J'aurais préféré me trancher la gorge que de te parler ainsi. Est-ce que tu me crois ? Tu sais bien que si je te dis ça, c'est parce que…

– Parce que tu le crois. Non, Mme Liggett n'est pas lesbienne, tout au moins pas à ma connaissance. Je suis allée chez eux en compagnie de son mari et j'ai couché avec lui. J'ai pris le manteau parce qu'il avait déchiré ma robe. Il m'a presque violée… Ça te fait rire. Et pourtant, c'est vrai. Tout le monde ne me connaît pas aussi bien que toi. Maintenant je m'en vais. »

Il se leva et se mit en travers de la porte.

« Je t'en prie, dit-elle, nous n'allons pas nous battre.

– Assieds-toi, Gloria, assieds-toi s'il te plaît.

– Inutile, Eddie, je m'en vais. Tu ne mérites pas d'être mon ami, puisque tu me jettes à la figure des choses que j'ai eu le tort de t'avouer. Je t'en ai dit plus qu'à n'importe qui. Et même plus qu'à mon psychiatre. Lui, il est tenu au secret professionnel et ne me jetterait pas ces horreurs au visage. J'avais confiance en toi…

– Mais tu *peux* avoir confiance en moi. Ne t'en va pas. D'ailleurs, tu ne peux pas sortir ainsi. Assieds-toi, chérie. »

Il la prit par la main. Elle se laissa conduire jusqu'à une chaise.

« Je vais téléphoner à une amie pour qu'elle t'apporte des vêtements. Elle fait à peu près ta taille.

– Qui est-ce ?

– Tu ne la… Elle s'appelle Norma Day. Elle étudie à l'université de New York. C'est une très jolie fille. Je vais lui téléphoner et elle viendra sur-le-champ. D'ailleurs, nous avions vaguement rendez-vous. D'accord ?

– D'accord, dit Gloria gaiement. Et en attendant, je vais prendre un bain. Tu permets ?

– Bien sûr.

– Et toi, dors pendant ce temps. »

Weston Liggett remonta le quai vers une rangée de voitures garées. Il ne l'avait pas encore atteinte lorsque cinq ou six coups de klaxon retentirent : une grosse Ford arrivait, conduite par une jeune fille ; deux autres jeunes filles à peu près du même âge étaient assises à côté d'elle. Liggett leva son chapeau et salua joyeusement :

« Bonjour, mes jolies ! » dit-il en s'approchant de la portière conducteur.

La jeune fille au volant lui répondit :

« Papa, voici Julie Rand. Julie, c'est mon père.

– Enchanté », dit-il à Julie. Puis, s'adressant à celle assise au milieu : « Salut, Frances !

– B'jour, m'sieur Liggett !

– Où est Bar ? demanda-t-il.

– Elle a conduit Maman au club. Nous allons les rejoindre pour déjeuner. Monte vite, nous sommes déjà en retard.

– Pas du tout, ta mère savait par quel train je devais arriver.

– Nous sommes en retard quand même, insista Ruth Liggett. Nous sommes toujours en retard. Comme feu *Jimmy* Walker.

– Ah ah, rit Mlle Rand.

– Ta portière est bien fermée, Papa ? s'enquit Ruth.

– J'ai l'impression. Oui.

– Elle grince. Nous devrions bazarder cette voiture tant qu'elle vaut encore quelque chose.

– Hmm-hmm. Et en prime, nous pourrions vendre la maison. Cela te conviendrait ? demanda-t-il.

– Oh ! Toujours à pleurer misère, même devant des étrangers !

– Qui est étranger ici ? Mlle Rand ? Mais ce n'est pas tout à fait une étrangère. N'êtes-vous pas la fille de Henry Rand ?

– Non, je suis sa nièce. Mon père est David Rand. Mais vous avez presque raison puisque, actuellement, j'habite chez mon oncle Henry et ma tante Bess.

– Parfait, vous n'êtes donc pas une étrangère. Ma voiture vous plaît, à vous, n'est-ce pas ?

– N'appelle pas ça une voiture, dit Ruth.

– Oui, cette voiture me plaît, confirma Mlle Rand. Elle est très bien.

– Oh, l'hypocrite ! Tout à l'heure, elle daignait à peine y monter. Si tu l'avais vue ! Quand elle est sortie de la maison, elle a dit : "C'est là-dedans que tu m'emmènes ?" C'est pas vrai ? Ose le nier.

– Ma foi, je n'avais jamais voyagé dans une fourgonnette.

– Une fourgonnette ! répéta Ruth.

– Il n'y a pas de breaks par chez vous ?

– Non, seulement des voitures normales.

– Elle vient de… comment s'appelle l'endroit, Randy ?

– Wilkes-Barre, en Pennsylvanie.

– Je connais, c'est une jolie ville, intervint Liggett. Je me la rappelle très bien. C'est tout près de Scranton. J'ai un tas de vieux amis à Scranton.

– Vous connaissez quelqu'un à Wilkes-Barre ? s'étonna Mlle Rand.

– Non, je ne crois pas… *Ruth !*

– Enfin, c'est à lui de rester de son côté de la route, non ?

– Ne sois pas si imprudente. Si j'étais ton seul passager, passe encore. Mais avec tes amies !

– Je ne risquais rien.

– Que tu dis ! Je comprends maintenant pourquoi ma Ford est en si mauvais état.

– Ce n'est pas ma faute. Je m'en sers si rarement.

– D'accord pour celle-ci, mais la Chrysler dont tu te sers tout le temps : pare-chocs enfoncé, embrayage qui patine…

– Ce n'est pas moi qui ai enfoncé le pare-chocs. Je ne suis pas la seule à m'en servir.

– Parlons d'autre chose, veux-tu ?

– Évidemment ! J'ai raison, alors il faut parler d'autre chose.

– Tu trouves ça juste ? Est-ce que je change de sujet quand j'ai tort, Ruth ? Je fais vraiment cela ?

– Non, Papa chéri, ce n'est pas juste », convint-elle en lui tendant la main pour faire la paix. Liggett la lui embrassa.

« Eh bien, Papa ! »

Les autres n'avaient rien vu.

« Chut ! » fit-il. Puis il se tut jusqu'au club.

« Nous y voilà, je vais me débarbouiller et je vous retrouve dans trois minutes. »

Au vestiaire, il fit venir un maître d'hôtel et lui remit deux chèques. Le règlement du club interdisait d'accepter en chèque plus de vingt-cinq dollars par jour et par client. Mais Liggett en signa deux à deux dates différentes et le maître d'hôtel, qui avait l'habitude, lui donna cinquante dollars. Weston Liggett avait beaucoup dépensé la nuit précédente et, après avoir laissé soixante dollars à Gloria, il était à court. Il savait qu'Emily trouverait étrange qu'il eût autant dépensé en une nuit.

Il prit un cocktail au bar. Tout en buvant, il se demanda pourquoi il éprouvait tant de tendresse à l'égard d'Emily. En bonne logique, il aurait plutôt dû chercher à la fuir. Cependant, il avait hâte de la retrouver. Il se demanda aussi pourquoi il avait embrassé la main de sa fille, ce qui ne lui était pas arrivé depuis assez longtemps, et jamais aussi chaleureusement, aussi spontanément. Jadis, il faisait ça en jouant avec elle au crétin de la campagne qui fait la cour à une belle de la ville.

Il les retrouva au grill-room, se dirigea tout droit vers Emily et l'embrassa sur la joue.

« Oh, oh, quelqu'un a pris un cocktail, dit Emily.

– Quelqu'un avait besoin d'un cocktail, corrigea-t-il. Quelqu'un avait la gueule de bois et avait terriblement besoin d'un verre. Et vous ? Cocktails, mesdames ?

– Non, pas moi, dit Emily, et je conseille à ces demoiselles de ne pas en prendre si elles veulent jouer au tennis cet après-midi. Le mieux serait de commander tout de suite.

– Un steak ! dit Ruth. Et toi, Randy, tu veux un steak aussi ?

– Oui, merci.

– Un steak pour tout le monde ! Toi aussi, n'est-ce pas Frannie ?

– Non, pas pour *moi*, objecta Barbara, sa jeune sœur. Vous n'êtes pas obligées d'obéir à mademoiselle J'Ordonne. Julie, si tu veux autre chose, tu peux le dire ; toi aussi, Frannie. Moi, je n'en veux pas. Et toi, Maman ?

– Non, ma chérie, je préfère une côte d'agneau. Ce ne sera pas trop long, Harry ?

– À peu près dix minutes, m'dame Liggett. Juste le temps de manger vot' potage.

– Un steak, Papa ? suggéra Ruth.

– D'accord. Et un cocktail pour commencer, si ça ne te fait rien, Ruth.

– Bien. Nous avons décidé ? Combien de côtes d'agneau ? Maman, mademoiselle Barbara, Randy : trois. Steaks : Papa, Frances et moi. Compris, Harry ?

– Oui, mademoiselle Liggett. Et les légumes ?

– Apportez juste beaucoup de légumes », répondit Ruth.

Durant cette scène, Liggett observait Ruth et pensait à Emily. Sans la regarder, il essayait de se la rappeler, telle qu'elle avait été jadis. Sa bouche, son nez, son menton, la forme de son visage et même son teint, toutes choses qui l'avaient rendue jolie. Elle n'était plus jolie. Il ne lui restait que des traits assez purs, qui faisaient dire à ceux qui la regardaient : « Elle a dû être belle. » Les yeux, certes, avaient changé. Elle avait les yeux d'une femme qui souffre de fréquents maux de tête et, pourtant, tel n'était pas le cas. Emily était visiblement en excellente santé.

Weston se tourna vers sa femme. Elle déplia sa serviette, toucha l'assiette et les couverts, puis croisa les mains. Il remarqua qu'elle regardait toujours ses mains lorsqu'elle s'en servait, et il s'étonna de ne pas s'en être aperçu jusqu'alors. Elle paraissait sans cesse occupée à surveiller les mouvements de ses doigts ou leur propreté. Sans doute était-ce une manie, mais elle était comme ça.

Il arrivait aussi à son épouse de rester assise, un recueil de poèmes à la main, à regarder par la fenêtre, l'air songeur. Il la contemplait, longuement, en se demandant quel vers de quel poème avait fait naître quelles jolies pensées. Mais alors elle se tournait vers lui et lui posait une question triviale comme : « Penses-tu que je devrais inviter les Hobson jeudi soir ? Tu l'apprécies, Mme Hobson, n'est-ce pas ? » Liggett avait l'impression que de nombreux maris étaient comme lui. Plusieurs de ses amis, des hommes de sa génération, lui avaient confié qu'eux non plus ne connaissaient pas leur propre femme. Après vingt ans de vie conjugale, au cours desquels ils s'étaient montrés d'une fidélité raisonnable sinon des plus strictes, leurs femmes s'éloignaient d'eux. Elles n'étaient plus celles qu'ils avaient épousées. Sans y prendre garde, ils avaient continué à vivre en bons pères, à nourrir la maisonnée, à travailler dur pour leur famille. Après un an ou presque de crise économique, quand ils s'étaient rendu compte qu'il ne s'agissait pas d'un petit incident provisoire, ils s'étaient mis à réfléchir, à dresser le bilan de leur existence, commençant par « J'ai une femme, deux enfants… » et continuant par la liste de leurs « placements » : compte en banque, salaire, maisons, voitures, bateaux, chevaux, vêtements, meubles, assurance-vie, paire de jumelles, portefeuille, etc. Eux – ces hommes – prévoyaient qu'au printemps 1931, tout ce qu'ils possédaient ne vaudrait pas le quart de leur valeur d'achat, parfois moins, souvent rien du tout. À ce stade de la Dépression, ces hommes en venaient à comprendre que rien de ce que l'on achetait ou vendait ne valait en réalité ce que ça avait valu jadis. Finalement, ça marchait comme ça. Puis quelques hommes, quelques millions d'hommes, se demandaient si les choses qu'ils avaient achetées avaient jamais valu ce qu'ils avaient déboursé pour elles. Ah ! Ça valait le coup d'y penser, d'acheter de gros livres très chers pour le découvrir. Certains parmi les plus malins de ces joyeux drilles de spéculateurs quittaient maintenant la Bourse pour rentrer chez eux étudier John Stuart Mill. Pour découvrir *qui* était John Stuart Mill !

Mais parmi les amis de Liggett se trouvaient des hommes qui commençaient leur inventaire par « J'ai une femme et deux enfants », faisaient la liste de leurs biens terrestres puis revenaient au premier d'entre eux : leur femme. Et alors, ils découvraient qu'ils n'étaient pas tout à fait certains que leur femme leur appartenait. Dans la classe sociale de Liggett, le taux de mortalité des mariages est très proche de cent pour cent, ce dont on ne s'aperçut qu'avec la Grande Dépression. Ces hommes croyaient travailler pour le bonheur de leur femme et de leurs enfants autant que pour leur propre avancement, mais comprenaient à présent qu'une femme oisive est une femme oisive, que son mari gagne des millions ou se cramponne à son modeste salaire de quarante dollars par semaine. En 1930, on rencontrait souvent le dimanche, sur les routes de Long Island et de Westchester, des hommes comme Liggett se promenant en casquette, coupe-vent et chaussures de sport. Ils étaient accompagnés de leur femme et cherchaient à faire connaissance avec elle en espérant qu'ils pourraient vraiment compter sur elle. Bien sûr, il n'y avait rien de délibérément insultant dans cette attitude, et en général la femme n'en prenait pas ombrage, donc tout allait bien. Jusqu'alors, son mari s'était contenté de l'emmener aux matchs de football américain, au théâtre, de payer ses factures, de lui offrir des cadeaux à Noël et de se montrer généreux avec ses proches dans le besoin. Il ne s'occupait pas de l'éducation des enfants. Parfois, elle ne cherchait même pas à savoir pourquoi, quand il se montrait plus curieux ou essayait d'être plus amical. Elle savait que la crise faisait des ravages. Les magazines consacraient de nombreux articles à ces épouses courageuses qui épaulaient leur mari. Elle lisait les sermons dans les journaux du lundi ; le pasteur expliquait à ses ouailles (et la presse, toujours la presse) que cette crise économique avait du bon parce qu'elle ramenait les femmes à leur mari et les maris à leur femme.

Liggett n'était pas du tout l'un de ces hommes, Emily n'était certainement pas l'une de ces femmes. Pour commencer, elle était native de Boston et lui de Pittsburgh. Et d'une. Liggett était précisément le genre de personne qu'Emily aurait pris de haut, s'il ne l'avait épousée. D'ailleurs, toute sa vie semblait destinée à « prendre de haut » quelqu'un, un Américain nanti, puisque aucun étranger ni Américain de basse extraction n'aurait compris qu'elle le snobait. Sa famille comptait un gouverneur colonial et une chaîne ininterrompue de diplômés de Harvard, ainsi que leurs épouses. Lesquelles appartenaient de droit au Club de couture Winsor-Vincent. Ses quelques parents à New York étaient tous irréprochables d'un point de vue mondain. On ne les rencontrait jamais dans un lieu public. Longtemps après son mariage, Liggett apprit avec stupéfaction qu'Emily n'était jamais entrée dans un hôtel new-yorkais, bien qu'elle fût pourtant venue fréquemment à New York. Emily lui expliqua que, lorsqu'on rend visite à ses parents, on ne descend pas à l'hôtel. Liggett en conçut une admiration attristée pour son épouse, car lui se rappelait fort bien que, tout petit, il aimait aller à l'hôtel et jeter par la fenêtre des cabinets des rouleaux de papier hygiénique, qui flottaient au vent en se déroulant au-dessus de la Cinquième Avenue. Sa femme n'avait pas connu cela. N'était-ce pas un peu effrayant ?

Malgré ses prétentions aristocratiques, Mme Liggett se trouvait heureuse avec Weston et peut-être plus heureuse qu'elle ne l'eût été avec un homme de Boston. Il était riche et beau, et c'était un athlète de Yale. Ce qui suffisait à expliquer son attirance pour lui. Mais il était plus que cela. Elle-même était belle, en bonne santé et donc passionnée, et elle l'avait désiré dès leur première rencontre. Au début, tout cela avait bouleversé Liggett ; il était pétrifié par ses manières et son accent – il ne s'était jamais fait à son accent, et à peine à ses manières. Il avait connu d'autres jeunes filles plus jolies qu'elle, mais aucune comme elle. Ils s'étaient rencontrés à l'occasion de l'une des rares visites d'Emily à New York – juste avant qu'il ne rejoigne une équipe d'aviron. Liggett lui avait donné rendez-vous pour le thé, le lendemain, mais un événement fortuit les avait empêchés de se revoir. Il s'était ensuivi une correspondance dont la fréquence avait été limitée par la nécessité pour Liggett de mener à bien ses études et de ramer, et pour Emily de respecter l'emploi du temps qu'elle s'imposait : elle n'écrivait jamais plus d'une fois par semaine à la même personne et ne répondait à une lettre que deux jours après l'avoir reçue. Pour se rendre digne d'elle, Weston était entré à Harvard. M. Liggett père s'en réjouit et lui offrit une Fiat, et tout ce qu'il voulait. Mais le fils ne pouvait pas lui demander la seule chose à laquelle il tenait : le beau corps blanc d'Emily. Emily l'offrit sans être sollicitée, par une nuit d'hiver, à Boston. Après trois semaines d'angoisse à cause des possibles conséquences de leur folie, les deux jeunes gens décidèrent de se fiancer.

Il valait mieux qu'elle fût mariée à Liggett qu'à un Bostonien, parce qu'il ne prit jamais la passion de sa femme pour acquise. Comme un Bostonien l'aurait fait, et comme il aurait cherché à susciter des passions semblables chez d'autres femmes. Liggett ne pouvait commettre une telle erreur. Il y a quelque chose dans ces mots, tous ces mots murmurés sur l'oreiller, le langage que l'on emploie sur l'oreiller, qui prend une valeur magique avec l'accent de Commonwealth Avenue, et qui n'échappera à aucun homme du Connecticut. Quand un homme écoute ces mots, quand il les enseigne à une femme, quand il lui demande de les dire… il en voudra davantage.

À ces détails subtils s'ajoutait leur secret commun. Ils étaient d'une extrême pudeur, à tel point que Liggett ne révéla la grossesse de sa femme à personne, pas même à sa sœur. Ils n'en avaient pas décidé ainsi, simplement ce fut Emily qui l'apprit un jour à sa belle-sœur. Pour lui, tout ce qui avait trait à leur intimité n'avait pas à être abordé devant une tierce personne.

Cette règle s'étendait, dans une certaine mesure, à tout ce qui concernait leur vie conjugale. Liggett, emporté par ses sentiments, aurait volontiers parlé d'Emily à tort et à travers, mais il se taisait, voyant dans ce trait de caractère une certaine vulgarité – et il reconnaissait en secret une attirance pour la vulgarité. Cette discrétion avait des avantages, mais au moins un inconvénient. Un homme doit pouvoir parler de sa femme avec un tiers, homme ou femme. Puisqu'il ne pouvait s'y résoudre avec un homme, il devait donc en parler à une femme. Quelqu'un qui connaissait Emily, forcément. Il s'aperçut alors que, pendant toute leur vie new-yorkaise (sept ans à l'époque, on était en 1920), Emily ne s'était liée avec personne. Sa seule amie était une Bostonienne divorcée : Martha Harvey. Elle avait été mariée à un jeune millionnaire quasiment illettré, un ivrogne mesurant bien huit centimètres de moins qu'elle, mais qui ne s'était jamais montré discourtois envers quiconque. Martha et Emily, amies d'enfance, se voyaient fréquemment à New York. Cependant, lorsque Liggett songea à se confier à Martha, il estima que c'était impossible, car elle était trop semblable à Emily.

Il y avait pourtant urgence. La famille d'Emily avait investi le gros de sa fortune dans des filatures. Son père, brave médecin, aimable et dénué d'imagination, en était resté aux idées de sa jeunesse, époque à laquelle les chirurgiens parlaient encore de « pus louable » (il ne se remit jamais complètement d'avoir appris que Walter Reed avait raison). En réalité, sa présence en médecine s'expliquait par son goût pour la dissection des chats. Ce fut la seule activité cérébrale qui l'eût jamais intéressé, aussi ses parents l'orientèrent-ils vers la médecine. En cas d'urgence, un boy-scout aurait été plus utile que le père d'Emily, néanmoins quelques amis continuaient à le consulter au sujet de leurs maux de gorge et de leurs rhumes de cerveau. Il n'avait pas d'autres patients. Cette modeste activité lui servait d'excuse pour négliger ses responsabilités financières. Mais une fois par an, il lui venait une idée et, à l'époque, il songeait à vendre toutes ses actions dans le coton et à convertir la somme obtenue en quelque chose d'autre. Des marks allemands. Selon lui cette monnaie était destinée à un brillant avenir. Dans sa jeunesse, il avait parcouru l'Allemagne et pensait qu'il serait agréable d'acheter, sur les bords du Rhin, un château qu'il aurait pu entretenir, domesticité incluse, pour la modique somme de cent dollars par mois.

Liggett s'intéressait peu aux spéculations du bonhomme mais il n'en concevait pas moins une certaine inquiétude à son égard. Le docteur n'avait pas gagné personnellement son patrimoine, il en avait hérité. Et puisqu'il en avait hérité, il n'en était pas tout à fait le propriétaire aux yeux de Liggett, seulement l'usufruitier. Il n'était donc pas autorisé à le dilapider. Le cours du coton était assez élevé cette année-là, et si l'on pouvait se demander s'il s'agissait du meilleur moment pour vendre autant d'actions, Liggett pensait le marché capable de les absorber aisément. Non, il ne pouvait pas sérieusement critiquer la décision du vieux gentleman (en réalité, ça aurait bien ressemblé à son beau-père de vendre au plus bas). Mais de là à acheter des marks, seigneur Dieu !

Liggett aurait souhaité qu'Emily eût un frère ou le genre de sœur qu'on a parfois. Mais elle n'avait pas de frère et n'était pas proche de sa sœur. Ne restaient que les amis, c'est-à-dire Martha. Il se ravisa à l'instant où son nom évoqua son image. Mais plus il y réfléchit, plus il se convainquit qu'il devait parler à quelqu'un. C'était l'été, Emily et leurs deux filles passaient les vacances à Hyannisport. C'était l'occasion d'aller trouver Martha sans éveiller les soupçons d'Emily.

Martha s'apprêtait à sortir dîner toute seule lorsqu'il lui téléphona. Elle ne manifesta aucune surprise ni curiosité et accepta. Il lui proposa de prendre d'abord l'apéritif et d'apporter une bouteille de gin. Elle accepta encore de bonne grâce. Chemin faisant, il acheta pour six dollars une bouteille d'alcool dans un *speakeasy* de Lexington Avenue, où il but plusieurs verres en compagnie de Matt, le propriétaire. Puis il prit un taxi, l'une de ces petites voitures jaunes d'alors, plates et laides, fabriquées à Philadelphie et d'apparence bien peu américaine.

Martha habitait dans un grand immeuble de Murray Hill, entre Park Avenue et Madison Avenue, avec ascenseur automatique, sans liftier. Elle prépara les cocktails en mélangeant quelques cuillerées d'eau de fleur d'oranger et de gin. Elle ne s'enquit qu'une seule fois d'Emily. « Comment va Emily ? Elle est à Hyannisport, n'est-ce pas ? » Il lui répondit qu'elle allait bien et fut à deux doigts de se corriger, de lui dire qu'elle n'allait pas bien du tout. Plus tard, comme Martha ne revenait pas à Emily, il lui sembla plus périlleux de parler d'elle ; une fille comme Martha, avec assez d'assurance et de sang-froid pour accepter son invitation à dîner parce qu'elle était elle-même et pas simplement une amie de son épouse... On pouvait se confier à une fille pareille. Mais ce dont il voulait lui parler s'estompait. Il commença à se sentir bien, il appréciait la compagnie de Martha.

Après le deuxième cocktail, elle l'invita à retirer son pardessus.

Il pensa qu'après ça elle allait lui offrir un cigare, car retirer son pardessus était exactement ce dont il avait envie. Il se sentait si bien.

« As-tu faim ? demanda-t-il.

– Pas particulièrement. Attendons un peu, les restaurants seront moins bondés vers neuf heures, dit-elle, si tu as le temps.

– J'ai tout mon temps.

– Eh bien, buvons encore un cocktail. J'aime bien boire. Je l'ignorais – diable, je ne connaissais même pas la boisson – jusqu'à ce que j'épouse Tommy. Il essayait toujours de me soûler. Je n'aimais pas ça. Je n'apprécie pas qu'on essaie de me soûler. Mais, depuis, il ne me déplaît pas de m'enivrer de temps en temps, à ma fantaisie. »

Il emporta le shaker dans la cuisine et prépara de nouveaux cocktails beaucoup plus forts, pas vraiment exprès mais pas vraiment par hasard non plus, tout en pensant que ce qu'elle venait de dire lui rappelait une réalité physique, biologique ou peu importe : Martha avait déjà été mariée, elle avait donc déjà couché avec un homme. Ce qui, pour lui, ne signifiait rien de plus que cela. Étrangement, il ne la voyait pas comme une femme dotée d'une vie propre, jusqu'alors il avait considéré Martha comme une simple amie de sa femme, dénuée de charme et d'attraits.

« Aujourd'hui c'est l'anniversaire de la prise de la Bastille à Paris, dit-il en revenant avec les cocktails. (Ce jour-là était aussi celui de la condamnation de Sacco et Vanzetti.)

– En effet, j'espère être à Paris l'an prochain pour le 14 Juillet.

– Vraiment ?

– Oui, d'habitude je passe l'été au cap Cod. Mais je n'ose plus y retourner de crainte que Tommy le découvre et m'y harcèle.

– Tu ne peux pas l'en empêcher ?

– Si, sans doute, mais il faudrait que je m'adresse à la police, comme me le conseillent mes amis. Ça m'ennuierait, j'aime bien Tommy.

– Vraiment ?

– Beaucoup. Ce n'est plus de l'amour, mais de l'affection.

– Je ne le savais pas.

– Certes, c'est surprenant.

– Oui, en effet. D'ailleurs, nous n'avions jamais parlé de ces choses-là », dit Liggett.

Elle posa sa cigarette sur le cendrier, leva son verre, se tourna vers la fenêtre et dit lentement :

« Non, nous n'avons jamais parlé de ces choses-là, et jusqu'à ce soir je n'aurais jamais cru que nous en parlerions un jour. Je ne m'imaginais pas que nous puissions nous trouver ainsi, en tête à tête, à boire des cocktails.

– Et pourquoi donc ?

– Veux-tu la vérité ? demanda-t-elle.

– Mais bien sûr.

– Eh bien la vérité, c'est que je ne t'appréciais pas du tout.

– Ah ?…

– Non, pas du tout. Mais maintenant je t'apprécie. »

Pourquoi ? Pourquoi ? Pourquoi ? voulait-il demander. *Pourquoi ? Pourquoi m'apprécies-tu désormais ? Moi, je t'apprécie. Je t'apprécie tellement.*

« Ah ! tu m'apprécies maintenant, répéta-t-il.

– Veux-tu savoir pourquoi je t'apprécie maintenant, alors que je ne t'ai pas apprécié pendant tant d'années ?

– Bien sûr, mais si tu veux me le dire, tu me le diras, et si tu ne le veux pas, inutile de me poser la question.

– Viens près de moi », dit-elle.

Il alla s'asseoir sur le canapé, lui prit la main et elle lui dit :

« J'aime ton odeur.

– Et c'est pour ça que tu m'apprécies maintenant ?

– Au diable le passé. » Elle lui caressa la joue, puis ajouta : « Attends une minute. Ne te lève pas, j'y vais. » Elle s'approcha des deux grandes fenêtres et tira les rideaux. « Les gens dans la rue. »

Il la posséda tout habillée. Et depuis cet instant il cessa d'aimer Emily.

« Veux-tu passer la nuit avec moi ? demanda-t-elle. Maintenant que la faute est commise, autant en tirer tout le plaisir possible. Veux-tu rester ?

– Bien sûr.

– Magnifique. Je téléphonerai à la femme de ménage pour lui dire de ne pas venir avant dix heures demain. »

Durant tout l'été ils s'aimèrent passionnément. Ils dînaient dans de petits restaurants français et buvaient du mauvais whisky dans des tasses à café. Elle prenait le bateau en septembre, et la nuit précédant son départ, elle lui dit :

« Je me fiche de mourir maintenant, pas toi ?

– Si. Sauf que je veux vivre. »

Il avait passé tout l'été à faire des calculs compliqués sur tous les bouts de papier qui lui tombaient sous la main : de possibles arrangements financiers pour divorcer d'Emily.

« Encore une fois, épouse-moi.

– Non, mon chéri. Nous ne serions pas heureux mariés. Particulièrement moi. Mais je sais que chaque fois que nous nous retrouverons, au cours de notre vie, je regarderai au fond de tes yeux, tu regarderas au fond des miens, et aucun obstacle ne pourra se dresser entre nous.

– Non, aucun. »

Il ne la revit que deux ans plus tard, à Paris. Il avait couché avec une dizaine d'autres femmes. Dans les yeux de Martha, c'est à peine s'il vit une faible lueur de souvenir. Elle était dans sa phase « chauffeurs de taxi russes blancs ».

Leur liaison avait peut-être suscité l'attention de quelques braves amis. Mais s'ils en parlèrent à Emily, cette dernière n'y fit jamais allusion. Il était relativement discret dans le sens où il évitait les intrigantes. Parmi les femmes avec lesquelles il coucha, il y eut une noble anglaise, issue de la pairie de Burke, qui lui fit cadeau d'une noble blennorragie, ou des ulcères à l'estomac, comme on disait alors. Il confia à Emily qu'en plus des ulcères, il souffrait d'une hernie. Emily ne savait pas exactement ce qu'était une hernie, mais elle comprit que ce n'était pas le genre de sujet de conversation qu'on abordait à table. Son absence de curiosité était telle que l'infidèle put sans danger introduire chez lui tout l'attirail nécessaire au traitement de sa maladie.

Le père d'Emily, docteur Winchester – il est temps d'y revenir –, n'acheta pas les marks. Un honnête agent de change l'en dissuada.

« Rentres-tu en ville ce soir ou demain ? demanda Liggett à son épouse.

– Pas avant mardi matin, les petites ont un jour de congé supplémentaire.

– En quel honneur ?

– Une de nos camarades a attrapé la diphtérie et on désinfecte l'école, dit Ruth. Reste avec nous, Papa.

– Je voudrais bien, surtout pour mettre le bateau en état, mais je dois rentrer cette nuit. Si vous étiez gentilles, toi, Bar, Frannie et mademoiselle Rand, vous vous armeriez de pinceaux et de brosses pour le peindre dès demain.

– Pardonne-moi si je meurs de rire, dit Ruth.

– Je veux bien m'y mettre si les autres m'aident, déclara Barbara.

– Tu ne risques rien à faire pareille proposition, fit Ruth.

– Les filles ! » intervint Emily.

« Si on s'économisait le Plaza ? suggéra Isabel Stannard.

– Non ! Je suis d'humeur prodigue, dit Jimmy.

– Quoi ?

– Je réponds à ta question. Tu me suggérais de faire des économies. À quoi bon ? Où veux-tu aller ?

– Je n'ai pas d'idée précise, mais j'aurais préféré aller au Plaza un autre jour.

– Et moi j'en ai envie maintenant. J'en avais déjà envie avant d'aller chez toi, j'en avais encore envie et toi aussi quand j'étais dans ton appartement.

– Ce n'est pas tout à fait vrai. J'étais prête à partir à la campagne, je croyais qu'on partait faire un tour.

– Alors où allons-nous ?

– Continuons à descendre la Cinq…

– Jusqu'au Child, 48e Rue.

– D'accord, dit-elle, ça me va.

– Je le savais.

– Nous pourrions aussi aller au 21.

– Mais on est dimanche !

– C'est ouvert le dimanche. Je suis sûr d'y être allé un dimanche.

– Je n'en doute pas, mais ils n'ouvrent pas avant cinq heures et demie. D'ailleurs, je connais les gens qui tiennent ce bistrot ; ils étaient autrefois au 42 de la 49e Rue et je ne vois pas pourquoi ils auraient changé leurs habitudes depuis qu'ils sont au 21 de la 52e Rue… Tiens, encore un de ces chapeaux !

– Quel chapeau ?

– Tu n'as pas vu ? Un joli petit chapeau comme le mien. Et dire que j'hésitais à en acheter un !

– Je ne l'ai pas vu.

– Tu n'as pas vu cette jolie fille, qui fumait en marchant avec cet homme à l'air étranger ?

– Elle est payée pour le faire.

– Payée ?

– Oui, payée, j'ai lu ça dans la rubrique de Winchell.

– Jimmy, tu passes d'un sujet à l'autre comme une chèvre de montagne saute de rocher en rocher.

– Non, mon enfant, de précipice en précipice.

– Et pourquoi la paie-t-on ?

– Qui, mon agneau, mon petit chat ?

– Mais cette femme, celle qui portait un chapeau, dont je viens de parler. Tu disais que Walter Winchell disait qu'on la payait.

– Ah oui, en effet. On la paie pour fumer une cigarette sur

la Cinquième Avenue. Winchell l'a dit dans sa rubrique après la parade de Pâques. Les fabricants de cigarettes veulent populariser l'usage du tabac chez les femmes.

– Quelle idée !

– Ça ne remplacera jamais le vieux Welsbach... Bonjour, bonjour, dit-il à un couple.

– Qui est-ce ? Tu vois, elle aussi a l'un de ces chapeaux Eugénie. Elle est plutôt jolie. Qui est-ce ?

– C'est un modèle de l'académie de peinture Bergdorf.

– Française ?

– À peu près aussi française que toi.

– Alors plus que tu ne le crois.

– Dans ce cas-là, plus que moi. Je continue ? Elle est juive et lui, avocat spécialisé dans les affaires de divorce. Du genre à mettre sa pub dans les tabloïds chaque lundi matin. Publicité gratuite en page 3 dans le *News* et le *Mirror* en échange de renseignements. Tu pourras repérer ses annonces, il s'appelle Winthrop S. Saltonstall, 14 et quelques, Broadway.

– Saltonstall. Ce n'est pas un nom juif.

– Que tu crois.

– Alors c'est peut-être une de ses clientes.

– Très juste. C'est qu'il y en a, là-dedans.

– Jimmy, j'ai toujours eu envie d'assister à un service à Saint Patrick. Tu m'y conduiras, un de ces jours ?

– Quel service ? Une messe ?

– Oui, une messe.

– D'accord. Je t'y conduirai. C'est là qu'on se mariera.

– Est-ce une menace ou une promesse ? »

Il s'arrêta net.

« Écoute, Isabel, peux-tu me rendre un service, un grand service ?

– De quoi s'agit-il ?

– Veux-tu continuer à être une aimable jeune fille, jolie, distinguée, bien élevée ?

– Oui, et après ?

– Et me laisser les calembours et les plaisanteries de mauvais goût ?

– Mais je n'ai pas fait de calembour !

– Sans blague.

– Mais où veux-tu en venir ?

– Ils devraient enlever ces palissades et laisser les gens voir ce qu'ils font. Je suis un amateur de vieilles pierres, je vais en parler à Ivy Lee.

– De quoi parles-tu ?

– C'est juste qu'on construit Radio City. Sans ces palissades, je pourrais suivre la progression du chantier et la rapporter aux Rockefeller. Ivy Lee sert d'intermédiaire entre cette famille et le public.

– Ivy Lee ? On dirait un nom de fille.

– Écoute donc le nom entier.

– Quel est-il ?

– Ivy Ledbetter Lee. Il gagne deux cent cinquante mille dollars. Là, on y est, nous n'aurons sans doute pas de table. »

Ils eurent une table. Ils savaient exactement ce qu'ils voulaient, y compris le café à discrétion pour le prix d'une tasse. Il y avait de la nourriture à volonté pour un prix fixe.

« Que fait-on cet après-midi ?

– Ce que tu veux, répondit-elle.

– Je voudrais voir *L'Ennemi public*.

– Le film avec James Cagney ? Épatant, on y va.

– Tu aimes Cagney ?

– Je l'adore.

– Pourquoi ?

– Il est si beau, si voyou. Tiens, ça me fait penser à quelque chose.

– Quoi ?

– Ne te vexe pas… mais il est un peu comme toi.

– Bien. Je vais téléphoner pour savoir à quelle heure on passe le film.

– Pourquoi ?

– Eh bien je l'ai déjà vu, ce qui n'est pas ton cas, je ne voudrais pas que tu voies la fin avant le début.

– Peu importe !

– Je te rappellerai cette phrase en sortant du cinéma. Je vais téléphoner au sous-sol. Si le roi Prajadhipok essaie de t'enlever, ne te laisse pas faire.

– À cause de ses yeux… »

« Voudriez-vous réessayer ce numéro ? » dit le vieil homme. Il brandissait le récepteur comme pour protester contre le téléphone à combiné, comme il protestait contre toute nouveauté. Il le tenait à deux mains, l'une posée où il le fallait, l'autre en coupe sous la partie dans laquelle il parlait. « C'est Stuyvesant, mademoiselle. Vous composez bien les lettres S, T, U ?… Peut-être composiez-vous S, T, Y ? »

Il attendit mais, après plus de cinq minutes, abandonna de nouveau.

Joab Ellery Reddington, ancien élève d'une école préparatoire (Wesley), maître ès Lettres (Harvard), docteur en théologie (Wesley) était venu à New York dans un but précis, mais le succès de sa mission dépendait de son coup de téléphone. Faute d'obtenir la communication, son voyage ne servait à rien. Heureusement, fort heureusement, il connaissait l'adresse, ainsi que les trop nombreux taxis, les réseaux de bus, le métro, le métro aérien, les lignes de tramway, tout ce qui contribuait à annihiler les notions de temps et de distance pour quiconque souhaitait se présenter en personne à la porte de Gloria Wandrous. Mais l'avant-dernière chose que souhaitait le Dr Reddington était d'être découvert dans le voisinage de chez Gloria Wandrous. La toute dernière chose était d'être vu en sa compagnie, et de là, il imagina l'inverse : se tenir loin de Gloria Wandrous, n'avoir aucun lien avec elle. Non, il ne voulait surtout pas s'approcher de chez elle. Mais il devait lui parler, discuter avec elle et traiter d'une affaire sérieuse avec elle. S'il échouait, il... il n'osait l'imaginer.

Pourquoi personne ne répondait au téléphone ? Ne vivait-elle plus avec sa mère et son oncle ? Le fait qu'elle ne fût pas chez elle n'étonnait pas vraiment le Dr Reddington. Elle était rarement chez elle. Mais chez elle, on lui avait souvent donné un numéro à appeler. Dieu sait si sa mère ou son oncle étaient au courant que les numéros qu'ils transmettaient étaient ceux de *speakeasies* ou de garçonnières. Une fois, même, elle lui avait dit de venir la chercher dans un bouge de Harlem où l'on débitait clandestinement de la bière. (Il supportait mal le souvenir de ces Nègres ni curieux ni choqués de voir un homme comme lui, habillé sévèrement, portant la clé Phi Bêta Kappa, dans un débit de boissons à midi, qui venait chercher une fille ivre ! Elle l'avait accueilli en des termes indiquant clairement qu'il n'était pas un père voulant ramener sa fille dans le droit chemin, mais précisément ce qu'il était.)

Le Dr Reddington s'assit sur son lit et (comme il se le dit à lui-même) se maudit de n'avoir pas établi une liste de ces numéros. Non, il était trop sévère avec lui-même. S'il ne l'avait pas fait, c'était au cas où il tomberait raide mort dans la rue, pour ne pas qu'on le retrouve avec de tels numéros. Il réfléchissait en se caressant le menton, cherchant un poil qui aurait échappé à son rasoir ce matin. Il n'en trouva pas. Il n'y en avait jamais. Sauf quand c'était le barbier qui le rasait. Il était assis dans une posture qui invitait à la réflexion, mais ne parvenait pas à réfléchir. Seigneur, n'allait-il pas retrouver un seul nom ? Un nom, parmi tous les numéros qu'il avait appelés ?

Inutile d'essayer de se remémorer le nom des *speakeasies*. Son expérience personnelle des *speakeasies* était mince, puisqu'il ne buvait jamais, mais il savait, pour y avoir accompagné Gloria, que tel ou tel endroit était connu sous les noms de Chez Jack ou Chez Giuseppe – puis lorsque le propriétaire vous donnait la carte de l'établissement (que vous jetiez sitôt en sécurité dehors), vous voyiez que ça s'appelait le Club des Aristocrates ou quelque chose comme ça. Inutile donc de rechercher le nom de l'un de ces endroits, et ce serait bien trop compliqué, bien trop de travail, d'essayer de se les remémorer. Il envisagea de s'adresser à un chauffeur de taxi pour se faire conduire de Sheridan Square à la 14e Rue, dans l'espoir de reconnaître un des bâtiments dans lesquels il était entré quelques années auparavant. Il devait se rappeler un nom, le nom de quelqu'un, le nom de quelqu'un que Gloria connaissait.

A, ab, ab, ante, con, de… Non. Ce n'était vraiment pas le moment de penser aux prépositions latines. Cela ne pouvait que le perturber. Mieux valait laisser son esprit s'égarer, car entre les égarements des sens et ceux de l'esprit, il existe certainement des rapports. A comme Abott, Abercrombie, Abingdon, Abrams. Qu'est-il advenu de cette petite Abrams qui jouait si bien du piano ? Désormais, il pouvait penser à elle gentiment, comme à une petite virtuose. Elle avait pourtant eu le cœur dur. Un cœur dépravé ! Le Dr Reddington s'en était aperçu lorsque M. Abrams père était venu lui demander des explications au sujet des propos tenus à sa fille. Le Dr Reddington avait été tenté de lui expliquer quel genre d'enfant il élevait. Mais il s'était arrêté à temps et avait dit : « Écoutez, Abrams, vous proférez des paroles épouvantables, de graves accusations. Dois-je en conclure que vous accordez plus d'importance aux propos d'une enfant impressionnable qu'à mes propres déclarations ? » Le petit bonhomme lui avait expliqué qu'avant d'aller plus loin, il désirait seulement savoir si sa fille avait dit la vérité. « Aller plus loin. Et où donc ? Où iriez-vous ? Moi, je suis né ici. Mes parents ont compté parmi les notables de cette ville pendant cinq générations. Moi-même j'y enseigne depuis vingt-deux ans. Et vous ? Depuis combien de temps êtes-vous arrivé ? Deux ans, six ans ? Qu'est-ce que six ans comparés à des centaines d'années ? Même les vôtres ne vous soutiendraient pas. Le Dr Stein, par exemple, me ferait confiance plus qu'à vous, de même que M. Pollack. Ces gens-là n'iraient pas risquer leur situation dans une ville où vous êtes si peu nombreux.

Monsieur Abrams, je pourrais vous écraser, vous briser pour vous apprendre à proférer de pareilles accusations, mais je suis père moi-même, ce qui me rend indulgent. Assez parlé de cela à présent. Occupez-vous vous-même de votre fille ; en ce qui me concerne, je ne veille à son instruction qu'entre neuf heures du matin et trois heures de l'après-midi. »

Abrams. Il y avait beaucoup d'Abrams à New York. Peu après cette conversation entre les deux pères, les Abrams avaient retiré leur fille de l'école et vendu leur magasin.

B, C, D, E, F, G, H. Avec tant de gens dans cette ville, la Compagnie des téléphones devait gagner un argent fou. Et tous ces gens-là ont leurs soucis personnels. C'est incroyable. B, Buckley, Brown, Browne avec un « e », Barnes, Barnard, Bernard, Brace, Butterfield, Brunner ! Gloria connaissait quelqu'un qui s'appelait Brunner. Le Dr Reddington trouva le numéro et le donna à l'opérateur.

Il entendit le signal, puis la voix enregistrée : « Quel numéro avez-vous demandé, s'il vous plaît ?… Je suis désolée, monsieur, ce numéro n'est plus en service. »

Il raccrocha. Ça, c'était un signe. Il prit note de l'adresse, descendit au rez-de-chaussée et fit appeler un taxi. Il demanda au chauffeur de s'arrêter à l'angle de Hudson Street. Ce dernier le regarda et accepta.

Le Dr Reddington descendit la rue derrière une fille qui portait un gros paquet sous le bras. En d'autres occasions, elle l'aurait peut-être intéressé, mais aujourd'hui ce n'était qu'une jeune fille vue de dos et portant un gros paquet. Et voilà qu'elle entrait dans l'immeuble dont le Dr Reddington avait noté le numéro et il fut obligé de continuer son chemin pour ne pas avoir l'air de la suivre. Aussitôt, il craignit que le chauffeur ne s'inquiétât de le voir dépasser l'adresse indiquée ; il retourna précipitamment vers le taxi et se fit reconduire à son hôtel sous un grand soleil.

*

« C'est très gentil de ta part, dit Gloria.

– N'en parlons plus, répondit Mlle Day.

– Merci beaucoup, Norma, insista Eddie Brunner.

– Oh ! mon Dieu, tant pis... Vous seriez morte de chaleur avec ce manteau de vison, aujourd'hui.

– Eddie, tourne-toi un instant vers la fenêtre, suggéra Gloria.

– Vous aviez vraiment besoin de vêtements, dit Mlle Day lorsque Gloria retira son manteau. C'est une chance que j'en aie eu. D'ordinaire, toutes mes affaires sont chez le teinturier le dimanche. Malheureusement je n'ai pas pensé à apporter un jupon.

– Qu'importe, je n'en aurai pas besoin avec cette jupe. Quel joli tissu ! Où l'avez-vous acheté ?

– Chez Russek. Avez-vous vraiment perdu tous vos vêtements au jeu ?

– Oui, nous avons joué au poker. D'abord j'ai gagné un tas d'argent, puis la chance a tourné, alors j'ai risqué ma robe. Pour rire, les hommes ont accepté. J'ai perdu. Ils ont été assez galants pour ne plus en parler. Mais les femmes m'ont forcée à m'exécuter. J'étais furieuse et je suis partie.

– Vous étudiez à New York ?

– Non, j'y habite, mais je n'aurais pas pu rentrer comme ça. Ma famille... je n'ai même pas le droit de fumer. Ça va, Eddie, tu peux te retourner.

– Cette jupe vous va mieux qu'à moi, remarqua Norma.

– Je ne dirais pas ça, dit Eddie.

– Quant à moi, je ne peux me prononcer, répondit Gloria. Mais Eddie ne me fait jamais de compliments. Nous nous connaissons depuis si longtemps.

– Eddie, je croyais que tu devais lever le pied après hier soir, dit Norma.

– J'ai tenu ma promesse.

– Et ce whisky ?

– C'est moi qui l'ai apporté. Je voulais rentrer dans les bonnes grâces d'Eddie. Je pensais passer la journée avec lui et l'envoyer m'acheter une robe dans un des magasins de Broadway ouverts le dimanche soir. Mais il a pensé à vous et vous avez été vraiment adorable d'accepter. Je vais accrocher le manteau dans l'une de tes armoires, Eddie, et j'enverrai quelqu'un le prendre demain. Depuis le début du printemps, j'ai envie de l'envoyer chez le teinturier et je ne cesse de remettre à plus tard.

– Je vois, fit Mlle Day.

– Mais hier soir, je ne l'ai pas regretté. Mon cousin est arrivé de Yale avec un de ses amis dans une décapotable, et il faisait froid. Ils ont insisté pour m'emmener à Princeton.

– Vous n'êtes pas rentrée chez vous ! Que vont dire vos parents ?

– La voiture est tombée en panne sur le chemin du retour. Alors, Bob, l'ami de mon cousin, nous a conduits chez des parents à lui. C'est là que nous avons joué au poker.

– Et votre cousin a laissé faire ça ?

– Il était ivre mort. On ne peut pas boire dans la famille. J'ai déjà bu deux whiskies et j'ai le tournis. Vous avez dû vous en rendre compte.

– Non, pas du tout. En général, je ne remarque l'ivresse des autres que s'ils se laissent aller aux pires extravagances, dit Norma.

– Eh bien, je me sens très bien. Comme si je donnais une fête. Avant que j'oublie, il me faudrait votre adresse, je vous renverrai tout ça nettoyé.

– Parfait, dit Mlle Day en donnant son adresse.

– Je vous invite au Brevoort.

– Je croyais que vous aviez perdu tout votre argent.

– J'ai pu toucher un chèque en route. Un employé de mon oncle me l'a encaissé. On y va ? »

Au gré des cahots de la route, le capot de la Packard montait et redescendait. L'auto roulait un peu comme un char d'assaut sur une mauvaise route pour camions. Paul Farley conduisait en suçant sa lèvre inférieure. Son compagnon de voyage, un homme à l'air assez satisfait de lui-même et du monde entier, levait le menton et de temps à autre laissait tomber la cendre de son cigare sur le plancher de la voiture.

« Arrêtons-nous pour jeter un dernier coup d'œil, voir ce que ça donne d'ici », suggéra cet homme.

Farley s'arrêta. Il n'était pas mécontent de regarder la maison presque terminée ; c'était son œuvre.

« Très chic ! dit-il.

– Je pense bien », répliqua Percy Kahan. Il apprenait à dire « je pense bien » au lieu de « foutre oui ». Les gens comme Farley, on ne savait jamais quand ils allaient dire quelque chose de familier comme « foutre oui », ou de raffiné comme « je pense bien ». Mais mieux valait se tromper dans le sens de la retenue que de marquer trop d'enthousiasme. En outre, M. Kahan était l'acheteur. Il était donc préférable de ne pas donner à M. Farley l'impression qu'il réussissait trop bien.

« Un beau travail, vraiment un beau travail que j'ai fait pour vous, monsieur Kahan. Mais vous savez que je vais dépasser le devis initial. C'est votre salle de jeux qui grève le budget. Il faut compter douze cents dollars de plus. Je peux encore m'en tenir au devis, mais je vous conseille de ne pas lésiner. J'ai été l'un des premiers architectes à me lancer dans les salles de jeux, à comprendre qu'il s'agissait d'un élément essentiel d'une maison moderne. Jusque-là, une salle de jeux… bon, je suppose que vous en avez vu suffisamment pour voir ce que je veux dire. Un peu de place dans la cave, on y met un bar, une table de ping-pong, quelques affiches de la Compagnie générale transatlantique…

– Oh oui, j'en veux une ! Pourrez-vous m'en procurer ?

– Je pense que oui. En général, je n'aime pas leur demander quoi que ce soit. J'ai plutôt mauvaise opinion de cette compagnie, mais c'est un détail. J'insiste sur le fait que je suis l'un des premiers à voir quel bénéfice une salle de jeux apporte à une maison. J'aurais voulu vous montrer quelques-unes des maisons que j'ai bâties du côté de Manhasset, près de chez les Whitney.

– Oh ! C'est vous qui avez construit la propriété de Jock Whitney ?

– Non. Mais près de chez eux, j'ai restauré une vieille maison pour onze mille dollars il y a deux ans. J'ai dessiné une salle de jeux épatante, mais la vôtre sera bien mieux.

– Mais c'était il y a deux ans. Chez qui était-ce ?

– Eh bien, eh bien… monsieur Kahan, ma déontologie m'interdit de divulguer le nom des clients, surtout maintenant que je vous ai annoncé ce qu'ils avaient dépensé. Comprenez-moi, c'est une question d'éthique professionnelle. Je voulais simplement vous montrer qu'il ne fallait pas lésiner à mille dollars près pour avoir quelque chose de bien. Par exemple, vous voulez une cheminée. Je vous approuve, mais nous n'avions pas prévu cela. Ça vous coûtera de l'argent. Pourtant, il vous *faut* une grande cheminée. Croyez-moi, monsieur Kahan, je veux que cette maison vous plaise. Nombre de mes confrères vous conseilleraient des économies. La plupart d'entre eux sont devenus pessimistes avec la crise. Elle nous touche tous, certes, même si je ne me plains pas personnellement. Cette année, j'ai déjà fait plus d'un demi-million de chiffre d'affaire.

– Net ?

– Non, pas net. Je ne construis que des maisons particulières. Mais quand même, un demi-million, ce n'est pas tellement moins que les trois dernières années. D'ailleurs, la dernière a été la meilleure de ma carrière.

– Sans blague ?

– Sans blague. J'ai beaucoup travaillé à Palm Beach. Jusqu'alors, je n'avais jamais été aussi loin. Et pour le moment, cette année est très satisfaisante. Mais qu'adviendra-t-il l'an prochain ? J'ai un peu peur. Les gens ont tout autant d'argent qu'avant, mais ils n'osent plus le dépenser. C'est fou ce qu'on thésaurise actuellement. Je connais un homme qui transforme tout son avoir en or, en lingots d'or ! Qu'est-ce qu'il peut bien en faire ? L'an prochain nous élirons un nouveau président.

Dans cette atmosphère d'inquiétude générale, la campagne présidentielle nuira aux affaires. Mais je vous le répète, en ce qui me concerne, je ne me plains pas, mes frais sont couverts pour toute l'année prochaine. Jusqu'ici, je n'ai pas encore congédié un seul employé, pas le moindre dessinateur. Je ne voudrais pas en arriver là mais, grands dieux, si les gens se mettent à retirer leur argent de l'industrie pour le laisser prendre la poussière dans les coffres des banques, ou même à se faire construire des coffres dans leurs maisons, ça ira mal. Avec une maison comme la vôtre, les gens ne pourront s'empêcher d'être enchantés. Je sais d'expérience, monsieur Kahan, qu'avec une page ou deux dans *Town & Country, Country Life* et *Spur*, les gens tentés de thésauriser...

– Des photos de ma maison dans *Town & Country* ?

– Mais oui, dit Farley. Vous croyez que je laisserais cette maison sans... Sauf, bien sûr, si ça vous dérange...

– Oh ! pas du tout, pas du tout ! Je serais enchanté de vous rendre ce service. N'en dites rien à Mme Kahan, je lui en ferai la surprise.

– D'accord. Les femmes aiment ces choses-là. Et elles jouent un rôle important dans ces circonstances. Comme je vous le disais, je voudrais que les gens voient cette maison, et que vos amis et voisins viennent vous rendre visite. C'est l'une des raisons pour lesquelles j'envisage une belle salle de jeux – quand vous recevrez de manière informelle, les gens verront quelle maison agréable vous avez et voudront savoir qui l'a construite. Faire du bon travail pour vous est profitable pour mes affaires, en règle générale mais surtout en cette période.

– *Town & Country*, eh, eh... C'est vous qui enverrez les photos ou est-ce moi qui devrai m'en occuper ?

– Ne vous inquiétez pas. Ils enverront leurs photographes. Ma secrétaire se laisse corrompre par eux et leur signale à l'avance les maisons que je suis sur le point de terminer. Je la laisse faire, je ne m'en plains pas. Grâce à elle, je suis un des architectes les plus connus de New York. Il a paru plus de photographies de mes maisons que de celles de n'importe qui d'autre. »

M. Kahan éclata de rire pour montrer qu'il savait apprécier de pareilles subtilités.

« Allons déjeuner, monsieur Farley, dit-il, mais cette fois-ci c'est moi qui vous invite. Rappelez-vous que la dernière fois vous me l'avez promis.

– Je crains d'avoir menti, gloussa Farley. Il faut me faire signer, dans des cas pareils. Ce soir vous êtes encore mon invité. Mais si vous y tenez, un de ces jours je vous ferai signe pour un vrai dîner en ville et je préfère vous avertir que ma femme s'y connaît en vins. Moi je n'y connais rien, mais elle, si. »

Ils retournèrent au club, où leurs femmes les attendaient. Mme Farley jouait avec ses bagues, et Mme Kahan se pinçait le lobe de l'oreille gauche. Chez toutes les deux, c'était un signe d'impatience.

« Bien ? » dirent-ils tous les quatre à l'unisson.

Puis M. Farley proposa des cocktails que tous acceptèrent. Pendant qu'on les préparait, les deux hommes allèrent se laver les mains. Ils entraient dans la salle des lavabos, quand un homme pressé d'en sortir bouscula M. Kahan.

« Excusez-moi, monsieur, je vous prie.

– Ce n'est rien, monsieur Liggett, dit Kahan.

– Oh ! Comment allez-vous ? Je suis enchanté de vous revoir, s'exclama Liggett.

– Mais vous ne vous rappelez plus qui je suis ? fit Kahan. Et pourtant nous étions dans la même promotion à New Haven[1].

– Mais si, je me le rappelle parfaitement.

– Je me nomme Kahan.

– Mais je le savais. Tiens, bonjour Farley !

– Bonjour, Liggett. Venez prendre un verre avec nous.

– Ce serait avec plaisir, mais toute ma famille m'attend dans la

1. Ville où est située l'université de Yale.

voiture. Enfin, enchanté de vous avoir retrouvé, Kahan. Au revoir, Farley. »

Il leur serra la main et se hâta de disparaître.

« Il ne m'a pas reconnu, mais moi je l'ai remis tout de suite, remarqua Kahan.

– Je ne savais pas que vous aviez fait vos études à Yale, dit Farley.

– Je n'en parle jamais. Mais parfois, je rencontre un ancien camarade comme Liggett, un ancien grand *Skull and Bones*[1], ou le Dr Hadley, et je ne peux m'empêcher de me rappeler à eux. Je me dis que j'ai perdu mon temps pendant ces quatre années. Je ne conseillerais jamais à un petit Juif de Hartford comme moi d'aller à Yale. Et pourtant, en novembre dernier, je me trouvais à Hollywood au moment du match Yale-Harvard. La transmission radio était mauvaise. Eh bien, je me suis payé une communication permanente avec New Haven pendant toute la durée du match. Je ne pouvais pas faire autrement. Quand on est allé à Yale, on a ça dans le sang. »

1. Prestigieuse société secrète basée à Yale.

3

« Eh bien ! je comprends pourquoi tu ne voulais pas que je voie la fin d'abord. Si je l'avais vue, je ne serais pas restée dans ce cinéma. Et tu voulais revoir ce film ? Seigneur, si jamais tu termines un roman, j'espère qu'il vaudra mieux que ça.

– Si jamais je termine un roman, j'espère qu'il aura autant d'effet sur les gens que ce film en a eu sur toi.

– J'imagine que ça te plaît d'écrire ainsi, dit Isabel. Où allons-nous maintenant ?

– Tu as faim ?

– Non, j'ai soif. Allons boire un verre. Un seul cocktail. C'est compris ?

– Un seul, oui, comme toujours, j'ai compris. J'ai envie de t'emmener dans un endroit que je connais, mais j'ai un peu peur…

– Pourquoi ? C'est mal fréquenté ?

– Pas précisément. Pas à première vue, mais les clients sont… on n'imaginerait pas être au Racquet Club, et à moins que tu ne saches où tu es, je veux dire qu'on ne te tuyaute sur l'endroit, qu'on ne t'explique ce qui le différencie des autres, on dirait juste un *speakeasy* classique. Et si je te disais ce qu'il a de particulier, tu ne voudrais pas y aller.

– Eh bien n'y allons pas. Qu'est-ce qu'il y a de si extraordinaire ?

– C'est là que les gars de Chicago traînent à New York.

– Alors allons-y. Il n'y a pas de danger, au moins ?

– Non. Pas plus qu'ailleurs. Les New-Yorkais tolèrent la boîte parce qu'il faut bien que les gens de Chicago aient un lieu de rendez-vous à New York. Il y a tout de même un danger.

– Lequel ?

– Que les gars de Chicago se mettent à s'entretuer. Pour l'instant ce n'est encore jamais arrivé et je ne pense pas que ça arrivera, tu verras pourquoi. »

Ils descendirent Broadway sur quelques blocs, puis tournèrent vers l'est. Une plaque de cuivre bien astiquée indiquait l'échoppe d'un fabricant de perruques. Jimmy poussa Isabel à travers la boutique et appela un ascenseur, qui descendit en grinçant. Un petit Nègre aux yeux chassieux avec une casquette d'uniforme ouvrit la porte et Jimmy dit :

« Club Sixième Avenue.

– Oui, m'sieur », dit le Nègre.

L'ascenseur monta deux étages et s'arrêta. Ils sortirent devant une porte d'acier peinte en rouge, au milieu de laquelle était percé un judas. Jimmy sonna, un visage apparut.

« Oui, monsieur, dit le visage. Votre nom, s'il vous plaît ?

– Vous venez d'être embauché, sinon vous me connaîtriez, dit Jimmy.

– Oui, monsieur… Votre nom, s'il vous plaît ?

– Malloy. Pour l'amour de Dieu, Malloy !

– Et votre adresse, monsieur Malloy, s'il vous plaît ?

– Zut ! dites à Luke que M. Malloy est là. »

Isabel entendit un bruit de chaînes et de serrures. Le portier se tenait devant la porte :

« Nous devons nous montrer vigilants. Vous savez ce que c'est. On ne peut pas laisser entrer n'importe qui. »

Ils pénétrèrent dans une pièce haute de plafond. D'un côté, un long comptoir de bar. En face, un buffet bien garni, ravitaillé grâce à une cuisine parfaitement équipée. Jimmy poussa Isabel vers le bar.

« Salut, Luke, dit-il.

– Comment va, monsieur ? salua Luke, un géant au visage faussement avenant qui n'était pas sans rappeler Babe Ruth.

– Prends donc un *whiskey sour*, chérie, Luke prépare les meilleurs *whiskey sours* du monde.

– J'aurais préféré un punch, mais allons-y pour le *whiskey sour*.

– Et vous, monsieur ?

– Whisky soda, s'il vous plaît. »

Isabel regarda autour d'elle. Au-dessus du miroir du bar, se trouvait l'habituel vieux bandit regardant avec concupiscence une grande bouteille de bière et l'incontournable licence de débit d'alcool humoristique. Derrière le bar, de nombreuses bouteilles dont une de Rock & Rye, autre spécialité de Luke. Hormis la quantité et la variété des bouteilles, ainsi que la propreté du bar, le *speakeasy* de Luke ressemblait aux quelque vingt mille autres plus ou moins dans les environs de Times Square. Isabel aperçut un petit objet qui la dérangea : un calendrier « illustré », avec un endroit où placer des lettres ou des mots, et l'image d'une femme voluptueuse, nue au-dessus de la ceinture ; ce calendrier était intact et la première feuille portait en gros chiffres le millésime de « 1931 ». Sur le devant était écrit : « À Chicago allez chez d'Agostino, cuisine italienne Steaks & Chops, dîners privés. » Suivaient l'adresse et trois numéros de téléphone.

Le temps d'étudier le calendrier et de comprendre ce que tout cela signifiait – à la lumière de ce que Jimmy lui avait expliqué –, leurs verres étaient servis, et elle ne sentit plus tous ces regards posés en douce sur elle. Elle observa autour d'elle ; personne ne la regardait. L'endroit était à peine plein à moitié. À une table, quatre hommes et trois femmes buvaient. L'une des femmes était d'une beauté exceptionnelle. Ce n'était pas une prostituée, ni une de ces blondes qui jouent les poules des gangsters au cinéma, seulement une très jolie fille avec un très beau sourire timide. Isabel crut la reconnaître et comprit soudain pourquoi.

« Jimmy, dit-elle, cette fille ressemble à Caroline English. »

Il se retourna et dit :

« Oui, en effet.

– Mais pour ce qui est des autres consommateurs, j'ai vu bien pire à Coney Island et dans d'autres endroits. Tu n'aurais pas inventé une histoire de gangsters juste pour rendre intéressant cet endroit ordinaire, quand même ?

– D'abord non, et ensuite non. D'abord pour quoi faire ? Ensuite, c'est inutile. J'ai horreur des gens comme toi. Les gens comme toi, je veux dire des filles à papa qui ont fait leurs études dans des écoles sélectes, qui passent leurs dimanches au *country club*, roulent dans de belles voitures, enfin qui font partie de la haute. Vous êtes insupportables. Tu viens dans un endroit comme celui-ci en t'attendant à voir un film de la Warner, un de ces films de gangsters pleins d'acteurs fatigués et de lourdauds qui n'ont pas bossé depuis les comédies Keystone. Dès que tu t'encanailles, tu te crois au ciné.

– Excuse-moi, mais pourquoi dis-tu "des gens comme toi". C'est *toi* qui appartiens à un *country club,* qui as fréquenté des écoles sélectes et dont la famille a au moins eu de l'argent.

– Je vais te raconter quelque chose à mon sujet, qui te permettra de comprendre beaucoup de choses. Autant que tu l'entendes maintenant. D'abord, je suis un *Mick*, un fils d'Irlandais. Je porte des vêtements Brooks, je ne mange pas ma salade avec une cuillère et je pourrais probablement jouer au polo dans deux ans, mais je suis et je resterai toujours un Irlandais. J'ai mis longtemps à le comprendre, mais j'en suis arrivé à cette conclusion qu'il n'existe qu'une sorte d'Irlandais. J'ai étudié suffisamment de photographies et rencontré assez d'Irlandais pour le savoir.

– Qu'est-ce que tu veux dire par : "J'ai étudié suffisamment de photographies" ?

– Je veux dire que j'ai rassemblé des dizaines de photos représentant les meilleures familles irlandaises à la Foire hippique de Dublin. J'ai posé mes doigts sur leurs vêtements et j'avais l'impression de voir des conquistadores de Colomb. Tout le monde s'y tromperait.

– Pourquoi pas ? Ils sont tous irlandais aussi.

– C'est bien ce que je voulais démontrer. Ou au moins, on

y arrive. Tout à l'heure, tu disais que je ressemblais à James Cagney…

– Non, que tu me faisais penser à lui.

– Il doit y avoir une légère ressemblance. Cela ne m'étonne pas. Mon propre frère ressemble tant à Cagney qu'il pourrait être son frère. Eh bien, Cagney est un *Mick*. Comment se fait-il qu'il représente si exactement le gangster tel qu'il apparaît dans les rêves de tous les Américains ? Pourquoi ? Parce que les Américains ne sont pas irlandais et détestent les catholiques. Pour vous, les catholiques irlandais représentent le mal. L'association d'idées entre le gangster et le catholique d'Irlande est automatique.

– Où veux-tu en venir ?

– Je n'y suis pas encore. Voilà ce qui est important : tu connais la Société des Cincinnati[1]. Tu as entendu parler d'eux ?

– Évidemment.

– Eh bien je pourrais en faire partie. Je pourrais au moins compter parmi les "Fils de la Révolution". Je n'en fais pas étalage, mais cela prouve que je suis un Américain de vieille souche. Mes frères et sœurs aussi, évidemment. Et pourtant, nous ne sommes pas américains. Nous sommes des *Micks*, d'inassimilables *Micks*. Mes grands-parents vivaient en Amérique à l'époque de la guerre d'Indépendance, et pourtant, lorsque d'autres Américains veulent représenter l'archétype du gangster fraîchement débarqué d'Europe, ils lui donnent les traits de mon frère. Et ils ont raison, car les premiers gangsters de ce pays étaient des Irlandais, les Molly-Maguire, et nous ne serons jamais totalement assimilés. Tu me comprends ?

– Je crois, oui.

– Très bien, je continue. Je vais faire la démonstration d'une règle sociologique capitale. Hypothèse : je me promène dans la salle des pas perdus de la gare centrale à l'instant précis où le président Hoover débarque du train. Le service d'ordre me mettra-t-il

1. Association des vétérans de la guerre d'Indépendance, puis de leurs descendants.

la main au collet ? Non, parce que je suis habillé à ma façon, et je m'habille à ma façon parce que je préfère ce genre de vêtements à ceux de Broadway ou des Babbitt. Et aussi parce que j'ai de bonnes manières, parce que ma mère était une dame pour qui les bonnes manières étaient importantes – de même que, pour mon père, bizarrement, même si à l'âge ou l'on m'a enseigné les bonnes manières, ma mère avait plus d'influence sur moi que mon père. C'est donc à elle que je suis reconnaissant de ma bonne éducation. Lorsque je suis à jeun. D'ailleurs on me prend souvent pour un ancien de Yale, d'anciens étudiants de Yale me prennent pour l'un des leurs. Ça me flatte, car c'est la meilleure des universités. Je dois avouer aussi que leur erreur s'explique facilement. Il y a quelques années, un des meilleurs joueurs de football de Yale était mon sosie et son nom ressemblait au mien. Mais ça n'a pas d'importance.

– Non, si ce n'est qu'on s'éloigne de ta démonstration. Tu ne peux pas avoir une tête de gangster *et* d'ancien de Yale en même temps.

– C'est vrai. J'ai une réponse toute prête. Attends... Ah oui ! Les gens qui croient que je viens de Yale ne sont pas très observateurs. Je ne prétends pas que ce soit une réponse subtile. C'est la vérité. En fait, je viens de penser à quelque chose de drôle.

– Quoi ?

– La plupart de ceux qui croient que je viens de Yale sont d'anciens élèves de Princeton.

– Allons, tu viens de dire...

– Je sais. Mais ça n'a aucune importance, car je sais où je veux en venir. J'ai commencé à vitupérer contre "les gens de la haute" et je voulais démontrer que je n'en faisais pas partie. Je n'en ferai jamais partie. Peut-être l'aurais-je pu à une époque, mais depuis deux ans j'ai perdu tout espoir.

– Depuis deux ans ? Que s'est-il passé il y a deux ans ?

– J'ai crevé de faim. Deux jours durant, je n'ai rien mangé, je me suis contenté de boire de l'eau et je n'avais pas même une cigarette. J'habitais dans ce quartier. Je n'avais pas de travail et aucun espoir d'en trouver. J'aurais pu écrire à mes parents, seulement quelque temps auparavant je les avais impliqués dans une sombre histoire de chèque sans provision et je n'étais plus le bienvenu chez moi. Impossible d'emprunter à quiconque, je devais de l'argent à tout le monde. J'avais tapé des gens que je connaissais à peine : un dollar par-ci, dix dollars par-là. Je n'osais plus sortir dans la rue. Une Négresse qui faisait le ménage dans la maison où j'habitais a deviné ce qui m'arrivait et, le troisième jour, elle m'a apporté un sandwich au poulet. Je ne l'oublierai jamais. Du pain de seigle et du poulet maison, pas fin et blanc, mais épais et très brun. Elle l'avait enveloppé dans du papier journal. En entrant, elle m'a dit : "Bonjour, monsieur Malloy, je vous ai apporté un sandwich au poulet. Vous aimez ça ?" C'est tout. Elle ne m'a pas expliqué pourquoi elle l'apportait. Elle est ressortie, puis elle est revenue avec un gobelet de café et quelques cigarettes chipées – des Camel, alors que je fume des Lucky – dans les chambres voisines. Une brave fille. Elle savait ce que c'était que la dèche.

– Une aussi brave fille ne mérite pas d'être traitée de "Négresse". Tu aurais pu dire "une dame de couleur".

– Ah, merde !

– Cette fois je m'en vais.

– C'est ça, pars.

– Tu n'es qu'un *Mick*.

– Tu vois : *Mick* est le premier mot qui te vient pour m'injurier. Allez, du balai. Portier, voulez-vous ouvrir à cette dame, s'il vous plaît ?

– Tu ne viens pas avec moi ?

– Si, bien sûr. Combien vous dois-je, Luke ?

– Un dollar vingt », répondit Luke, manifestant, sans laisser paraître aucune émotion, qu'il désapprouvait ces chamailleries.

Des sorties comme celle projetée par Isabel sont moins difficiles depuis la fin de la Prohibition. À l'époque, le portier devait d'abord jeter un coup d'œil à travers le judas, vérifier que tout allait bien, puis ouvrir au moins deux serrures et vous tenir la porte. Désormais, les meilleures sorties théâtrales se font par les portes à tambour.

Jimmy appela l'ascenseur. Ils durent l'attendre en silence, puis descendre au rez-de-chaussée en silence et trouver un taxi avec un chauffeur à l'intérieur. Il y en avait beaucoup, seulement la plupart des chauffeurs se querellaient sur le meilleur Tacna-Arica[1] sans se préoccuper le moins du monde de la présence d'un éventuel client. Une voiture en maraude passa. Jimmy la héla.

« Je te ramène chez toi ? s'enquit-il.

– Oui, s'il te plaît. »

Jimmy se mit à chanter : « *How's your uncle ? I haven't any uncle. I hope he's fine and dandy too.* »

Silence.

« Te rappelles-tu ce qui s'est passé il y a quatre ans ?

– Non.

– Le procès Snyder-Gray. »

Silence.

« Tu t'en souviens ?

– Oui.

– Quel était le prénom de M. Snyder ?

– De ?

– M. *Sny*-der.

– Il n'y avait pas de *monsieur* Snyder. C'était le procès de Ruth Snyder et de Jude Gray.

– Cependant, il y avait aussi un certain M. Snyder. C'était précisément lui, ma chère Isabel, qui s'était fait assassiner. Quel était son prénom ?

– Je n'en sais rien. Comment veux-tu que je me le rappelle ?

– Isabel, pourquoi m'en veux-tu ?

– Parce que tu m'humilies en public. Tu as appelé le serveur

1. Arnaque au taxi entre le Chili et le Pérou.

pour lui demander de m'ouvrir la porte, tu m'as aboyé dessus en disant des choses ignobles, parfaitement ignobles.

– Humiliée en public, répéta-t-il. Humiliée en public. Et tu ne te rappelles pas le prénom de M. Snyder.

– Jimmy, tais-toi plutôt que de dire des inepties.

– Ce ne sont pas des inepties. Tu prétends que je t'ai humiliée en public. Et lui, ce pauvre homme assassiné par Ruth Snyder et Jude Gray, n'a-t-il pas été humilié en public ? Pendant des jours et des jours, tous les journaux du pays ont écrit son nom dans des articles humiliants, toutes sortes d'articles humiliants, et tu ne te rappelles même pas son prénom. Humiliée, mon œil.

– Ça n'a aucun rapport.

– Si, c'est exactement la même chose. Si je descendais de ce taxi, prétendrais-tu que je t'ai humiliée en public ?

– Ne fais pas ça, c'est inutile.

– Réponds à ma question.

– Je préfère que tu ne le fasses pas. Est-ce une réponse ?

– Oui. Chauffeur ! Arrêtez-vous ici. »

Il donna un dollar au chauffeur et leva son chapeau.

« Au revoir, Isabel.

– Tu es idiot, tu sais.

– Pas du tout. Je viens de me rappeler que je devais couvrir un sermon ce matin et je n'ai pas été au bureau de la journée.

– Seigneur Dieu, Jimmy. Et après, tu m'appelles ?

– Dans une heure.

– Je t'attendrai. »

Tard dans l'après-midi, Liggett prit le train pour rentrer chez lui. Le voyage lui parut presque plaisant. Cette journée avec ses filles lui avait été pénible. Pas tellement vis-à-vis d'Emily, pour l'instant elle n'avait rien à voir avec tout ça – tant que rien ne dérapait. Donc sa compagnie ne lui était pas pénible. Il ne pensait pas que quelque chose pourrait déraper, mais il était possible que cette fille idiote fût restée endormie chez lui ou y eût laissé des traces de son passage. Liggett se promit de fouiller l'appartement de fond en comble avant le retour d'Emily et des filles. Qu'est-ce qui lui avait pris de l'amener chez lui ? Même lorsque Emily et les filles étaient en Europe, il n'avait jamais fait une chose pareille.

L'Europe. L'hiver dernier avait été rude. Rien de ce que Liggett attendait ne s'était produit. Et Liggett s'était demandé si ce qu'il espérait se réaliserait jamais. En son for intérieur, il ne se faisait aucune illusion sur sa valeur personnelle. Directeur des bureaux new-yorkais d'une entreprise d'outillage pour la construction fondée par son grand-père, Liggett savait lire un plan. Il savait, moyennant un peu de concentration, établir un devis et voir la différence entre coûts et prix de revient final, ce qui n'était pas la partie la moins importante du boulot puisque son meilleur client était la ville de New York. Il travaillait aussi avec des sociétés de services publics et devait avoir une connaissance au moins opérationnelle de leur système d'évaluation, selon lequel, par exemple, un trépan pneumatique acquis pour cinq mille dollars représentait toujours, dix ans après, un actif valant cinq mille dollars, sans la moindre dépréciation. Il devait toujours savoir s'adresser à la bonne personne, celle dont dépendaient les commandes, et qui n'était pas toujours l'acheteur officiel. S'il ne savait pas se servir d'une règle à calculer, il connaissait le jargon professionnel associé. Au lieu d'écrire à la main, il utilisait toujours la graphie Reinhard, la première chose qu'un ingénieur apprend. Assez habile pour avouer son ignorance, parfois d'un ton un peu navré, il parvenait ainsi à désarmer les vrais techniciens. *Voilà un homme qui aurait pu faire un bon ingénieur*, pensaient-ils. Ces petites touches superficielles – la graphie, le jargon, les cancans sur qui était le gars sous-payé qui faisait tout le boulot sur tel énorme dossier, par exemple –, lui valaient d'être apprécié des ingénieurs, qui ne sont pas moins sentimentaux que n'importe qui. Ils l'aimaient bien, et lui rendaient volontiers service comme à un concurrent inoffensif.

Homme d'équipe, il avait toujours quelque chose à dire à un ancien du Massachusetts Institute of Technology. Il parlait de l'esprit de la marine du MIT, prenait chaque année son pouls. Son propre père étant allé à Lehigh, il gardait toujours contact avec les ingénieurs de Lehigh. Il reconnaissait les clés Tau Bêta Pi et Sigma Xi à un kilomètre. Il était même connu pour déclarer, en présence de gens qui n'étaient pas des anciens de Yale, qu'il aurait espéré aller à Sheff, y apprendre quelque chose. Il ne commettait jamais l'erreur de dire à des types Tau Bêta Pi et Sigma Xi, comme il l'avait dit une fois à un homme qu'il n'aimait pas : « Je n'ai jamais vu un Phi Bêta Kappa porter une montre. »

La clause « à usage privé » qui voulait que les anciens de Yale signent une déclaration selon laquelle ils juraient sur la tête de leur mère que ces billets de football américain qu'ils réclamaient ne seraient utilisés par personne d'autre, était une bénédiction pour Liggett. Il suffisait de demander des tickets, de signer le serment qui allait avec, puis, dès qu'un type de Tammany[1] bien placé venait le voir pour assister au match annuel Harvard-Yale, Liggett exposait le serment avant de lui remettre le ticket. Il ne pensait pas utile d'expliquer cette violation de sa parole, mais il tenait néanmoins deux justifications toutes prêtes : la première était qu'il n'approuvait pas ce serment, la seconde, qu'il avait fini par avoir des cloques au cul à force de ramer pour Yale quatre ans d'affilée sans rater une course, si bien qu'il était en mesure de décider quoi faire de l'un des petits bénéfices qu'il retirait d'être un ancien « Y » plutôt qu'un employé au bureau de l'Athletic Association. En au moins une occasion, ces places avaient fait la différence entre avoir un contrat et ne pas l'avoir.

Il parvenait même à passer pour un homme de valeur aux yeux du conseil d'administration de l'usine qui, depuis longtemps, n'appartenait plus à la famille Liggett. En additionnant les actions de sa sœur et les siennes, il n'avait que peu de voix à l'assemblée

1. Organisation new-yorkaise liée au Parti démocrate.

générale. Par habitude et par respect pour ses parents, les nouveaux propriétaires le maintenaient en place.

Il lui fallut toute l'année 1930 pour comprendre que la spéculation en Bourse n'était pas son affaire. Jusqu'alors, il avait cru qu'acheter et vendre des titres ou des machines n'était qu'une simple question de bon sens. À ses yeux, la loi de l'offre et de la demande était la seule valable. Son grand-père était venu de Birmingham avec quelques petites machines pour satisfaire les demandes du marché américain. Il avait réussi. Son père, devant une plus forte demande, avait agrandi ses usines. En 1930, Liggett se dit : *Acheter et vendre, ce n'est plus comme à l'époque de mon père, de même que répondre à la demande ce n'est plus comme à l'époque de mon grand-père. Je suis en position de prendre part à leurs activités à tous les deux, et bien que je ne sois pas à l'usine, j'ai quelque chose qu'ils n'avaient pas : du recul. Liggett & Cie achète et vend. Désormais, où que j'aille, je vois des buildings qui sortent de terre, des trous que l'on creuse dans le sol. Quelques actions – bon d'accord, toutes les actions – se sont ramassées, mais c'est parce que certaines étaient sans doute très surévaluées. Très bien. Un truc arrive et tout le marché se ramasse. Pourquoi ? Qui peut le dire ? Quoi qu'il en soit, c'est arrivé et, à long terme, ce sera une bonne chose, parce que le jour où les actions vont remonter, elles vaudront le coup.*

Entre 1929 et 1930, ses revenus chutèrent de soixante-quinze mille à vingt-sept mille dollars. On lui maintint son salaire de vingt-cinq mille dollars car ses relations avec les Tammany de New York avaient conservé leur valeur en période de crise. En 1929, ses revenus de Liggett & Cie, à part son salaire, commissions comprises, se montaient à quarante mille dollars. En outre, les biens de sa mère, investis dans du non-Liggett à Pittsburg, lui rapportaient dix mille dollars. En 1930, ses profits de Liggett & Cie s'élevaient à quinze mille dollars, qui allèrent à ses courtiers, de même que les cinq mille dollars des biens de sa mère. Mais avec un autre type, ils gagnèrent deux mille dollars d'une manière inattendue – et pensèrent sérieusement recommencer chaque année.

Au printemps 1930, Liggett se convainquit d'embarquer pour l'étranger. Un homme qu'il avait bien connu à l'université, mais un peu perdu de vue par la suite, vint le voir avec une combine qui lui coupa le souffle. Ils en discutèrent dans le fumoir. Le lendemain, peu après midi, le bateau s'arrêta une bonne heure durant. Conséquence de ce retard, Liggett et son ami, qui avaient parié sur le nombre de milles parcourus dans la journée, gagnèrent environ deux mille dollars. Sur lesquels ils durent cependant en reverser cinq cents au steward qu'ils avaient soudoyé pour se jeter par-dessus bord à midi. À la décharge de Liggett, il faut dire qu'il avait d'abord refusé de marcher dans la combine, et n'aurait pas marché si un financier qu'il avait toujours considéré comme un modèle de vertu, respectueux des convenances ne s'était révélé une fois un fieffé corrupteur. Liggett s'assura que son complice recrutait un steward sachant nager…

Aussitôt sorti de la gare, il entra dans une cabine téléphonique et appela chez lui. Pas de réponse. Cela ne voulait rien dire, sinon que cette Gloria ne répondait pas. Il prit le métro vers Times Square, mais au lieu de monter dans la navette vers Grand Central, il sortit dans la rue, loin de l'horrible atmosphère du métro (c'était bien mieux quand il y avait beaucoup de monde, on pouvait regarder tous ces gens hideux et on ne pensait plus au reste), et finit en taxi.

Il scruta le visage du liftier, mais ne remarqua rien – il eut droit à un simple : « Bonsoir, monsieur. » Liggett inspecta rapidement l'appartement, ouvrant même la porte du palier de service.

« Elle n'est pas ici », dit-il tout haut avant de retourner mieux fouiller la salle de bains. Elle y avait laissé un sacré petit désordre. Il remarqua que sa brosse à dents, qui était toujours, absolument toujours, dans son verre, gisait sur le rebord du lavabo. Le tube de dentifrice avait été aplati en son milieu, et elle ne l'avait pas rebouché. Il leva la brosse jusqu'à son nez. Mais oui, la salope, elle s'était servie de sa brosse à dents. Il la cassa en deux et la jeta à la poubelle.

Dans la chambre à coucher, il trouva la robe et la cape de

soirée. Il prit la robe, la retourna et, sans savoir exactement ce qu'il cherchait, flaira le tissu à la hauteur de l'entrejambe. Il fut déçu. Alors seulement, il remarqua la déchirure et en conçut une certaine honte. Mais aussi, pourquoi avait-elle fait la coquette lorsqu'il l'avait amenée chez lui ? Pourtant elle ne l'était pas, elle le lui avait bien prouvé une fois au lit. Ils étaient soûls tous les deux. Il devait bien avouer qu'elle l'était un peu moins que lui. Sans doute avait-elle moins bu, car Liggett n'aurait pu admettre qu'une jeune fille supportât l'alcool mieux que lui. Elle était venue chez lui alors qu'elle ne l'avait rencontré que le soir même. Ils s'étaient embrassés dans le taxi et elle s'était laissé caresser la poitrine. Pendant qu'il préparait les cocktails, elle s'était rendue dans la salle de bains. En en sortant, elle avait trouvé Liggett dans la chambre, les verres à la main. Prenant son verre, elle avait tenté de se rendre au salon.

« Mais non, on est bien mieux ici », se souvenait-il d'avoir dit. Et il se souvint également d'avoir pensé qu'il aurait mieux fait de se taire, car dès qu'il eut parlé, elle dit qu'elle préférait le salon. Peut-être était-ce mieux dans le salon, mais il déclara qu'ils allaient rester ici.

« Non, certainement pas. »

Et elle l'avait regardé bien en face, d'abord dans les yeux, puis son regard s'était porté plus bas, encore plus bas, avec une telle franchise qu'en y pensant, Liggett était sûr d'avoir, pour une fois, deviné les pensées de son interlocutrice.

Il s'était levé et, posant son verre sur la table, il l'avait brutalement serrée dans ses bras. La tête rejetée en arrière, le verre à la main, elle ne disait plus rien mais ne semblait pas en colère, comme si elle avait affaire à un gamin dont elle parviendrait aisément à calmer les ardeurs, comme si elle en souffrait mais savait que ce serait bientôt fini et qu'elle en serait toujours au même point, avec son verre et sa dignité intacte. Si bien que Liggett la relâcha, mais pas pour les raisons qu'elle croyait. Elle pensait qu'il allait laisser tomber, mais tant de fierté, c'était trop pour lui. Il devait faire quelque chose, alors il la relâcha, puis déchira sa robe du col à la ceinture.

Aussitôt, l'attitude de Gloria changea. Effrayée, elle n'était plus qu'une petite fille délicieusement pitoyable. Il ne remarquait même pas que sa fierté était au moins suffisamment authentique pour lui permettre de garder son verre à la main et de marcher deux pas en direction d'une table. Pendant une minute, deux minutes, Liggett se sentit prêt à l'aimer avec toute la tendresse et toute la douceur qui venaient de s'éveiller dans une autre partie de son âme. Il la suivit vers la table et attendit qu'elle pose le verre. Il avait conscience désormais, contrairement à la nuit précédente, qu'elle affectait une sorte de pose, menton presque sur l'épaule, regard loin de lui, bras droit en V protecteur sur son buste, main gauche en coupe sous son coude droit. Timidement, posant la main sur le biceps de Gloria, il dit :

« Embrasse-moi.

– Tu ne le mérites pas. »

Elle se tourna vers lui et offrit ses lèvres. Timidement, il les prit. Gloria s'agrippa à son cou et se laissa conduire vers le lit. Le reste de la nuit laissait à Liggett un souvenir qui dépassait de loin toutes ses expériences précédentes. Pour la première fois de sa vie, il comprit comment ces types, de jeunes officiers pleins d'avenir, pouvaient trahir le roi et la patrie pour l'amour d'une femme, même en sachant que cette femme était une espionne et qu'elle ne les aimait pas. Il désirait frénétiquement Gloria, et qu'importait avec combien d'hommes elle avait couché depuis qu'elle était partie de chez lui. Durant tout l'après-midi, en compagnie d'Emily et de ses filles, il l'avait presque oubliée. Mais si, à cet instant précis, Gloria avait été dans sa chambre, il l'aurait possédée même sous les yeux d'Emily et des enfants. « Nom de Dieu ! » s'exclama-t-il. Il n'arrivait pas à y croire : il avait quarante-deux ans, et elle au moins vingt de moins, et… ah, qu'importe. Où qu'elle fût, il la retrouverait et lui procurerait un appartement dès ce soir. Voilà donc ce qui arrivait aux hommes, pourquoi on parlait de démon de midi. Démon de midi, on se moquerait de lui, mais quelle importance s'il pouvait la posséder. Il voulait la posséder, encore et encore, toute une année durant. Et pour ce faire, il devait lui trouver un appartement. Dès ce soir. Demain elle aurait le bail.

Il téléphona chez elle, ne s'attendant pas vraiment à l'y trouver. Une timide voix d'homme – probablement son père, se dit Liggett – répondit qu'elle n'était pas à la maison et ne rentrerait qu'assez tard ce soir. Liggett ne perdit pas courage. Il pensait la connaître suffisamment pour savoir où la trouver. Il fit un petit paquet de ses vêtements, prit un taxi jusqu'à la gare centrale et y laissa le paquet en consigne. Au moment de déchirer le reçu, il se ravisa, songeant que Gloria pourrait être heureuse de récupérer cette robe, peut-être comme souvenir, peut-être pour rapiécer un autre vêtement. Souvent les femmes conservaient ainsi de vieux habits ; il n'avait donc pas le droit de s'en débarrasser. De plus, la cape était en bon état. Liggett l'avait oubliée parce que seule la robe déchirée lui importait. La manière dont il continuait à y penser lui était désagréable, car il aimait se souvenir de lui déchirant la robe et la déshabillant, de l'image de Gloria à cet instant, de son corps et de sa peur. Mais déchirer la robe d'une fille était inconvenant et il n'aimait pas se retrouver seul avec cette pensée. Il entra dans un *speakeasy* de la 53e Rue Est, celui dans lequel, ces deux dernières années, deux hommes s'étaient suicidés dans les toilettes. On descendait tout juste les dernières chaises des tables avant l'arrivée des clients. Le bar était déjà ouvert, un homme en jaquette et une femme buvaient un verre. L'homme n'avait pas loin de cinquante ans, la femme, grande et voluptueuse, à peine plus de trente. Ils étaient un peu soûls et se disputaient. À l'approche de Liggett, l'homme prit la femme par le bras, l'arracha de son tabouret et l'attira vers une petite table à l'autre bout de la pièce. De toute évidence, cette femme était sa maîtresse et l'homme en était éperdument amoureux.

« Depuis que je te connais, tu me poses tout le temps des questions ! » s'écria-t-elle.

Liggett fit de la monnaie et s'enferma dans la cabine téléphonique pour appeler un de ses copains ingénieurs. Celui-ci ne répondit pas. Il en essaya deux autres, parce qu'il était décidé à faire la tournée des *speakeasies* où il pourrait trouver Gloria, et préférait être accompagné, mais pas par l'un de ses véritables amis. Ils devaient être chez eux avec leur femme, ou sortis avec leur femme, et il voulait la compagnie d'un homme dont la femme ne connaîtrait pas Emily. Il essaya donc d'appeler ces ingénieurs, mais pas de réponse. Il en essaya un autre, un homme qu'il n'appréciait pas outre mesure, mais celui-ci, très cordial, insista pour que Liggett vînt le rejoindre chez lui où il recevait de nombreux amis. Liggett ressortit de la cabine. Dans une minute, il pourrait certainement profiter de la compagnie de l'homme en jaquette, à en juger par la tournure de sa conversation avec sa maîtresse. D'un instant à l'autre, la femme rentrerait chez elle empaqueter tous les cadeaux qu'il lui avait faits pour les lui renvoyer. Liggett ne voulut pas se retrouver seul avec ce type. Il finit son verre, paya, sortit et entra dans le *speakeasy* d'à côté.

La première personne qu'il vit fut Gloria. Elle portait un élégant petit tailleur. Liggett se demanda comment elle était parvenue à se changer. Elle le regarda froidement. Elle était avec un jeune homme et une jolie jeune fille. Il leur serra la main, Gloria les lui présenta et finalement le pria de s'asseoir un instant, justement ils partaient.

« Oh ! je croyais que nous allions dîner ici, dit Mlle Day. Je commence à avoir faim. »

Personne ne répondit, lui signifiant ainsi qu'elle avait commis un impair.

« Attendez-vous quelqu'un ? demanda Liggett.

– Non, pas précisément, répondit Gloria.

– Écoutez, mademoiselle Wandrous, je suis navrée d'être aussi stupide et grossière, vous avez été très gentille de nous inviter. J'aurais préféré rester au Brevoort parce que j'avais… j'avais faim. Je… »

Et elle se tut.

« Je crois que nous devrions y aller, dit M. Brunner. Gloria nous invitera un autre jour. »

Eddie n'en était qu'à son premier apéritif ; il affectait cette attitude supérieure des gens qui, exceptionnellement, n'ont pas bu alors qu'ils sont ivres d'ordinaire. Liggett se leva aussitôt pour éviter qu'ils se ravisent et Mlle Day l'imita. Sans doute avait-elle oublié sa faim. Dès qu'Eddie et Norma furent sortis, Liggett se pencha vers Gloria :

« J'ai essayé de te joindre au téléphone, je t'ai appelée partout et j'aurais passé New York au peigne fin pour te retrouver… Qu'est-ce que tu bois ?

– Un rye à l'eau.

– Garçon, un rye à l'eau et un scotch soda. Est-ce que nous dînons ici ?

– Je dîne avec toi ?

– Pourquoi pas ?

– Je n'en sais rien. Tu m'as appelée partout, dis-tu. Pourquoi ? Et où pouvais-tu téléphoner sinon à la maison ?

– À l'hôtel ! Au Manger par exemple.

– Ce n'est pas drôle. Hier soir j'étais soûle. Ça ne se reproduira plus.

– Ça *doit* se reproduire. Écoute, je ne sais pas par où commencer.

– Si c'est une proposition, inutile de commencer. Ça ne m'intéresse pas. »

Elle mentait et s'en rendait bien compte, car toutes les propositions l'intéressaient. Même si elle n'y cédait pas, elle aimait les entendre. Mais elle ignorait où il voulait en venir. Jusqu'ici, rien de ce qu'il avait dit n'indiquait qu'il avait découvert le vol du manteau. Peut-être était-ce une tactique. Elle décida de ne pas en parler la première, d'attendre un début d'indice. Elle n'avait pas encore pris de décision au sujet du manteau. Plus tard peut-être, mais pas maintenant.

Il baissa les yeux sur ses mains qui jouaient : « *Here's the Church, here's the steeple, open the door and there's all the people.* »

« Sais-tu ce que je souhaite ? » dit-il.

Elle eut envie de lui répondre : « Oui, que je rende le manteau de vison. » Mais n'en fit rien et dit :

« Je n'en ai pas la moindre idée. »

Liggett sortit de sa poche le reçu de la consigne et le lui donna.

« Qu'est-ce que c'est ?

– Le rye est pour Mlle Wandrous, le scotch pour moi », dit Liggett au serveur qui s'était approché avec les consommations. Lorsqu'il se fut éloigné, Liggett continua : « Le manteau et la robe sont à la consigne. As-tu trouvé l'argent ? Cela suffit-il ?

– Oui. C'est tout ce que tu avais à me dire ?

– Gloria, je te veux. Je veux… Si je te prends un appartement, tu y vivras ?

– Oh, mais j'habite chez mes parents.

– Dis-leur que tu as trouvé du travail et que tu veux habiter dans le centre.

– Je n'ai aucune envie d'habiter dans le centre. Tu veux faire de moi ta maîtresse ? Je ne savais pas que tu avais une maîtresse, c'est une plaisanterie.

– Ce n'est pas une plaisanterie. Je te veux, voilà tout.

– Tu veux que je te dise ?

– Eh bien…

– D'abord, tu me veux parce que je suis bonne au lit et pas ta femme. Ou alors, si elle l'est… Ne te cabre pas. J'imagine qu'elle l'est, vu comme tu le prends. Mais tu es lassé d'elle. Ensuite, parce que ça te flatterait d'avoir une maîtresse aussi jeune que moi. Je pourrais être ta fille.

– Justement, j'aurais dû te rencontrer quand j'étais jeune.

– J'ai vu des photos chez toi, tes filles ont presque mon âge. Mais je n'insiste pas, je ne veux pas te faire sentir trop vieux. Tu me veux, et tu crois que, parce que tu paies le loyer, je serai à toi et à personne d'autre, c'est ça ?

– Non. Ce n'est pas ça. Il y a une heure, avant de te retrouver, je me disais que peu m'importait avec qui tu étais, dans quel lit tu pourrais être. Même si tu avais d'autres amants, je te voudrais encore.

– Oh ! Un cas désespéré. On se fait du souci en pensant à la cinquantaine qui approche ?

– Qui sait ? Mais je ne pense pas. Les hommes ne sont pas sujets à la ménopause et il me reste peut-être autant de bonnes années qu'à toi. J'ai pris soin de ma santé.

– Je te le souhaite.

– Et j'espère que tu en fais autant.

– Ne t'inquiète pas pour moi. Dès demain matin j'irai voir mon ami de Park Avenue.

– Qui est ton ami de Park Avenue ?

– Mon ami de Park Avenue ? C'est mon médecin. Je pourrai savoir avant la fin de la semaine si tu es en bonne santé, et si je le suis.

– Et tu lui rends visite… à chaque fois ?

– À chaque fois, sans faute ; mais on ne va pas parler de maladies vénériennes. Tu ne m'as pas laissée finir ce que j'avais commencé. Tu m'offres un appartement pour que je te sois fidèle. Sache, mon bel ami, que je ne te serai fidèle qu'aussi longtemps qu'il me plaira, ce qui peut vouloir dire un an ou demain après-midi. Non. Pas d'appartement pour moi. Si tu veux louer un appartement où je pourrais te retrouver quand j'en aurais envie et qui te servirait avec d'autres femmes, libre à toi. Mais après m'être un peu promenée chez vous, je me suis fait une idée de ta fortune. Tu ne m'intéresses pas. Tu n'es pas assez riche pour que je t'appartienne. L'an dernier, à l'automne, j'ai eu l'occasion de me rendre compte de ma valeur. Pourrais-tu m'offrir un yacht de soixante mètres et l'entretenir pour moi ?

– Non, franchement non.

– Eh bien, un homme le pouvait et l'a fait, et je suis sûre qu'il ne s'en servait pas une demi-douzaine de fois par an. Il le prend pour aller aux courses de bateaux avec plein de jeunes gens, il descend avec en Floride, et avant qu'il ne lui appartienne je l'avais vu à Monte-Carlo.

– Je crois que je sais de qui il s'agit.

– Peut-être. Eh bien, lui aussi il avait envie de moi.

– Pourquoi n'as-tu pas accepté, toi qui aimes tant l'argent ?

– Je vais te le dire. As-tu déjà vu des photos de Pygmées dans les journaux du dimanche – des petits hommes aux jambes minces comme des allumettes, au gros ventre avec un gros nombril et à la peau ridée ? Il me faisait le même effet. Et puis, je ne peux pas dire que je m'amusais avec lui. Bah !

– Comment ça ?

– C'est difficile à expliquer. Mais tu vois peut-être de quoi il s'agit si tu le connais.

– Pourquoi, il a des idées… spéciales ?

– Oh, et comment ! Écoute, chéri, je vais te dire pourquoi tu me plais, car tu me plais. Sais-tu pourquoi ? Parce que tu es un homme tout simple et presque naïf. Tu te crois terriblement sexy et raffiné parce que tu trompes ta femme. Je pourrais t'en raconter sur cette satanée ville. Tiens, j'ai connu un homme qui a failli être élu… Et puis non, il vaut mieux que je me taise. J'en sais bien trop pour mon âge. Mais tu me plais, Liggett, parce que tu sais me prendre comme je veux qu'on me prenne, sans fantaisies, tu es un homme, c'est tout. Sortons d'ici, c'est trop ringard.

– Où veux-tu aller ? demanda Liggett.

– Dans la 40e Rue, c'est quasiment mon endroit préféré. »

Ils se rendirent dans la 40e Rue. Un escalier en colimaçon les conduisit devant le judas traditionnel ; le visage du portier arborait un spectaculaire eczéma.

« J'avais peur que vous ne me reconnaissiez pas, dit Gloria.

– Comment ? *Vous*, mademoiselle, comment pourrait-on vous oublier ? dit l'homme qui tenait le bar.

– Qu'est-ce qui vous ferait plaisir en ce jour du Seigneur ? demanda le barman. Un petit irlandais peut-être ?

– Oui, très bien.

– Et vous, monsieur ?

– Scotch et soda.

– Très bien, très bien », dit le barman.

Le comptoir était le plus long de New York à cette époque, et la salle presque vide ne contenait que le strict nécessaire. Au fond, trois ou quatre tables et un piano mécanique. Au milieu : rien. Liggett et Gloria recommençaient à s'habituer l'un à l'autre et se souriaient dans la glace quand une voix s'éleva :

« *Laddy doo, Laddy doo, Lie die dee.* Tom !

– Eddie, calme-toi un peu, je t'en prie, dit Tom le barman, en adressant à Gloria et à Liggett un large sourire.

– Donne-moi des pièces de cinq *cents*, Tom. *Laddy doo, Laddy doo.* »

Ils se tournèrent vers ce dénommé Eddie et virent, à l'autre extrémité du bar, un homme qui frottait ses mains grasses en suçotant ses dents. Il portait une casquette d'uniforme, un tricot de corps en laine gris et un pantalon bleu. Ils remarquèrent un revolver à sa ceinture et des bracelets en cuir à ses poignets, semblables à ceux des agents à moto. Sa chemise gisait sur une chaise.

« Je vous demande pardon, mademoiselle, monsieur. Tom, n'oublie pas de servir la demoiselle et le monsieur d'abord.

– C'est exactement ce que j'allais faire. Et tu n'auras pas de pièces de cinq *cents*, cesse de demander.

– *Laddy doo.* Apporte-moi de la bière, mon tendre ami. Après avoir servi la demoiselle et le monsieur, évidemment.

– Tu n'auras pas de bière, Eddie, il est temps que tu t'en ailles. Nous autres, contribuables, ne tolérerons pas que tu traînes dans les bistrots pendant les heures de service.

– Service, hum ! Service civil ! As-tu déjà entendu parler du service civil, mon petit gars ? Nous faisions partie de l'élite de la municipalité, et les contribuables, on s'en fout. Une bière, j'ai dit.

– Dehors. Il est moins vingt-cinq, tu vas avoir des ennuis.

– Ta montre avance.

– Que je sois pendu si elle avance. Je l'ai réglée moi-même ce soir. Vas-y ou tu vas encore avoir des ennuis.

– Très bien, je m'en vais, mais je reviendrai avec des pièces de cinq *cents* plein mon chapeau », dit Eddie. Il replaça sa ceinture, remit sa chemise, rajusta sa casquette et, au moment de partir, ajouta : « J'en profiterai pour t'arrêter.

– Allons, allons, Eddie, pas de chantage. »

Quatre jeunes gens entrèrent et se mirent à jouer très sérieusement à un jeu bizarre avec des allumettes.

Un homme en pantalon de velours et chemisette de coton, coiffé d'un chapeau fait d'un journal plié, entra, salua à la ronde et alla s'asseoir tout seul. Un autre, qui paraissait fort excité, le chapeau rejeté en arrière, vint lui parler avant de s'adresser aux quatre joueurs. Puis il alla s'asseoir devant la glace pour faire des grimaces ; Tom hochait la tête afin de montrer qu'il l'écoutait. Pendant tout le temps où il lui parla, l'homme continua à se regarder dans la glace. Tom l'écoutait, parlait de base-ball avec l'homme coiffé d'un journal, taquinait les quatre joueurs et, de temps en temps, souriait à Liggett et Gloria. Le flic revint les bras chargés de journaux et d'un grand sac de provisions. Il l'ouvrit sur le comptoir, choisit une boîte de conserve, en découpa le couvercle. Elle contenait des palourdes en sauce, il les offrit à la ronde.

« Mademoiselle d'abord, mademoiselle d'abord », répétait-il longtemps après que Gloria se fut servie.

Le flic retira sa chemise, la posa sur le dos d'une chaise et s'approcha du piano avec un sourire de satisfaction enfantine.

« Laisse ce piano tranquille ! hurla Tom. Laisse ce piano tranquille. Punaise ! Excusez, mademoiselle. Il marche pas.

– Va te faire foutre ! répondit Eddie. Je vous demande humblement pardon, mademoiselle, mais j'ai des droits ici. »

La pièce de cinq *cents* tinta en tombant dans le piano. Le moteur bourdonna : « *Dinah, is there anyone finah !* »

« Oh, Jésus, Marie, Joseph, ce n'est pas le bon enregistrement, s'exclama le flic avec un air de désolation puérile. Je voulais entendre *Mother Machree.* »

Le lendemain matin, le facteur apporta une lettre à Gloria Wandrous, livraison spéciale.

Chère Gloria,

Je constate que tu n'as pas changé d'un iota tes déplorables habitudes ou avais-tu oublié notre rendez-vous d'aujourd'hui ? Je suis venu exprès à New York, alors que cela m'était très compliqué, espérant te voir pour régler la question qui nous intéresse tous les deux. J'ai apporté l'argent dont tu m'avais parlé. C'est une bien grosse somme que je porte sur moi, et je ne suis pas tranquille par les temps qui courent. Essaie d'être chez toi demain (lundi) entre midi et une heure. Je t'appellerai au téléphone. Si tu n'es pas là, je recommencerai le lendemain mardi. Si tu avais conscience de combien il m'est difficile de me rendre à New York, tu m'aurais témoigné davantage de considération.

Avec empressement,

J. E. R.

Gloria lut cette lettre vers la fin de l'après-midi. Elle avait passé la nuit avec Liggett et était allée rendre visite à plusieurs amis dans la journée.

« *Pauvre* chéri, murmura-t-elle en lisant la lettre, je t'aurais témoigné davantage de considération ! Aïe ! Aïe ! Aïe ! »

4

Eddie Brunner était un de ces jeunes Californiens ordinaires, à qui leur haute stature et leur carrure donnent un air maladroit à moins qu'ils ne portent une tenue de yachtman ou un costume à cent cinquante dollars. Sa taille, un mètre quatre-vingt-douze, ne lui conférait pas particulièrement de prestance. Lorsqu'il parlait, debout, Eddie ne pouvait s'empêcher de faire toujours le même geste : il tenait sur ses doigts dressés un ballon de basket imaginaire, comme prêt à jouer un lancer-franc. Il ne pouvait pas parler avec animation sans se lever, mais il ne parlait pas souvent avec animation. Comme tous les Californiens, il ajoutait à ses phrases une proposition incidente : « Il va pleuvoir aujourd'hui, c'est ce que je pense… » « Herbert Hoover ne sera pas réélu, c'est du moins ce que je crois… » « Je n'ai que deux dollars, c'est tout. »

Sur les deux ans passés à New York, seuls quatre mois avaient été bons, mettons cinq. À Stanford, il était apprécié, ce qui n'est pas la même chose qu'être populaire. Les filles et garçons populaires, à l'université, en tirent un bénéfice ; les gens appréciés font ce qu'ils ont à faire sans déplaire. Eddie Brunner était caricaturiste à ses heures. Il avait plus la cote en dehors de Stanford, car plusieurs revues étudiantes publiaient ses dessins. Il avait repris le travail de différents artistes – notamment Taylor, de Dartmouth – et créé un genre de *comic* particulier. Il esquissait de petits bonshommes aux yeux exorbités, dont le corps et la tête semblaient ratatinés. Sa signature était un rébus, un B et un petit personnage qui courait (« *runner* »). C'était une toute petite signature. Bien obligé, puisque Eddie dessinait des hommes minuscules. À l'université, il évitait de dessiner des femmes, car avec sa technique, elles auraient eu de grosses jambes et de petits corps écrasés. Il dessinait parfois une tête de femme, afin d'illustrer des blagues qu'en général il écrivait lui-même.

Grâce aux dessins d'Eddie, le *Stanford Chaparral* bénéficia, pendant les trois années où il y collabora, d'une très bonne cote parmi les mensuels humoristiques universitaires. Il n'y travailla pas durant sa première année, où il était seulement « à l'université », honnêtement paresseux, amateur de bons disques et de jolies filles.

Lorsqu'il sortit de l'université, promotion 1929, pas mal de ses condisciples l'enviaient en secret. Même les riches l'enviaient. Il avait quelque chose ; y compris dans l'Est ils le connaissaient. Les revues *Judge* et *College Humour* n'avaient-elles pas plusieurs fois publié ses dessins ? Le père d'Eddie, un ivrogne chanceux qui avait fait une fortune mineure dans les terrains de golf miniatures, s'était lassé du golf miniature et avait reconverti les terrains juste à temps, partout où les lois d'aménagement du territoire le permettaient, en gargotes drive-in, qui firent des profits fabuleux pendant la dernière année d'université d'Eddie. Brunner père n'était jamais si heureux que lorsqu'il accompagnait un groupe de « sportifs » et de journalistes chercher une bonne bagarre dans l'Est. Jack Dempsey était un grand ami à lui. Lui-même ancien de l'université du Kansas, il donnait d'énormes fêtes à Stanford, ainsi qu'après les matchs au St. Francis. Cela n'embarrassait pas Eddie, qui n'avait pas rejoint la fraternité de son père. Quand ce dernier descendait à Stanford, il ralliait sa propre fraternité ou bien se débrouillait pour laisser son fils vaquer à ses occupations. Quant à Eddie, il manifestait à l'égard de son père une tolérance bienveillante, qui quelquefois compensait l'absence de tout autre sentiment ou, mieux même, se substituait à une pointe de mépris.

Eddie acceptait la générosité paternelle avec des remerciements polis, sachant que Brunner père dépensait au moins autant chaque semaine en pourboires que les cinquante dollars qu'il allouait à son fils en dernière année. Eddie dépensait cette somme en objets de collection et en cadeaux pour sa petite amie. À peu près tous les six mois, Eddie tombait amoureux d'une jeune fille, jusqu'à ce qu'une crise, telle qu'un examen de fin de premier semestre, survienne. Il oubliait alors la fille et reprenait son train-train quotidien jusqu'à ce qu'il estime qu'il avait été peu avisé de rompre et se trouve une nouvelle copine. Un coupé Packard Phaeton, d'occasion mais en bon état, une capacité exceptionnelle à boire sans être malade, une bonne éducation lui permettaient de faire son choix parmi les filles de Stanford de deuxième ordre.

Comptant que son père continuerait à subvenir à ses besoins, Eddie voulait s'installer à New York. Avec sa collection de disques, quelques caricatures, le reste de ses affaires dans une malle et suffisamment de bagages à main pour son linge, Eddie et deux copains partirent donc pour New York.

Son père avait donné des instructions à sa secrétaire pour qu'Eddie reçût son argent chaque semaine. Il s'installa convenablement à Greenwich Village. Chacun des colocataires meubla une chambre et ils partagèrent le prix du mobilier nécessaire au salon. Ils achetèrent un bar, quantité de gin, quelques fauteuils et un gros Frigidaire, puis ils se mirent à arpenter la ville. L'un des trois jouait assez bien du trombone, l'autre du piano ; quant à Eddie, il avait créé un instrument en cordant un banjo ténor à la manière d'un ukulélé. Il acheta également un mélophone dans l'espoir d'égaler Dudley, dont le disque *Travelin' Blues* était, selon lui, une merveille absolue. Il ne parvint jamais à s'en servir, mais parfois, le samedi et le dimanche, les trois amis faisaient de la musique ensemble, buvaient du gin et de la ginger ale, se congratulant mutuellement ou grimaçant de douleur quand l'un d'eux jouait de la soupe. Un soir, un jeune homme qui avait l'air dans un état d'ébriété permanent sonna à leur porte. Une magnifique petite Juive l'accompagnait. Eddie hésitait à le laisser entrer, mais l'ivrogne dit qu'il voulait juste s'asseoir pour les écouter.

« Alors entrez, crièrent les camarades d'Eddie, asseyez-vous, buvez un coup, buvez-en deux. Qu'est-ce que vous voulez entendre ?

– *Ding Dong Daddy*, dit l'étranger. Je m'appelle Malloy. Voici Mlle Green, qui habite au-dessus. C'est mon amie.

– Très bien, répondirent-ils. Asseyez-vous, mon gars, on va jouer pour vous. »

Ils jouèrent. Malloy et Mlle Green se regardèrent, puis opinèrent.

« J'ai une batterie, dit Malloy.

– Où ? Au-dessus de chez nous ?

– Non, Mlle Green et moi, nous ne sommes pas ensemble à ce point, pas vrai, Sylvia ?

– Pas à ce point, mais presque, dit Sylvia.

– Enfin, elles sont où ces percussions ? demanda Eddie.

– Chez moi… en Pennsylvanie, répondit Malloy. Je ferai venir la batterie la semaine prochaine. Et maintenant, voulez-vous que Sylvia nous joue quelque chose ? »

L'un offrit son trombone à la jeune fille ; Eddie lui tendit son banjo.

« Non, dit Malloy, le piano.

– Oh, le *piano*. Je vais préparer les cocktails alors, suggéra le pianiste.

– Vous en aurez besoin après avoir entendu Sylvia, acquiesça Malloy.

– À ce point ? demanda le joueur de trombone.

– Vas-y, Sylvia, dit Malloy.

– Je prendrais bien un autre verre d'abord.

– Prenez un autre verre, proposa Eddie. Voici le mien. »

Elle le vida d'un trait, enleva ses bagues et les tendit à Malloy.

« N'oublie pas d'où elles viennent, dit-elle. Et maintenant, une cigarette. »

Malloy lui alluma une cigarette. Elle en tira deux longues bouffées.

« Espérons qu'elle soit douée », dit l'un des copains d'Eddie à l'autre.

Alors, de ses deux petites mains, elle plaqua trois accords, tout en grave, un, deux, trois.

« Jéé-suuuus », s'écrièrent les Californiens, qui se levèrent et s'approchèrent du piano.

Elle joua pendant une heure. À peine avait-elle fini un morceau que les trois amis lui en réclamaient un autre. Au bout d'une heure, elle était fatiguée, mais ils ne voulaient pas la laisser.

« Très bien, dit-elle. Je vais faire des imitations. D'abord, Vincent Lopez jouant *Nola*.

– D'accord, vous pouvez arrêter, suggéra Eddie.

– Ce n'est pas trop tôt. Où sont les cabinets ? Vite !

– Qui est-ce ? Qu'est-ce qu'elle fait ? Comment gagne-t-elle sa vie ? demandèrent les Californiens.

– Elle est acheteuse au détail pour Macy's.

– Qu'est-ce que c'est que ça ?

– Acheteuse au détail, répéta Malloy. Elle va dans les autres magasins pour acheter au détail, comme une simple cliente et voir qui propose de meilleurs prix.

– Mais elle devrait... Mais comment l'avez-vous connue ? demanda le pianiste.

– Attention, je n'aime pas ce ton-là. Elle, c'est ma copine et moi, je suis un dur.

– Vous ! Un dur ? Vous êtes grand, mais pas trop dur, du moins c'est mon impression.

– Assez dur pour vous », répliqua Malloy en se jetant sur le pianiste le poing en avant.

Le trombone l'arrêta à temps.

« Je suis d'avis de les laisser faire », dit Eddie. Mais il saisit Malloy par le bras et ajouta : « Écoute, mon pote : à trois contre un, il nous serait facile de te plier en quatre et de te jeter en bas des escaliers, mais nous sommes de bons gars. Et mon copain, là, il sait se battre.

– Qu'ils se serrent la main d'abord, dit le trombone.

– Pour quoi faire ? À quoi bon se serrer la main ?

– Lâche-le, dit le pianiste.

– Allez, lâche-le », insista Eddie.

Dès qu'il fut libre de ses mouvements, Malloy se rua sur le pianiste, rata son coup, en reçut un et tomba à la renverse.

« Tu n'aurais pas dû faire ça, dit le trombone.

– Pourquoi pas ? demanda le pianiste.

– Il l'a cherché, c'est sa faute, opina Eddie.

– Mais il est soûl, répliqua le trombone.

– Ça ira, dit le pianiste en se penchant sur Malloy. Alors, tu es K-O ?

– Ça va, ça va, répondit Malloy en se caressant la mâchoire. C'est toi qui m'as eu ?

– Oui. Donne-moi la main. Lève-toi avant que ton amie revienne.

– Quelle amie ? Oh ! Sylvia ? Où est-elle ?

– Toujours aux toilettes. »

Malloy se leva tout seul, lentement. Il s'assit dans un fauteuil et accepta à boire.

« Je pense qu'à jeun, je pourrais t'avoir.

– Non, ne te fais pas d'illusions, répondit le pianiste.

– Tu as l'air bien sûr de toi, dit Malloy.

– Il en a le droit, déclara Eddie. C'est un des meilleurs poids légers de la côte. Savez-vous ce que c'est que la côte ?

– Oh, laissez-le tranquille », intervint le trombone.

Sylvia apparut :

« Vous croyiez que j'étais tombée dans le trou ? Je n'arrivais pas à trouver la lumière. Oh, Jimmy, qu'est-ce qui t'est arrivé ?

– Je me suis cogné contre un poing.

– Qui ? Qui l'a cogné ? C'est vous, là, le fils de pute qui louche ?

– Non, ce n'est pas moi, se défendit le trombone.

– Alors qui ? *Vous !* Je le vois bien, vous faites la gueule parce que je vous en ai mis plein la vue, il a fallu que vous affirmiez votre supériorité autrement et vous avez cogné un type bourré.

Allons, viens, Jimmy, sortons d'ici. J'avais raison de ne pas vouloir entrer.

– Attends une minute, mon amour. Je voudrais mettre les choses au clair. C'était ma faute.

– Assez de politesses et de grandeur d'âme. Ça te va mal. Viens ou je m'en vais toute seule et je ne t'ouvrirai plus ma porte.

– Je te suis, mais j'étais dans mon tort et je m'excuse, Monsieur Qui-Que-Vous-Soyez.

– Brunner.

– Et vous, et vous, merci de… enfin, je vous présente mes excuses.

– Ça va.

– Mais je maintiens qu'à jeun, je pourrais vous régler votre compte.

– Minute, dit le pianiste. Si tu veux recommencer, je suis à ta disposition, dehors ou ici même.

– Ta gueule, fit Eddie. Tu es aussi soûl que lui. Bonne nuit. Bonne nuit.

– Bonsoir, bonne nuit. Au revoir, mademoiselle, au revoir, monsieur. »

Malloy et Sylvia partis, Eddie s'en prit au pianiste :

« Il a quand même été correct sur la fin, il s'est excusé et tu ne peux pas lui en vouloir de croire qu'il peut te battre.

– Un sale type. La prochaine fois que je le vois, je lui fous mon poing dans la gueule.

– Ce ne sera peut-être pas si facile s'il est à jeun. Soûl comme il était, il n'a pas mal encaissé. Et puis au diable cette affaire, je ne veux plus en entendre parler.

– Tu me casses les pieds.

– C'est exactement ce que j'allais dire. Tous des gros durs, hein ?

– Eh, cette fille jouait divinement bien », observa le trombone.

Telle fut la première des deux rencontres entre Eddie Brunner et Jimmy Malloy. La vie d'Eddie continua comme par le passé.

Il fit quelques dessins, mais n'en vendit aucun. Son art était trop subtil, trop original, pour qu'un imprésario se risquât à le lancer. Il ne convenait pas non plus au *New Yorker*, seul autre marché auquel il pouvait prétendre à l'époque. Les trois amis continuaient à jouer de la musique, et quand ils ne jouaient pas, ils bavardaient au sujet de Bix Beiderbecke, Frankie Trumbauer, Miff Mole, Steve Brown, Bob MacDonough, Henry Busse, Mike Pingitore, Ross Gorman et Benny Goodman, Louis Armstrong et Arthur Schutt, Roy Bargy et Eddie Gilligan, Harry MacDonald et Eddie Lang, et Tommy et Jimmy Dorsey, et Fletcher Henderson, Rudy Wiedoeft et Isham Jones, Rube Bloom, Hoagy Carmichael, Sonny Greer et Fats Waller, Husk O'Hare et Duilio Sherbo, et d'autres comme Mannie Klein et Louis Prima, Jenney et Morehouse, Venuti, Signorelli et Cress, Pee Wee Russell et Larry Binion, et chacun d'eux préférait Untel ou Untel, et chaque nom signifiait quelque chose d'aussi important que Wallenstein et Flonzaley et Ganz pour certains.

Début octobre, Eddie reçut un télégramme de sa mère : « Papa mort d'une embolie. Stop. Obsèques samedi. Stop. Te prie venir. » Eddie compta les mots. Il connaissait sa mère. Elle devait penser que l'article indéfini ne coûtait rien. Il tira un chèque sans provision suffisant pour rentrer chez lui et s'en fit avancer le montant dans un *speakeasy* où il avait ses habitudes. Puis il rentra chez lui. Son oncle maternel lui expliqua comment son père était mort : au milieu, ou peut-être au début d'une fête dans un hôtel de Hollywood, parmi des inconnus de Hollywood. Ils cachaient la vérité à la mère d'Eddie, une triste et sotte petite bonne femme qui aurait été capable d'en faire une maladie. Elle ne cessait de répéter, en planifiant les funérailles : « Roy disait toujours qu'il voulait être enterré au son du Shrine Band, en fanfare. Il voulait qu'on joue une marche, mais je ne me rappelle plus le titre. » Ils lui dirent de ne pas se soucier de cela, ils ne pouvaient pas louer les services du Shrine Band, alors inutile d'y penser. Après les funérailles, elle dit qu'elle avait remarqué la présence de M. Farragut. « Donc si

Roy s'était présenté de nouveau au Burlingham Club, on l'aurait sûrement accepté. Sinon, pourquoi M. Farragut serait-il venu à l'enterrement ? » M. Farragut était l'homme que M. Brunner avait toujours blâmé de l'avoir évincé de la seule organisation qu'il n'avait pas rejointe alors qu'il aurait pu la rejoindre.

Roy Brunner se tenait juste devant le shérif lorsqu'il défaillit, victime d'une hémorragie cérébrale. Peu avant sa mort, il avait vendu ses petits restaurants drive-in et n'avait pas encore décidé de l'usage qu'il ferait de son argent. Il s'était bâti, localement, la réputation d'un homme avisé, capable de sentir les aspirations du public depuis qu'il avait vendu à temps ses golfs miniatures. Sa nouvelle idée, c'était un cinéma à cinq *cents* à chaque coin de rue, proposant des actualités et des sujets courts. Des séances d'une demi-heure. On n'en aurait donc pas tellement pour son argent, puisque ça ne ferait qu'un court-métrage et des actualités, mais d'un autre côté, ce n'était pas cher. Cinq *cents* ? Qu'espéraient-ils pour cinq *cents* ? Ce ne serait qu'une façon de passer le temps. Il travaillait sérieusement à ce projet à Hollywood lorsque la grande faucheuse le faucha. Les papiers n'étaient pas encore signés, il n'avait pas vu les responsables : il s'apprêtait à leur annoncer son arrivée le lendemain ou le surlendemain, et cette fête n'était qu'une petite réunion informelle avec deux ou trois entraîneurs de football américain et golfeurs professionnels, plus ce que les manchettes qualifient d'actrices – des figurantes. Il était très confiant, non sans raison. Un homme susceptible de montrer à des producteurs un seul exemple de la manière dont on peut amuser le public est capable de leur vendre pratiquement n'importe quoi, tant qu'il appelle ça du management artistique. Mais aucun papier n'avait été signé.

« Pour le moment, ta mère vivra avec Tante Ella et moi », l'informa l'oncle d'Eddie.

Cette solution arrangea bien Eddie. Il était enchanté de ne pas s'encombrer de sa mère. Certes, il l'aimait parce qu'elle était sa mère, et quelquefois il la plaignait, mais toute sa vie (il l'avait compris à une époque où il était encore trop jeune pour comprendre cela) elle avait été tellement occupée à suivre les affaires de son mari qu'elle lui faisait l'effet d'une personne plus âgée, qu'Eddie connaîtrait mais qui ne lui parlerait pas toujours dans la rue. Elle faisait partie de l'Association des descendants de pionniers, équivalents californiens des descendants des pèlerins du *Mayflower* dans l'Est. Ces derniers avaient cependant eu le temps de se reposer et de reprendre leurs esprits depuis qu'ils étaient arrivés au bout de leur épuisant et cruel voyage. Mais les pionniers avaient accompli un exploit plus pénible encore et beaucoup plus récemment. Il est donc permis de supposer que la plupart d'entre eux étaient encore si fatigués d'avoir atteint la côte pacifique qu'il leur faudrait plusieurs générations pour s'en remettre. Roy Brunner était arrivé du Kansas par le train. Mme Brunner était devenue sa femme parce que, à sa grande surprise, elle avait répondu oui dès qu'il lui avait demandé sa main. Personne ne lui avait fait une offre pareille jusqu'alors et elle craignait que l'occasion ne se représentât pas. Pleine de bonne volonté, elle aurait bien appris, une fois mariée, la chose importante que son mari pouvait lui apprendre, mais il manquait de patience et partit chercher ailleurs son plaisir. Lorsque Eddie eut atteint l'âge d'être instruit des choses du sexe, son père l'en instruisit. La mère demanda au père : « Comment lui as-tu expliqué ça ? » Elle espérait vaguement qu'il lui révélerait quelque chose qu'elle ignorait encore. Mais Roy répondit : « Oh ! Il en savait déjà bien assez. »

Eddie n'ignorait pas que son oncle comptait sur Mme Brunner pour l'aider à faire tourner la maison. Cela le gênait un peu, mais qu'y faire ? Elle le faisait volontiers, et ça arrangeait tout le monde.

Mme Brunner donna à Eddie cinq cents dollars. Eddie signa une procuration au nom de son oncle et retourna à New York, pensant continuer à recevoir cinquante dollars par semaine.

Il ne reçut plus rien. L'oncle débrouilla difficilement la succession de son père. Plutôt que de garder son argent liquide, M. Brunner l'avait converti en titres avant de l'investir dans une nouvelle affaire. Ces titres avaient perdu une grande partie de leur valeur. L'oncle était lui-même assez durement touché par la crise. Il écrivit à Eddie, qui devait un mois et demi de loyer et avait un bail qui courait encore pendant exactement un an, qu'ils étaient, par comparaison, assez chanceux : « Tu es jeune et tu es à même de gagner ta vie. J'espère que, de temps à autre, tu pourras envoyer quelque chose à ta mère. Nous lui assurons le gîte et le couvert, mais rien de plus. »

Eddie vendit sa voiture pour trente-cinq dollars, mit son beau mélophone au clou pour dix dollars, et se trouva à la tête, début décembre, d'un capital de deux cents dollars. Ses deux camarades gagnaient leur vie et voulaient qu'il honore sa part du loyer. Ils lui firent crédit. Mais en janvier, l'un d'eux perdit son emploi avec le premier effondrement des cours de Wall Street et, en mars, on les expulsa de l'appartement.

Ils se séparèrent. Le premier alla vivre chez sa sœur mariée, dans la banlieue du New Jersey. L'autre, le bagarreur, mourut peu après d'une pneumonie dans une chambre de l'Avenue A. Eddie l'apprit longtemps après que son corps fut passé par le four crématoire. Eddie erra d'hôtels en pensions de famille, de Greenwich Village à la 40e Rue Ouest, et parmi les Irlandais de la Dixième Avenue. Il s'acharnait à rester en ville pour économiser les frais de transport. Du matin au soir, il cherchait du travail et finit par accepter une place dans un restaurant où on le chargea de ramasser les assiettes sales sur les tables et de les porter en cuisine. Il laissa tomber un plateau et fut renvoyé au bout d'une semaine, mais cela lui permit de manger à sa faim et de payer son loyer. Il envisagea de devenir chauffeur de taxi, mais ignorait comment s'y prendre. Il savait qu'il lui fallait une licence et quelques autres trucs, mais n'avait pas d'argent pour cela. Il s'essaya au métier d'acteur, affirmant qu'il pouvait jouer des rôles comiques. La seule fois qu'il fut recruté, il se trahit aussitôt, révélant qu'il n'avait pas la moindre expérience de la scène. Une nuit, affamé, il se laissa ramasser par un pédé, mais exigea d'abord un repas, et le pédé ne le crut pas. Alors il le frappa et se sentit mieux, mais regretta de ne pas avoir eu les tripes de lui piquer ses billets. Il vendit des cravates à la sauvette, à vingt-cinq *cents*, puis on l'embaucha pour faire monter les enchères dans une salle des ventes. Mais le commissaire-priseur le trouva trop grand et craignit que les gens ne se souviennent de lui. Enfin, grâce à sa logeuse, pour les enfants de laquelle il dessinait parfois des bonshommes, Eddie entendit parler d'une merveilleuse opportunité : une place de veilleur de nuit dans un hôtel, en fait un bordel clandestin. La logeuse savait cela par ses relations Tammany. Il s'occupait du standard téléphonique et manœuvrait l'ascenseur de six heures du soir à huit heures du matin, pour dix dollars par semaine, plus la chambre et les pourboires. Quand un client donnait le mot de passe « Je suis un ami de M. Stone », il l'évaluait du regard et lui demandait qui il voulait voir. Le bonhomme lui donnait le nom d'une des trois femmes. Eddie appelait cette femme au téléphone et lui disait : « Un ami de M. Stone demande à vous parler. » Elle répondait d'accord, et Eddie disait : « Elle n'est pas sûre de vous connaître. Voulez-vous me la décrire ? » Alors le client la décrivait ou bien avouait franchement qu'il ne la connaissait pas et qu'un ami lui avait donné le tuyau. Toute cette cérémonie permettait à Eddie d'examiner l'homme et d'écarter les flics et les indicateurs. De son côté, la femme avait le temps de s'habiller et de se préparer à recevoir le client. Il devait aussi éconduire les hommes ivres, car la tenancière n'avait pas les moyens de risquer une bagarre. Son hôtel ne lui rapportait pas assez pour arroser suffisamment la police. Eddie ne refusa jamais personne.

C'est là qu'il rencontra Gloria. Un soir, elle arriva ivre au bras d'un homme, ivre lui aussi, qui portait au revers de son veston un ruban de la Légion d'honneur. Eddie en fut d'abord un peu effrayé, mais il estima que la saison n'était pas assez avancée pour qu'un flic eût la peau si bronzée. L'homme ordonna : « Dites à Jeanne que c'est le commandant ; elle sait de qui il s'agit. » En effet, Jeanne savait de qui il s'agissait et répondit à Eddie de le faire monter sans tarder. La jeune fille, Gloria, monta avec lui.

Eddie devina que, si c'était la première fois qu'elle venait dans cet hôtel, ce n'était pas la première fois qu'elle allait regarder. Dans l'ascenseur, le commandant, souriant et fredonnant, dit à Gloria : « Ça va, chérie ? »

Arrivés à l'étage de Jeanne, le commandant donna un dollar à Eddie avec le geste d'un monsieur habitué à de telles largesses. Eddie retourna au standard téléphonique. Une vingtaine de minutes plus tard, un bruit de pas le fit sursauter. La fille, Gloria, était descendue par l'escalier et se tenait devant lui.

« Prêtez-moi le dollar qu'il vous a donné, dit-elle. Allons, prêtez-le-moi, je vous le rendrai. Vous ne voulez pas que je vous fasse des histoires, non ?

– Non, mais qu'est-ce qui me prouve que vous me le rendrez ? Sérieusement, j'ai besoin de cet argent.

– Vous vous conduisez comme un maquereau.

– Je suis presque un maquereau. Mais tant pis, le voilà.

– Je vous le rapporterai demain. Je vous donnerai deux dollars, dit-elle. Mais qu'est-ce que vous faites ici ?

– Vous voulez dire qu'est-ce qu'une gentille fille comme moi fait ici ? répondit Eddie.

– Bonne nuit et merci mille fois. »

Il se doutait qu'elle le rembourserait et elle le fit. Le surlendemain, elle lui donna cinq dollars. Faute de monnaie, il les accepta.

« Qu'est-ce qui est arrivé après mon départ, l'autre soir ? demanda-t-elle.

– Votre ami est devenu impossible. Jeanne a dû lui envoyer le videur.

– Ce n'est pas vous, le videur ?

– Est-ce que j'ai l'air d'un videur ?

– Non, mais…

– Non, mais je n'ai pas l'air non plus d'un garçon de bordel. C'est ce que vous vouliez dire.

– Vous n'êtes pas de l'Ouest ?

– Du Wisconsin, répondit Eddie.

– Quel coin du Wisconsin ?

– Duluth.

– Mais Duluth est dans le Minnesota.

– Je le sais.

– Ce qui veut dire : mêlez-vous de vos affaires. Compris. Je ne faisais pas une enquête, c'était pour bavarder.

– J'ai quelque chose qui vous appartient, Mlle Wandrous.

– Quoi ? Qui vous a dit mon nom ?

– Vous avez laissé votre sac dans la chambre de Jeanne en partant si vite. C'est pour cela que vous m'avez emprunté un dollar, non ? J'ai pris la liberté d'essayer d'identifier sa propriétaire, mais je n'ai pu vous retrouver dans l'annuaire. Je ne pensais pas y arriver…

– Oh !

– J'allais voir si vous habitiez toujours à l'adresse indiquée sur votre permis de conduire. D'ailleurs, il serait temps de le faire renouveler. Un permis de 1928 n'est plus valable. Nous sommes en 1930.

– J'espère que vous n'avez rien dit à personne.

– Non.

– Pourquoi ?

– Ça ne regarde personne. Ni moi non plus. Mais il valait mieux que ce soit moi qui regarde plutôt que des gens moins discrets…

– Vous êtes un brave type. Est-ce qu'on vous a déjà dit à qui vous ressembliez ?

– Oui.

– Vraiment ?

– Je pense bien. Je l'ai assez entendu.

– À qui, alors ?

– À Lindbergh.

– Tout juste. Donc vous l'avez entendu souvent. Quand est votre nuit de repos ?

– Le deuxième mardi de chaque semaine.

– Pas de nuit de repos ? Je croyais que c'était obligatoire.

– Ils violent pas mal de règlements, ici. Des lois et des règlements. Mais pourquoi ma nuit de repos vous intéressait-elle ?

– On aurait pu dîner ensemble.

– Bien sûr. Croyez-vous que je travaillerais ici si j'avais les moyens d'offrir à dîner ?

– Qui vous a parlé de payer ? J'ai juste parlé de sortir dîner. Je n'ai rien contre payer ma part dans certaines circonstances.

– Par exemple ?

– Quand il s'agit de sortir avec un homme qui me plaît.

– Bon, eh bien, on ira dîner », concéda-t-il, mais il ne put conserver ce ton désinvolte plus longtemps. C'était la première fois, depuis des mois, que quelqu'un lui disait quelque chose de personnel. Elle le comprit.

« Trouvez quelqu'un pour vous remplacer, suggéra-t-elle.

– Et pourquoi ? Et puis, pourquoi pas ? C'est un Nègre qui travaillait ici avant moi. Je l'ai croisé plusieurs fois dans le quartier. Je crois qu'il est liftier dans l'hôtel voisin. Je lui demanderai de me remplacer si la patronne le permet. Je ne veux pas perdre ce boulot. »

Le Nègre accepta et Mme Smith, la patronne d'Eddie, aussi, mais à titre exceptionnel car les femmes de la maison n'aimaient pas qu'un Nègre fût au courant de leurs affaires.

C'est ainsi que naquit l'amitié entre Gloria et Eddie.

Nous pourrions dire encore bien des choses au sujet de Gloria, et bien des choses furent dites. Nous pourrions dire que, de différentes façons – dont certaines étonnantes –, elle savait aider les autres, mais ne savait pas s'aider elle-même. On pourrait écrire un roman sur Gloria sans tellement s'éloigner de cette idée. Ce fut, bien entendu, l'œuvre de quelques minutes des éditorialistes (qui sont de toute évidence les dernières personnes à lire les journaux) de 1931 de trouver en Gloria le symbole de la jeunesse moderne. Elle n'était pas davantage un symbole de la jeunesse moderne que Lindbergh ou le golfeur Bob Jones, ou le prince George, ou Rudy Vallée, ou Linky Mitchell, ou DeHart Hubbard, ou n'importe quelle personne de moins de trente ans en 1930. Il ne peut pas y avoir davantage de symboles de la jeunesse moderne que de « symboles » de l'âge mûr, et de toute manière le terme de symbole est inapproprié. La caricature de la « *flapper* », cette jeune femme un peu délurée, de John Held Jr dans les années 1920, pas plus que les filles et les jeunes hommes de Scott Fitzgerald, n'était un symbole de la jeunesse de cette époque. En fait, il n'y avait aucun lien entre les personnages de Scott Fitzgerald et ceux de John Held. Les personnages de Scott Fitzgerald étaient mieux dessinés par deux artistes nommés Lawrence Fellows et Williamson que par John Held. Held dessinait des caricatures de garçons et de filles qui fréquentaient le lycée d'East Orange et l'université de l'Illinois. Les caricatures de Held étant populaires, les gens associèrent les personnages de Fitzgerald aux dessins de Held. Les personnages de Fitzgerald ne raffolaient pas des imperméables jaunes décorés, des Ford décorées, des pantalons blancs décorés, des toupies de bistrot, des pin's de fraternités étudiantes ou encore des chaussures à bout carré, des mouvements d'embrayage, des tours de danse et de tout ce qui faisait le succès des personnages de Held. Les personnages de Fitzgerald étaient des copies des originaux.

L'homme ordinaire, Monsieur Homme-Ordinaire, Monsieur Contribuable, dessiné par Rollin Kirby, *ressemble* au New-Yorkais moyen gagnant plus de cinq mille dollars par an. Il s'habille en Brooks, sans oublier le chapeau Herbert Johnson, un article qui détonnait à Des Moines, dans l'Iowa, où J. N. Darling est dessinateur humoristique ; mais à New York, le territoire de Kirby, le contribuable à la Kirby est typique. Il porte de beaux vêtements, on l'imagine facilement aller chez le dentiste, emmener sa femme au théâtre, revenir à Amherst pour une réunion, se soûler deux fois par an, subir une appendicectomie, mettre de côté de l'argent pour envoyer son fils dans une bonne école privée, voir les nouveaux spectacles et regarder les dessins de Rollin Kirby. Mais personne ne qualifierait un tel homme de symbole de l'âge mûr ou du contribuable américain. S'il déambulait dans les rues de Syracuse, de Wheeling ou de Terre Haute, on le reconnaîtrait comme un étranger. Un étranger originaire d'une plus grande ville, probablement un New-Yorkais. Et une fille délurée à la Held aurait embarrassé n'importe quel jeune snob qui l'aurait emmenée à un bal de fin d'année de Princeton. Et un jeune homme dans sa Templar Phaeton, en route vers le bâtiment Pi Bêta Phi d'une université de la Western Conference, aurait été repéré par les associations d'étudiantes avant même que la plaque du Connecticut de sa voiture ne fût visible. Certes, il existe des hommes et femmes typiques, jeunes et vieux, mais seuls les éditorialistes sont capables de généraliser au point de repérer telle fille ou tel garçon et de le qualifier de symbole de la jeunesse moderne.

Il pourrait exister un symbole de la jeune féminité moderne, mais les journaux n'imprimeraient probablement pas son portrait. Il lui faudrait être nue. La jeune fille d'environ vingt ans dans la seconde moitié des années 1920 correspondait à un certain schéma. Environ un mètre soixante-cinq, cinquante-cinq kilos. Un corps bien entretenu. Il devait bien y avoir une raison qui expliquât que tant de jeunes femmes correspondaient à cette description, quel que fût leur niveau social. Et la raison pourrait bien être que, entre 1905 et 1915, les médecins prescrivirent à peu près toujours le même traitement pour les femmes enceintes et l'alimentation et les soins des enfants. Même les enfants de Siciliens et des ghettos grandirent soudain ; ce traitement avait donc dû être généralisé – comment expliquer cette uniformité autrement ? On peut l'observer dans les grandes familles : les plus jeunes enfants, nés pendant et après la Première Guerre mondiale, sont invariablement grands et minces, et en meilleure santé que leurs aînés.

Gloria manqua de dix ans d'être une « *flapper* » ; si elle était née une décennie plus tôt, elle aurait pu être qualifiée comme telle en 1921, à vingt-deux ans, avec ce physique avantageux. L'une des différences entre Gloria telle qu'elle était et telle qu'elle aurait pu être tenait au fait que, en 1921, elle aurait pu être « considérée comme séduisante par les deux sexes », alors qu'en 1931 elle était considérée comme séduisante par les deux sexes, mais dans un sens tout à fait différent.

Nous avons déjà indiqué que Gloria était sujette à des crises de désespoir. Lorsqu'elle avait onze ans, un homme assez âgé pour être son père l'avait pervertie. À cette époque, Gloria, sa mère et son oncle vivaient à Pittsburgh. Son père, un chimiste, avait été l'une des premières victimes du radium. Le mot « père », prononcé avec quelque tendresse ou sentimentalisme, évoquait toujours pour elle le souvenir d'une photographie d'université. C'était la seule photo que sa mère avait gardée de son père, celle de leur mariage ayant été perdue au cours d'un déménagement. La photo prise à l'université n'était pas d'un grand secours pour une enfant qui voulait ressembler aux autres : elle y voyait un homme en toque ronde, au deuxième des trois rangs de jeunes hommes se tenant debout sur les marches d'un bâtiment en pierre. Durant toute son enfance, la tête d'un saint entourée d'un halo lui rappela infailliblement son père ; elle se demandait comment l'auréole pouvait tenir toute seule et pourquoi celle de son père n'irradiait pas jusqu'à ses épaules. Elle ne le prit jamais pour un saint, néanmoins tous les saints lui rappelaient son père.

Son oncle, William R. Vandamm (R pour Robespierre), frère aîné de sa mère, était aussi chimiste ; il avait fait ses études avec le père de Gloria à l'institut Cornell. Tous deux étaient partis ensemble pour le Chili, s'y étaient également déplu et avaient rompu leur contrat en même temps pour revenir ensemble aux États-Unis, où Wandrous épousa la sœur de Vandamm. Chacun des deux conjoints avait un peu d'argent, ils se valaient l'un l'autre et cela donna l'un de ces obscurs et respectables mariages comme on en célèbre des milliers chaque samedi. Quand Wandrous mourut, Vandamm utilisa ses relations maçonniques, professionnelles et politiques pour obtenir de la Compagnie du radium une pension pour la veuve et l'éducation de Gloria. On lui offrit d'indemniser la veuve en actions de la société. Vandamm était trop malin pour accepter. Ces actions grimpèrent et Mme Wandrous perdit environ un million de dollars. Elle ne s'en aperçut pas et son frère se garda bien de le lui faire savoir.

Vandamm était un assez bon chimiste et un excellent oncle. Il vivait le plus souvent loin d'elles lorsque Gloria était encore une petite fille. Il acceptait un poste pendant un an ou deux, gagnait de l'argent, de l'expérience et tissait des relations. Il logeait dans des clubs pour hommes et à la YMCA partout dans le pays, ne prenait de vacances qu'à Noël et passait les fêtes avec sa sœur et sa nièce. Il apportait de somptueux cadeaux, choisis par une des nombreuses jeunes femmes auxquelles il s'intéressait. Dans toutes les villes où il s'installait, il agissait de la même manière. Convenablement habillé, distingué, bien payé et célibataire, Vandamm n'avait pas de mal à trouver une amie parmi les jeunes femmes qu'il rencontrait. Il se montrait poli, ardent, l'emmenait au spectacle, lui envoyait des fleurs et lui disait sans cesse combien il tenait à son amitié. Chaque fois qu'il quittait un emploi et s'en allait vers une autre ville, il laissait derrière lui une jeune femme hébétée, chez laquelle il avait dîné tous les dimanches, soit une cinquantaine de fois par an, et à laquelle il ne laissait aucun souvenir, fleurs et bonbons étant des présents périssables. Il y eut deux exceptions : la première fut une jeune femme qui tomba amoureuse de lui et n'hésita pas à le lui faire savoir. Il fut obligé de rompre avec ses habitudes de platonisme parce qu'elle le regardait avec des yeux de gazelle énamourée partout où elle le rencontrait, même en public. Au risque de ne pouvoir « conclure », il lui dit qu'aucune femme ne l'avait autant impressionné et que, pour cela, il était obligé de la fuir. S'il restait, dit-il, il serait tenté de lui demander une chose qu'il n'avait pas le droit de lui demander. Et pourquoi n'avait-il pas le droit de la lui demander ? voulut-elle savoir. Parce que sa sœur et sa nièce n'avaient pas d'autre soutien que lui. Pour elles, il avait fait des choses qu'il n'avait jamais faites auparavant. « Je ne me marierai jamais », déclara-t-il comme si c'était d'une importance capitale. Elle fut fixée.

Lui aussi. Loin de le rendre moins attirant à ses yeux, il lui parut grand et fort, un philanthrope qui reversait secrètement des millions à sa famille. Elle ressentit les choses différemment. Jusque-là elle craignait, comme toutes les jeunettes dans son genre, qu'il ne la comparât à d'autres petites amies potentielles. Mais William ne comparait pas. Il l'avait choisie, même si, en raison de sa sœur et de sa nièce à charge, il ne pouvait l'avoir. Ce ne fut qu'une question de temps avant qu'il puisse l'avoir. « Prends-moi », lui dit-elle un soir au clair de lune, en rejetant ses deux bras en arrière. Bien qu'un peu décontenancé, il se ressaisit en moins d'une minute. Tant qu'il vécut dans cette ville, il la prit régulièrement tous les dimanches soir. La veille, il allait acheter, dans une pharmacie située à l'autre extrémité de la ville, ce qu'il fallait pour éviter à leur liaison d'avoir des conséquences définitives. Par beau temps, ils se promenaient de long en large dans la cour et, soudain, se précipitaient dans le garage. Par mauvais temps, ils étaient obligés d'attendre que le père et la mère de la jeune fille fussent couchés. Alors, ils descendaient dans la cave. Ils posaient un seau sur la première marche des escaliers : ainsi, si quelqu'un était descendu, il aurait buté contre ce seau et fait assez de bruit pour les prévenir. C'était mieux dans le garage, elle salissait moins son jupon que sur le sol de la cave.

L'autre exception fut une jeune fille dont il tomba amoureux dans la ville où il se rendit ensuite et qu'il voulut épouser. Elle refusa si net qu'elle en fut désolée pour lui et lui offrit de rester son amie. Il accepta et continua à l'adorer. Des années plus tard, il apprit la cause de ce refus. Elle était la maîtresse d'un homme marié, médecin et ami de sa famille. Les deux amants moururent ensemble dans une chambre d'hôtel de Chicago. Le médecin la tua puis retourna le revolver contre lui. Voilà donc pourquoi elle n'avait pas voulu de lui : il y avait quelqu'un d'autre.

La guerre fut favorable à Vandamm, qui était un peu las de

toute sa liberté. Les achats qu'il faisait tous les samedis soir dans les pharmacies l'écœuraient ; il aurait voulu pouvoir coucher sans façons. Rester toujours sur le qui-vive pour éviter le mariage lui pesait. Il avait fini par prendre en horreur les clubs dans lesquels il passait son temps, les différents accents américains. Dans aucune ville, il n'était parvenu à se faire recevoir par les membres de la haute société. Partout, l'aristocratie du cru le considérait comme un homme de l'Est incapable de gagner sa vie chez lui, et venu dans l'Ouest pour jouer le roi parmi les singes plutôt que le singe parmi les rois. Il décida qu'il avait acquis assez d'expérience et que l'heure était venue de gagner de l'argent.

Il s'installa à Pittsburgh, où il trouva sans peine du travail. Pendant la guerre, il gagna beaucoup d'argent ; sa sœur et lui achetèrent une maison dans le quartier chic de Pittsburgh. Puis son travail l'appela à Wilmington, Delaware, mais il revint plus fréquemment chez sa sœur dont la maison était devenue son foyer. C'est alors qu'il s'intéressa à sa nièce. Bientôt, il l'adora. Il ne s'y attendait pas, et s'était même habitué à ne pas employer le mot « amour ». Mais il commença à la voir chaque fois que possible. Celle-là, il pouvait l'aimer sans être obligé de surveiller ses paroles et ses gestes. D'abord, il s'enorgueillit de la beauté de l'enfant. Son portefeuille contenait toujours de nombreuses photographies de Gloria, qui était très photogénique. Il se réjouissait qu'elle fût sa nièce et non sa fille. Tous les pères aiment leur fille et souvent par devoir. Mais un oncle n'aime sa nièce que par amour. Ils peuvent être amis, elle l'écoute et lui peut se montrer aussi extravagant à son égard qu'il en a envie. Sa sœur encourageait cette relation. Petit à petit, elle fut reléguée au rôle de gouvernante.

La guerre, le travail, l'argent qu'il gagnait remplissaient la moitié de sa vie, et Gloria l'autre.

Sa sœur lui confia sa fortune, il la fit doubler pour elle, enfin, surtout pour Gloria. Fier de ce succès, il prit confiance en lui et se mit à avoir des idées pour les autres. Il aurait voulu que sa sœur se mariât. Il ne voyait pas plus loin : qu'elle se marie, on aviserait ensuite. Mais il ne pouvait pas s'empêcher de penser à ce qu'il en résulterait et se demandait pourquoi il ne devrait pas s'en réjouir. Sa sœur était encore assez jeune pour avoir des enfants, ce qui bouleverserait l'existence de Gloria. Peut-être sa sœur la lui confierait-elle ? Plus tard, il pourrait penser lui aussi à se marier. Avec une femme que Gloria aurait choisie. Pendant des mois, Vandamm se planifia une toute nouvelle vie. Il le fit uniquement pour lui, jamais délibérément pour influer sur la vie de quiconque, sauf de la petite Gloria, qui après tout était si jeune…

À Wilmington, il fit la connaissance d'un commandant d'artillerie. Le commandant Boam n'était pas un de ces civils que la guerre avait promus au hasard commandants ou capitaines d'artillerie, des transports ou du service de santé. Il portait bien l'uniforme, semblait alerte, solide et en bonne santé. Son bureau était à Washington, mais il parcourait la région : Wilmington, Eddystone, Bethlehem, Pittsburgh. Vandamm éprouvait une vague admiration pour les militaires. Il était myope, petit et avait les pieds plats ; l'armée n'avait pas voulu de lui. Elle ne s'était pas montrée dure à son égard, elle le préférait simplement en civil.

« La prochaine fois que vous passerez par Pittsburgh, ne manquez pas d'aller rendre visite à ma sœur », dit-il au commandant Boam.

Le commandant accepta, et lorsqu'il revint à Wilmington, il rapporta à Vandamm qu'il avait été très bien accueilli par sa sœur et qu'elle l'avait retenu à dîner, un dîner très sympathique. Vandamm voulut savoir s'il avait vu Gloria, mais le commandant répondit qu'il était tard, que Gloria devait dormir. Vandamm comprit que Boam était arrivé tard, qu'il avait passé une bonne soirée, et était resté jusqu'à l'heure de son train.

Boam était veuf et avait une fille adulte. Il avait dû se marier très jeune, estima Vandamm, pour avoir une fille en âge d'être mariée. Elle habitait à Trenton ; son père n'allait jamais la voir.

« Elle est en ménage, elle a assez à faire. Je n'aime pas jouer le beau-père encombrant », disait-il. Vandamm en conclut qu'il était seul et que la solitude lui pesait. Cela cadrait avec ses plans : un veuf assez jeune, bien bâti et qui devait avoir une bonne situation puisqu'il avait été nommé d'emblée commandant. « Qu'est-ce que tu penses du commandant Boam ? » demanda-t-il à sa sœur. Elle répondit qu'elle l'appréciait. Elle jugeait les hommes à leur taille. Elle préférait les grands aux petits, les costauds aux maigres.

L'armistice bouleversa les plans de Vandamm. Le commandant Boam retira son ceinturon, ses bottes et ses éperons, son bel uniforme aux deux chevrons d'argent sur la manche gauche. Il s'arrêta rendre visite à Vandamm à Wilmington lors de son dernier voyage et, pour la première fois, détendu, dans un climat amical, il se laissa aller aux confidences. « Il va falloir que je me mette en quête d'une situation », dit-il. Vandamm apprit ainsi que son ami n'était pas l'homme qu'il croyait et ne retournait pas à une brillante situation. Il dit à Vandamm que, lorsque les États-Unis étaient entrés en guerre, il avait voulu se mettre au service du gouvernement mais n'avait pu se le permettre à cause de frais relatifs au mariage de sa fille et à bien d'autres choses. La seule manière pour lui de servir son pays avait été de devenir officier. La paie de commandant n'était pas bonne, et à présent aucune situation ne l'attendait.

À la réflexion, Vandamm s'en réjouit. Il promit au commandant de lui trouver du travail. Ce dernier le remercia et lui dit qu'il allait d'abord chercher par lui-même, mais que s'il ne trouvait rien, il repasserait par Pittsburgh ou Wilmington.

En 1921, il vint rendre visite à Vandamm, non pour lui demander du travail, mais simplement par amitié. Il avait trouvé une situation – un vague emploi relatif à l'enjeu politique de l'industrie chimique : du lobbying. Les États-Unis s'apprêtaient à signer la paix avec l'Allemagne, et il fallait éviter que la réouverture des usines de teinture allemandes ne ruinât celles des États-Unis. La situation était délicate, car nombre d'usines allemandes appartenaient à des Américains, ou leur avaient appartenu jusqu'à la guerre. Certains Américains voulaient récupérer leurs usines presque intactes, ce qui n'irait pas sans risque si les Allemands voyaient leur industrie désavantagée. Les autorités allemandes n'oseraient rien faire, mais il fallait s'attendre à ce que les ouvriers des usines allemandes commettent des sabotages si le Congrès s'attaquait à leur gagne-pain. Il y avait donc deux camps en Amérique : ceux qui avaient possédé des usines en Allemagne et ne voulaient pas que le Congrès impose des droits de douane avant de savoir ce qui se passerait pour leurs usines ; et ceux qui avaient plus ou moins commencé dans cette industrie après le blocus des côtes allemandes par la marine anglaise. Ceux-là avaient investi beaucoup d'argent pour bâtir notre industrie teinturière (gravement handicapée par le fait que les secrets du métier restaient entre les mains des techniciens allemands) et ne voulaient pas le perdre parce que l'Allemagne était défaite. Pourquoi gagner cette foutue guerre si ça ne rapportait rien ?

Le commandant Boam avait conservé son titre militaire en partie parce que, dans tous les hôtels et restaurants de Washington, on le connaissait sous le nom de commandant Boam, et en partie parce que cela lui donnait du prestige auprès des membres du Congrès. Il était resté à Washington jusqu'à l'administration Harding. Il parlait avec chaleur du Congrès :

« Nous travaillons beaucoup. Vous n'en croiriez pas vos yeux… Mais qui est-ce ?

– Gloria. Dis bonjour au commandant Boam, dit Mme Wandrous.

– Bonjour, dit Gloria.

– Approchez, que je vous voie », dit le commandant. Il tendit sa main, sa grande et grosse main brunie : « Mais vous êtes presque une jeune fille. Quel âge a-t-elle ? Quel âge avez-vous, Gloria ?

– Bientôt douze ans, dit-elle.

– Venez ici, petite, asseyez-vous sur mes genoux.

– Oh, commandant, dit Mme Wandrous, elle va vous ennuyer.

– Mais non, si le commandant le demande, dit Vandamm. Allons, Gloria, sois polie.

– Mais bien sûûûûûr. Et hop là ! » s'exclama Boam en la posant sur ses genoux.

De la main gauche, il lui soutenait le dos et continuait à parler. Tout en parlant, il laissa sa main glisser sur les cuisses nues de la fillette. Cette main remua, caressa, pinça. L'autre descendit sur les reins de l'enfant, caressa son petit derrière. D'abord, la fillette le regarda, puis, comme il continuait à parler tranquillement avec sa mère et son oncle, elle se laissa aller et posa la tête sur l'épaule du bonhomme. Ces caresses lui plaisaient. Il ne la blessait pas comme certaines grandes personnes le faisaient lorsqu'elles la caressaient ou la pinçaient. Sa voix grave la berçait ; elle appréciait l'odeur de sa chemise blanche et le contact de son veston en flanelle.

« Regardez », dit Vandamm en montrant d'un signe de tête la petite fille assoupie.

Boam hocha la tête, sourit et continua à parler. Bientôt Gloria dormait à poings fermés – l'heure de la coucher était passée depuis longtemps. Mme Wandrous la prit dans ses bras. Aussitôt le commandant Boam se leva.

Dès lors, il s'efforça d'oublier les Wandrous-Vandamm, mais plus il essayait, plus il se trouvait d'excuses. Il prévoyait d'y retourner un soir, assez tard pour que la petite fût couchée, là il demanderait : « Comment va la petite Gloria ? » Et Vandamm répondrait immédiatement : « Montez voir, elle dort. »

Boam ne comptait passer que trois ou quatre jours à Pittsburgh. Il y resta une quinzaine. Pendant tout ce temps, il sut ce qui lui arrivait. Il ignorait ce qu'il voulait faire à cette enfant, mais il savait qu'il désirait l'emmener, se trouver seul avec elle.

Jusqu'alors, Gloria n'avait été qu'une jolie fillette aux cheveux bruns frisés et aux yeux étonnamment beaux au premier abord, mais qui perdaient tout intérêt quand on s'y attardait. Pourtant, chaque fois qu'on les revoyait, on ressentait cette impression de beauté exceptionnelle. Elle tenait à leur couleur mais, comme ils étaient très sombres et que c'étaient les yeux d'une enfant, ils ne changeaient guère, ce qui les rendait inintéressants. Comme presque toutes les petites filles, elle se montrait cruelle à l'égard des animaux, et particulièrement des chiens. Elle s'en faisait des amis puis, dès qu'elle avait gagné leur confiance, elle leur donnait des coups de bâton. Après quoi, elle en avait peur et, mais pour tromper les adultes, elle les appelait « bons petits chiens-chiens ».

Tous les après-midi, une femme de couleur, Martha, venait de Wiley Avenue pour la mener en promenade. Les autres nurses du quartier, des Blanches, n'encourageaient pas Martha à s'asseoir avec elles. Mais elles aimaient amadouer la jolie petite Gloria. Gloria le remarqua. Elle se jugea supérieure à Martha, qui perdit toute influence sur elle. Mme Wandrous n'avait aucune autorité non plus. Elle se contentait de veiller, avant de sortir, à ce que l'enfant fût toujours propre et bien habillée. Parfois, elle la conduisait chez le dentiste ou lui donnait un lavement. En dehors de ces occasions, Gloria vivait par elle-même et selon ses propres règles. Elle réussissait bien à l'école, elle était douée et fournissait peu d'efforts pour des résultats disproportionnés. Elle aimait bien les petits garçons tant qu'ils ne se montraient pas brutaux. Contre eux, elle défendait toutes les petites filles, même celles qu'elle n'aimait pas. Un grand paradoxe avait marqué toute son enfance. Alors que tout le monde l'appelait Petite Princesse, elle était en fait très délaissée. Personne n'avait pu susciter en elle un sentiment profond.

En se rendant chez les Wandrous, Boam se refusait à penser à ce qui allait arriver et à ce qu'il souhaitait. Depuis qu'il était à Pittsburgh, il s'était rendu chez Vandamm environ tous les deux jours. En cette journée ensoleillée, il savait qu'il allait faire quelque chose. C'était le début de l'après-midi. Comme il l'avait prévu, Mme Wandrous n'était pas chez elle. La bonne qui lui ouvrit la porte le connaissait ; elle remarqua qu'il ne paraissait pas pressé de s'en retourner et lui offrit d'entrer.

« Savez-vous à quelle heure Mme Wandrous sera de retour ?

– Non, monsieur. Elle est partie faire des courses en ville. Vous ne l'avez ratée que d'une demi-heure. Voulez-vous une tasse de thé ou quelque chose d'autre ?

– Non, merci. Continuez votre travail. Je vais m'asseoir un instant et si Mme Wandrous ne revient pas... La petite Gloria est dehors, elle aussi ?

– Non, monsieur, elle est ici. La nurse n'est pas venue la chercher aujourd'hui. Je vous l'envoie tout de suite.

– Très bien, je voudrais lui dire au revoir, je pars ce soir. »

La bonne ne demandait qu'à se débarrasser de Gloria. Elle avait du travail, et Mme Wandrous n'était pas une patronne indulgente.

Gloria arriva en courant, s'arrêta net, le regarda et sourit à peine.

« Comment va ma petite fille aujourd'hui ?

– Très bien, merci.

– Viens avec moi, je vais te lire les histoires drôles du journal », dit-il en sortant un journal de sa poche.

Il fit un signe de tête à la bonne, qui sortit.

Gloria s'approcha du commandant et se tint toute droite entre ses jambes pendant qu'il lisait. Bientôt, le poids du coude de l'enfant sur sa jambe devint insupportable. Il la regarda dans les yeux comme il l'aurait fait s'il s'était agi d'une femme. Elle soutint son regard sans manifester la moindre crainte. Boam se demanda si cette enfant... Vandamm aurait-il été capable d'une chose pareille ? Cela n'expliquerait-il pas son adoration pour Gloria ?

Il laissa tomber son journal par terre, prit le bras de Gloria et lui dit :

« Tu as des muscles ? Montre-moi si tu as des muscles. »

L'enfant plia le bras pour faire saillir ses biceps.

« Hmmm ! fit-il, tu en as des muscles, pour une fille. »

Silence.

« Tu es vêtue pour l'été.

– Oui.

– C'est une robe légère. » Un sentiment de panique l'étouffait et, en même temps, le poussait à agir. Il tendit la main, attira Gloria vers lui, l'embrassa si fort sur la bouche qu'il la blessa. Elle sentit la main de l'homme la caresser d'une manière inattendue et se défendit.

Il affermit sa prise ; pour cacher son jeu, il la souleva à bout de bras en lui parlant et en riant. Il aurait voulu s'enfuir, quitter cette maison ; il avait peur. Il l'avait à peine touchée, mais il se demandait ce que l'enfant raconterait. Il ne pouvait pas la lâcher avant de l'avoir apaisée. Elle aurait été capable de courir vers la cuisine et de souffler quelque chose à la bonne. Enfin, Gloria s'apaisa. Il déclara :

« Je t'ai dit au revoir, nous nous sommes embrassés, je vais m'en aller. »

Elle ne sut quoi répondre pour paraître polie.

« Est-ce que je te manquerai ? demanda-t-il. Je t'apporterai un joli cadeau la prochaine fois que je viendrai. Qu'est-ce qui te ferait plaisir ?

– Je ne sais pas.

– Je t'apporterai ce que je trouverai de plus beau à New York. N'en dis rien à personne, c'est notre secret.

– Oui.

– Tu ne me dis pas au revoir ?

– Si.

– Eh bien ?

– … 'voir.

– Très bien, Gloria. Au revoir, mon enfant. Tu feras mes adieux à ta mère et à ton oncle. »

Il fut tenté de lui donner de l'argent. Une prudence de porc le retint. Il partit et ne revint jamais ; mais on ne l'oublia pas.

Gloria eut envie de révéler ce qu'il avait fait. Ce n'était pas seulement le baiser sur la bouche, mais surtout l'endroit où il l'avait caressée. Elle s'en fut dans la cuisine, regarda la bonne qui astiquait l'argenterie. Elle l'observa et ne répondit pas lorsqu'elle lui demanda :

« Pourquoi me regardes-tu ainsi ? »

Ce n'était pas à *elle* qu'il fallait parler.

Au bout d'un an elle se confia à sa mère, qui ne la crut pas. Son oncle ne la crut pas plus et s'indigna. Pourtant, il réfléchit et remarqua combien Gloria avait changé. Elle avait perdu toute spontanéité, toute affection, et ne manifestait aucune reconnaissance lorsqu'il lui faisait des cadeaux. Il crut que cela tenait à son âge. Elle avait douze ans, peut-être avait-elle ses règles plus tôt que les autres. Il imagina d'autres raisons possibles. Elle était d'humeur instable. Toujours un peu déprimée. Mais elle n'allait pas éternellement demeurer une enfant. Puis l'histoire resurgit petit à petit, au point que la mère et l'oncle furent capables de reconstituer la scène. Mme Wandrous emmena sa fille chez un docteur. Gloria ne voulut pas se laisser approcher par lui. On la conduisit chez une femme médecin.

Vandamm chargea un détective privé de retrouver Boam. Il alerta toutes ses relations pour le faire chasser de son emploi. Ce fut inutile : aussitôt après avoir quitté Gloria, Boam était retourné à Washington, il avait démissionné et disparu sans laisser d'adresse. Le détective privé apprit à Vandamm que, deux ans avant la guerre, Boam avait déjà eu des ennuis pour la même raison. Le fiancé de sa fille, mis au courant, avait enlevé la jeune femme. Ils s'étaient mariés et n'avaient jamais voulu revoir le bonhomme. Voilà pourquoi Boam n'allait jamais à Trenton rendre visite à sa fille.

Le geste de Boam n'eut pas de conséquences physiques directes, mais la santé générale de Gloria fut affectée par son état psychologique. Vandamm jugea bon de quitter Pittsburgh. De changer de décor. New York.

Au cours des trois premières années, New York s'avéra une bonne idée. On envoya Gloria dans une école dont les élèves portaient un uniforme. Ainsi, dès le premier jour, elle fut exactement semblable à ses camarades. Sa mère la déposait et venait la rechercher tous les matins. Sa Gloria n'était ni la plus jolie, ni la plus brillante, et passait inaperçue. Elle se fit quelques amies. Chaque été, elle partait avec elles dans un camp de vacances du Maine tenu par deux professeurs de l'école. Elle y fréquentait des jeunes filles qui venaient d'autres écoles et voyait ainsi de nouveaux visages. À chaque rentrée elle faisait de nouvelles connaissances.

Ses progrès furent rapides. Bientôt, elle demanda à être scolarisée en Californie. On lui demanda pourquoi, et elle finit par avouer qu'elle aimait une chanson alors à la mode : *Orange Grove in California*. Un tel argument faillit séduire son oncle, qui lui aurait offert cette fantaisie s'il n'avait connu à l'époque quelques difficultés – momentanées, pensait-il. Il essaya de trouver du travail en Californie mais se rendit compte pour la première fois qu'il était un privilégié : sur la côte pacifique, il n'aurait pas même gagné ce qu'il dépensait pour son loyer à New York. Il hésita.

C'est alors que deux crimes défrayèrent la chronique à une semaine d'intervalle et scellèrent à jamais les préjugés de Vandamm à l'encontre des habitants de l'Ouest. Le premier, l'affaire Leopold-Loeb, n'était pas sans rappeler ce qui était arrivé à Gloria ; l'autre, le pacte funeste du médecin et de la jeune femme que Vandamm avait connue il y avait bien longtemps. On envoya donc Gloria dans une bonne école, mais pas particulièrement sélecte, de la Nouvelle-Angleterre. Au bout d'un an, elle attira l'attention d'un autre homme en comparaison duquel Boam aurait fait figure de saint.

Positif ou négatif, un événement dont on arrive à supporter le souvenir pendant un an n'aura plus de conséquences immédiates. S'il s'agit d'un événement négatif, l'eau a suffisamment coulé sous les ponts. Inutile de se bercer d'illusions en croyant qu'on va le revivre encore et encore. Il manque quelque chose. L'une des choses qui manquent quand on revit un événement rétrospectivement, c'est la réalité. Vous savez dès le départ que ce dont vous allez vous souvenir n'est qu'une sorte de rêve. Si, un an auparavant, vous avez eu le malheur de vous blesser, que vous avez vu couler votre propre sang et avez éprouvé une grande douleur… vous ne pouvez pas revivre cela. Ni le jour ni le moment en lui-même. Vous pouvez simplement revivre l'instant où la chose horrible, quelle qu'elle soit, a commencé. Il en va de même pour un événement positif (quoique, évidemment, la vie ne soit pas faite de beaucoup de choses positives, ou du moins on ne s'en souvient pas autant que des mauvaises). L'admirable mot « poignant » ne s'applique pas à une glace à la vanille, aux médailles remportées à l'école, aux tours de montagnes russes, à un joli vêtement ou à l'hymne américain, quoique plus facilement quand même pour l'hymne américain. C'est de la musique, et que ce soit du Bach ou du Carmichael, on sait, dès les premiers accords, qu'il s'agit d'un effort désespéré pour créer ou recréer quelque chose qu'elle ne possède pas en elle-même. La musique est artificielle, aussi comment pourrait-elle – elle, le plus noble des arts – contenir une parcelle du caractère poignant d'un jour important, d'un événement important de ce jour-là de la vie d'un être humain ? C'est impossible. Vous pouvez fermer les yeux un instant tandis que le maestro dirige, mais lorsque vous les rouvrirez, vous verrez à quel point vous vous êtes fourvoyés en pensant avoir écouté sa musique. Vous vous surprendrez à remarquer que sa baguette est passée de son bras droit, perclus de rhumatismes, à son bras gauche. Mais il ne faut pas avoir honte. Seul un hypocrite dirait qu'il ne remarque pas vraiment l'homme Toscanini – un vrai hypocrite le dirait. Un hypocrite dirait qu'il peut ignorer le génie parce qu'il est un homme, un simple être humain. Mais qui diable a écrit la musique ? Un spectre désincarné ?

De longs moments déplaisants ont été passés à construire des chaises en oubliant qu'elles sont faites pour s'y asseoir. De même, la musique est faite pour être appréciée, et autant le savoir : il faut des rapports humains pour l'apprécier. Il en va ainsi aussi de l'amour. Il peut être pur lorsque, pour une raison ou une autre, deux personnes ne couchent pas ensemble. L'amour peut parfaitement être aussi éloigné de l'idée de coucher que la haine peut l'être de l'idée de tuer. Mais une chaise est conçue pour qu'on s'y asseye, la musique pour l'effet qu'elle a sur vous, l'amour pour coucher, la haine pour tuer…

Trois ans passèrent. Durant les deux premières années, Gloria crut qu'elle pourrait oublier le commandant Boam. Cela ne l'excusait pas. Il avait fait le plus grand mal à Gloria ; il avait bouleversé son âme d'enfant. Depuis lors, elle essayait d'oublier un secret trop lourd pour elle, et qu'elle ne pouvait partager. Ce qu'elle savait – qu'un homme comme le commandant Boam, un homme dont elle ignorait à quoi il ressemblait nu, voulait lui faire le même genre de choses que faisaient les garçons de son âge – devint sa conviction. Une conviction qui pallie un manque de curiosité, ou de volonté d'apprendre. Par crainte, on ne veut pas trop en savoir à treize ou quatorze ans, mais on peut toujours se dire qu'on en sait assez long, quelque chose que les autres filles ignorent.

Ses camarades la respectaient pour ce qu'elles prenaient pour de l'innocence sincère. Les enfants respectent l'innocence et la sincérité. Elle ne recherchait pas les conversations scabreuses, ne posait pas de questions et ne répondait pas à celles des curieuses. Sa propre mère s'y laissait prendre autant que ses camarades. Lorsque Mme Wandrous se trouva obligée de parler sérieusement à sa fille, elle en eut honte. Était-ce bien la peine de renseigner une enfant qui avait déjà été « violée » par un homme âgé ? Et comme elle n'avait pas été violée en réalité, n'était-il pas pénible de parler de ces choses-là avec une innocente ? Mme Wandrous surmonta ses répugnances. Gloria l'écouta à peine et ne demanda pas d'explications supplémentaires. Sa mère y vit une nouvelle preuve de sa pureté. En réalité, Gloria savait déjà tout ce que sa mère pouvait lui apprendre. Ravie, Mme Wandrous n'eut plus la moindre inquiétude lorsque sa fille partit pour un pensionnat de la Nouvelle-Angleterre.

Aux vacances de Pâques, Gloria revint à New York en compagnie de cinq amies. Le train roulait lentement, ce n'était pas un express ; il faisait frais. À chaque arrêt, un homme du compartiment se levait et refermait la porte laissée ouverte par les passagers. Aussitôt après, il retournait à sa place, fermait les yeux et somnolait. Il ronflait même, et Gloria avait toujours été fascinée par les hommes qui ronflaient en dormant. Par sympathie pour cet homme, elle se leva elle-même, vu qu'elle était plus proche que lui, et ferma la porte. Il sourit, hocha la tête et la remercia. Arrivés à la gare centrale, lorsqu'elle fut avec sa mère, ce même homme, portant à la main une valise et une serviette, s'approcha de Mme Wandrous :

« Je tiens à vous faire mes compliments, dit-il. Votre fille est remarquablement polie, bien élevée et pleine de considération. »

Il sourit et s'éloigna. Mme Wandrous voulut savoir qui était cet homme – probablement un pasteur ou un professeur. Elle demanda à Gloria s'il enseignait dans son école. Gloria lui expliqua ce qui s'était passé. La mère, voyant l'homme marcher devant elle, fut prise d'une crainte instinctive qu'elle réprima aussitôt et se dit : *Il y a de braves gens sur terre.* D'ailleurs, à cette époque, tout le monde complimentait Mme Wandrous sur les bonnes manières de sa fille.

À la fin des vacances, Gloria repartit avec une de ses camarades, mais elles ne trouvèrent pas de place dans le même compartiment. Elle enrageait à l'idée de n'avoir personne avec qui discuter de tout le voyage, quand elle entendit une voix d'homme lui dire : « Nous n'aurons pas à nous préoccuper de la porte par un si beau temps. » Gloria reconnut le ronfleur. Il lui demanda quelle école elle fréquentait. Tiens, justement il connaissait deux ou trois de ses camarades. Il les lui nomma ; comment s'entendait-elle avec ses professeurs, en général ? Lui-même en était un, si toutefois on peut considérer le directeur comme un professeur.

Ce ne fut pas par hasard qu'il prit le même train qu'elle au début des grandes vacances.

Gloria ne voyageait pas seule, mais elle quitta ses camarades pour aller bavarder avec lui. Ils parlèrent comme deux vieux amis. Mme Wandrous arriva en retard à la gare centrale. Le professeur ne semblait pas pressé de quitter Gloria. Elle dit à ses amies qu'elle attendrait sa mère et partit dans un taxi avec ce directeur d'école.

Tout fut très facile. Deux jours plus tard, elle retourna le voir à son hôtel. Cet homme était un habitué, un professeur respectable, qui avait dû oublier de mentionner qu'il attendait de la compagnie. On la laissa donc monter dans sa chambre. Au bout d'un mois, ils inhalaient ensemble de l'éther. Elle adorait cela, et tout ce qu'ils faisaient ensemble dans cette chambre.

Elle ne le voyait pas aussi souvent qu'elle l'aurait souhaité car ils ne pouvaient se retrouver qu'à New York, pendant les vacances. Elle resta encore deux ans dans cette école. En mai de la deuxième année, une surveillante trouva une bouteille de gin dans l'armoire de Gloria. Elle fut priée de ne pas revenir après les vacances. Sa mère s'en inquiéta un peu, mais attribua cette déconvenue à son vif succès auprès des garçons – dans une école moins stricte elle aurait pu être championne des bals –, et Mme Wandrous s'en réjouissait, concluant que l'affaire Boam était oubliée. On envoya Gloria dans un autre lycée où elle commença à penser à ses études. Elle voulait étudier l'art. À New York. Avoir son propre appartement.

Son oncle se félicitait de son succès auprès des garçons. Il ne se pardonnait pas d'avoir introduit le commandant Boam chez lui. Heureusement, l'attitude de Gloria lui prouvait que cela n'avait pas eu de conséquences. Mais Vandamm ne s'était jamais vraiment blâmé pour cela non plus. Le succès de Gloria y contribua ; par ailleurs, il était libéral et défendait toujours sa nièce contre sa sœur.

Gloria obtint gain de cause et fut autorisée à abandonner sa formation et à partir étudier les beaux-arts à New York. Ils verraient pour l'appartement. Pour le moment, ils allaient tous emménager dans une maison du Village dont ils avaient hérité et aménager le dernier étage en studio. À cette époque, Vandamm arrondissait ses fins de mois en spéculant à la Bourse et croyait au talent de Gloria. Elle copiait assez bien les caricatures de Hugo Gellert, William Auerbach-Levy, Covarrubias, Constantin Alajalov, Ralph Barton

– tous les caricaturistes en vogue. Cette année-là, elle parla beaucoup d'intégrer les beaux-arts, mais chaque fois qu'une nouvelle classe se formait, elle oubliait de s'inscrire, alors elle continuait à copier des caricatures quand elle n'avait rien d'autre à faire et posait comme modèle, toujours pour les nus. Et surtout, elle apprit à boire. Elle devint l'une des plus grandes buveuses que le monde ait connues entre 1927 et 1930, une époque où les piliers de bar ne manquaient pas. On la connaissait de nom et de vue dans tous les clubs, aux Dizzy Club, Hotsy-Totsy, Texas Guinan's, Chez Florence, Type & Print Club, Basque's, Michel's, Tony's East sur la 53e Rue, Tony's West sur la 49e Rue, 42 West 49, Aquarium, Mario's, Clamhouse, Bandbox, West 44th Street Club, McDermott's, Sligo Slasher's, News-writers', Billy Duffy's, Jack Delaney's, Sam Schwartz's, Richmond, Franck & Jack's, Frankie & Johnny's, Felix's, Louis', Phyllis's, 21West sur la 53e Rue, Marlborough House, et partout les barmen étaient effarés par sa descente. À son arrivée, ils savaient qu'elle sortirait soûle, mais qu'elle serait la moins ivre de la salle après avoir bu plus que tout le monde. Il ne lui vint jamais à l'esprit de décrocher. À quoi bon ? Elle buvait à longueur de journée du rye à l'eau. Parfois, elle se rappelait tout à coup qu'elle n'avait pas mangé depuis vingt-quatre heures. Alors elle allait dans un bistrot dont les œufs lui inspiraient confiance, en cassait un dans son verre d'Old Fashioned, y ajoutait de l'angostura et avalait le tout d'un trait. Mise en train, elle commandait un filet de sole sauce tartare. Le lendemain, elle ne mangeait pas ou se contentait d'un bol de bouillon. Certaines cigarettes lui donnaient des maux de tête. Elle ne fumait que des Chesterfield et des Herbert Tareyton. Parfois, elle passait plusieurs nuits toute seule. Elle s'acoquina avec une bande d'anciens étudiants ayant sombré dans la boisson, qui, leurs études terminées, restaient à New York entretenus par leur famille. Pour ces gens-là, seule la boisson comptait. Ils se soûlaient ensemble comme frères et sœurs et ne la tourmentaient pas. Un seul, un petit gros dégoûtant originaire du Middle West qui venait deux fois par an, tenta sa chance, en vain. Les autres suivaient les cours de la Bourse de midi à la fermeture, par téléphone. À trois heures et demie, on savait où les trouver : soit ils faisaient la fête au Texas Guinan's, soit ils noyaient leur chagrin n'importe où ailleurs. On se promenait beaucoup dans des voitures aux plaques immatriculées en dehors de New York, mais les véhicules sortaient rarement de l'État, sauf pour la saison de football américain. Les étés étaient amusants à New York. On y buvait des punchs, des mint juleps, des Tom Collins, des Rickey. Vous en preniez deux ou trois, puis vous faisiez un tour dans un ou deux bars à bières, puis retour au whisky à l'eau. Pourquoi s'embêter ? Vers minuit, tout à coup, on décidait d'aller écouter Helen Morgan ou Libby Holman dans une boîte de nuit. On se séparait pour aller s'habiller. Une heure après, on se retrouvait, on achetait quelques bouteilles d'alcool, puis on allait au club. Pas de théâtre. Pas beaucoup de cinéma. Pas plus de fêtes, sauf occasion spéciale comme un mariage. Ces jeunes gens étaient ravis de revenir au 42, imbibés et en veste, « heureux de retrouver des gens décents, pas des imbéciles qui croient qu'on peut boire du champagne ».

« À bas Princeton ! vociférait Gloria.

– À bas Princeton ! répondaient ses camarades.

– Au diable Harvard !

– Au diable Harvard ! répétaient-ils.

– Vive nous !

– Tra-la-lère », chantait Gloria, et les jeunes gens souriaient et se joignaient à elle, buvant sec jusqu'à se retrouver dans le même état qu'elle, à la différence qu'elle réussissait à ne pas avoir l'air soûle. Elle n'était jamais invitée aux cérémonies familiales auxquelles se rendaient ses amis. Elle n'était pas toujours intrusive, mais si elle voulait bien comprendre que, parfois, un coup de fil à un courtier pouvait être important… Après avoir conduit les mariés à l'embarcadère de la Compagnie transatlantique française, très appréciée à cette époque, ils s'empressaient de la rejoindre et trouvaient sur sa table plusieurs notes à payer, leur indiquant qu'elles les avaient attendus depuis le déjeuner. Ils comprenaient et payaient. Non qu'elle fût pauvre. Elle avait toujours quinze ou vingt dollars, pour les taxis et autres, et si vous étiez fauché elle n'hésitait pas à vous les tendre. C'était simplement qu'elle s'en fichait.

De temps en temps, elle apercevait Weston Liggett. Il lui arrivait de venir seul ou bien accompagné d'un homme ou d'une femme. Il buvait tranquillement au bar et se tenait correctement. Elle le remarqua un jour où il la regardait avec plus d'attention qu'il n'était de mise dans les *speakeasies* les plus convenables.

« Qui est ce bonhomme à qui tu as parlé ? demanda-t-elle à l'ancien élève de Yale.

– Un gars qui était à l'université avec mon frère. Il s'appelle Liggett.

– À Yale ?

– Oui. Il faisait partie de l'équipe d'aviron. »

Donc, il ne la draguerait jamais et elle ne lui adresserait jamais la parole tant qu'on ne les aurait pas présentés. Ils pourraient se croiser tous les jours pendant des années, puisqu'ils avaient des relations en commun, mais ne jamais se parler. Liggett comprit cela et bientôt devint un visage vaguement familier à Gloria mais qu'elle identifiait à peine, même lorsqu'elle et lui se trouvaient seuls. Elle ne lui aurait jamais adressé la parole s'il n'y avait eu cet accident : elle tomba enceinte.

Une nuit de l'hiver 1929-1930, elle rentra chez elle avec deux « survivants » de Yale. Les autres étaient rentrés en province à cause de la crise, ces deux-là étaient toujours là. Cette nuit, ils s'étaient enivrés plus vite que d'ordinaire, et boire devenait difficile. Elle se déshabilla comme à son habitude dans la salle de bains, leur emprunta un pyjama et s'allongea sur le divan.

« Viens te coucher avec moi, lui dit Bill.

– D'accord », répondit-elle.

L'oreiller dans une main, la bouillotte dans l'autre, elle rejoignit Bill. Elle lui tourna le dos. Mais elle se doutait bien que, cette nuit-là, il ne se contenterait pas d'être un bon copain. Elle se laissa caresser pendant quelques minutes sans réagir, simplement par malice. Puis elle se retourna, lui prit la tête à deux mains et l'embrassa. Après tout, voilà assez longtemps qu'ils se connaissaient, et ce Bill était un chic type.

Elle aimait bien Mike aussi, qui, couché dans le lit voisin, n'en perdait pas une miette.

« Et moi, Gloria ? dit-il.

– D'accord », répondit-elle.

Ils appelèrent une autre fille, ou plutôt Gloria l'appela. Mais les filles refusèrent de se déranger à une heure pareille. Puis elle pensa à Jane. Les deux gars ne s'attendaient pas à une telle séance. À partir de cette nuit-là, qu'elle se rappelait avec plaisir, Gloria changea de vie ou, plus exactement, reprit des habitudes oubliées. Le lendemain, elle quitta l'appartement de ses camarades avec Jane, l'accompagna chez un homme qui fit venir un de ses amis et ainsi de suite. Gloria ne revit plus jamais les garçons de Yale. Elle aurait bien voulu, eux aussi, mais ça ne se fit pas.

Au cours de l'été 1930, elle rencontra Eddie Brunner alors qu'elle se rendait chez une prostituée en compagnie du « commandant ». Elle avait rencontré cet homme dans un *speakeasy* où tout le monde s'adressait à lui en l'appelant simplement « commandant ». La première fois qu'elle le vit, elle fut prise de frayeur en s'imaginant que c'était Boam ; car jusqu'alors, c'était le seul commandant qu'elle avait connu. Elle voulut à tout prix en avoir le cœur net et constata qu'elle avait totalement oublié l'aspect physique de Boam. À force de fréquenter les mêmes clubs, ils firent connaissance. Elle lui demanda son nom (qui s'était perdu dans les marmonnements d'une présentation de *speakeasy*). Il répondit que ça n'avait pas d'importance, elle n'avait qu'à l'appeler « commandant ». Elle fut convaincue qu'il s'agissait de Boam et le persécuta toute la soirée pour le lui faire avouer. Il refusa, à moins qu'elle ne vînt chez lui. Il s'appelait O'Brien, ou Kelly, un nom irlandais des plus courants. Bientôt, elle apprit de lui beaucoup plus que son nom.

Bien des hommes eurent le plaisir de coucher avec Gloria cette année-là. Eddie aurait pu le faire aussi, mais d'abord, il craignit d'attraper la chaude-pisse. Puis, quand Gloria devint son amie, il avait déjà pris l'habitude de la considérer comme une sœur. Ils sortaient souvent ensemble, allaient au cinéma, au restaurant, buvaient un cocktail par-ci, une bière par-là. Elle allait fréquemment le retrouver chez lui, et il avait alors l'impression d'être en présence de la véritable Gloria – les autres aspects de son existence étaient passés sous silence. Ils échangeaient des souvenirs d'enfance (c'est merveilleux de découvrir avec quelqu'un, à travers ses souvenirs d'enfance, comme l'Amérique est petite).

« Quand tu étais gosse, pour faire la plouffe vous disiez *ibbity-bibbity-sibbity-sab, ibbity-bibbity-kanah-ba,* ou juste *eenie-meenie* ?

– On disait *ibbity-bibbity.*

– Quand tu étais petit, est-ce que tu criais aux gamines appelées Marguerite : *Marguerite, go wash your feet, the Board of Health's across the street* ?

– Non, jamais crié ça.

– Et l'histoire d'Adam, Ève et Pince-moi ? Ils allèrent à la rivière, Adam et Ève se noyèrent, qui survécut ?

– Pince-moi. Aïe ! Aïe ! Aïe !

– Tu allais aux cours de danse ?

– Bien sûr.

– C'est ton copain qui portait tes souliers de bal dans un petit sac de tapisserie ?

– Je n'avais pas de copain. »

Eddie se mettait à chanter :

« De frère et sœur, je n'en ai point, mais cet homme…

– Seigneur, je n'aurais jamais pu. »

Parfois l'un racontait à l'autre une longue histoire qui commençait ainsi : « Un jour, quand j'étais petit… » Elle avait tué un serpent ; il s'était cassé un doigt ; il avait presque sauvé la vie de quelqu'un. Ils se rappelaient les petites histoires qu'ils avaient lues en même temps dans *The American Boy.* Tous deux se souvenaient avec sympathie de Marcus Aurelius Fortunatus Tidd, le gros petit bonhomme bègue imaginé par Clarence Budington Kelland. Ils se rappelaient aussi les histoires d'Indiens d'Altschuler, celles de Larry la Chauve-Souris et de Silver Nell. Quelle voiture avaient tes parents ? Gloria n'en avait pas eu jusqu'à l'âge de douze ans. Puis son oncle avait acheté une Heines, qu'il avait échangée plus tard contre une National. À l'époque, ce n'étaient pas des voitures démodées. Le père d'Eddie avait possédé successivement une Lozier, une Abbott-Detroit, une Stutz-Bearcat (qu'il avait emboutie trois semaines après l'avoir achetée), une Saxon, une Earl, une King 8. Il changeait tout le temps d'auto. Il avait aussi conduit on ne savait combien de Ford, acheté d'occasion une Owen Magnetic, il avait même gagné un avion au jeu mais n'avait jamais osé apprendre à piloter. Gloria avait-elle joué au diabolo ? Une fois, et l'avait pris sur la tête. « Est-ce que tu as vendu des colorants pour œufs de Pâques pour gagner une caméra ? » « Connais-tu quelqu'un qui ait réellement gagné un poney shetland en faisant abonner ses amis à une revue ? » Non. Mais elle avait gagné une poussette en collectionnant le papier qui enveloppait le pain. « Est-ce que tu as connu des garçons qui volaient les nids d'oiseaux ? » Non. C'était comme les gens qui faisaient du gin dans leur baignoire. Ni l'un ni l'autre n'en avait jamais vu.

« Je t'aime, Eddie, disait-elle parfois.

– Moi aussi je t'aime, Gloria », répondait-il, et il ajoutait : « Peu m'importe ce que les autres pensent de toi. » Ou bien : « Je voudrais t'avoir connue cinq ans plus tôt. » Ou encore : « Il est encore temps de changer de vie, c'est une question de courage. »

Elle le savait bien, c'était stérile, et c'était ce qu'ils cherchaient.

« Eddie, disait-elle pour changer de sujet, pourquoi ne vas-tu pas chez le dentiste ? Tu vas perdre cette dent et ça va gâcher ton sourire. Va chez mon dentiste demain, tu me le promets ? »

Il la reconduisait jusqu'à sa porte, mais ils savaient tous les deux qu'aussitôt Eddie parti, elle ressortirait pour rejoindre quelqu'un d'autre. Et après ces joyeuses soirées qui prenaient fin sur la certitude qu'il n'y avait rien à en attendre, l'autre type qui l'avait eue se disait en lui-même : *Eh bien, je croyais tout savoir, j'ai essayé des femmes de tous les pays, couru un peu partout, et c'est une gosse, une petite Américaine qui…*

Après cette nuit passée avec les garçons de Yale, Gloria avorta, puis enchaîna les cuites. Le soir où elle fit réellement la connaissance de Weston Liggett, elle se remettait d'une beuverie commencée après avoir vu Eddie. Par deux fois il lui avait fallu rentrer chez elle pour se changer (il était depuis longtemps entendu qu'elle n'aimait pas être questionnée lorsqu'elle disait à sa mère qu'elle avait passé la nuit chez une amie). En sortant d'un *speakeasy*, écœurée de constater qu'il faisait encore jour, elle était retournée chez elle prendre un bain et se changer. L'endroit où elle rencontra Liggett était une ancienne écurie, ce qui constituait sa seule originalité. La clientèle se composait de femmes entretenues et de gens du voisinage. Elle y avait rendez-vous avec des amis, y alla vers vingt et une heures trente et se trouva seule ou presque. Dans la salle, il n'y avait qu'une femme qui semblait avoir solidement harponné un vieux grand-père aux allures martiales. Gloria dit à l'Italien costaud qui la fit entrer :

« Je dois retrouver Mme Voorhees et ses amis. Je les attends au comptoir. »

Elle buvait en fumant lorsque Liggett entra. Il s'assit à l'autre bout du bar, mâchonnant des chips devant un scotch soda. Il reconnut Gloria, prit son verre et la rejoignit :

« Nous n'avons pas été présentés mais je vous ai vue si souvent…

– Oui, avec Billy.

– J'ai fait mes études avec son frère.

– Il me l'a dit.

– Je m'appelle Liggett.

– Il me l'a dit aussi. Je m'appelle Gloria Wandrous. »

Le barman se détendit.

« Wandrous. J'imagine que… Ça ressemble tellement au mot *wondrous*… “merveilleuse”.

– Oui, les gens s'imaginent que c'est un nom trafiqué, comme

Gladys – *glad*, “heureuse” – et Hazel Dawn – “aurore” – et Leatrice Joy – “joyeuse” –, des noms comme ça. Mais c'est mon vrai nom ; il s'écrit avec un “a” et se prononce Wan-drous – comme *wan*, “blême et lasse”…

– Et pas *won*, “gagné”.

– Hmm, pas mauvais. Pas excellent. Mais pas mauvais.

– Je n'ai pas la prétention d'être spirituel. Je ne suis qu'un pauvre homme d'affaires habitué à travailler dur.

– Les hommes d'affaires ont recommencé à travailler ? Je n'avais pas entendu parler de ça.

– Enfin, nous essayons. Vous avez sans doute rendez-vous avec quelqu'un ici ?

– Vous ne pensez pas que je viens ici chaque nuit, mystérieuse femme derrière sa voilette sirotant son apéritif.

– C'est exactement ce que je pensais, ou espérais. Je pensais que vous veniez ici pour fuir les endroits habituels.

– L'endroit habituel, en ce qui vous et me concerne

– Bon. Mais inutile de jouer au plus fin, mademoiselle Wandrous. Vous voilà devant un homme d'affaires dur à la tâche qui, en ce samedi soir, est libre comme l'air.

– Libre comme l'air, jolie formule. J'ai un ami qui se pique d'écrire, je la lui soufflerai.

– Si nous allions ailleurs ?

– Pourquoi ? On est bien ici, non ? Monsieur…

– Liggett.

– Monsieur Liggett. J'attends des gens. Vous pourrez probablement vous joindre à nous. Je vous présenterai ceux que je connais.

– Donc, vous ne les connaissez pas tous. Peut-être ne vous plairont-ils pas.

– C'est possible. Mais les voici qui arrivent.

– Gloria, ma chérie, tu es arrivée avant nous ! Tiens, Weston *Lee*-gett. Je ne savais pas que vous vous connaissiez tous les deux. Oh ! Weston, vous avez tout chamboulé. Maintenant il va me manquer une cavalière. Gloria, voici M. Zoom et, euh…

M. Zoom, et vous connaissez Mary et Esther. Je vous présente Weston Liggett, un grand ami de Peter, mon mari. Vous êtes allés à l'école ensemble, je crois ?

– Oui, mais je ne veux pas vous gêner. Permettez-moi de vous offrir un verre à tous et je...

– Il y a quatre autres personnes qui arrivent de chez moi, dit Mme Voorhees. Elaine vient avec trois hommes. Vous serez donc un homme en plus lorsqu'ils seront tous ici. Qu'est-ce que je vais prendre ? Un Stinger. Elaine. Si ces hommes avaient su que *vous* seriez ici, ils n'auraient pas attendu avec Elaine.

– Ils le savaient, dit Gloria.

– Vous ne trouvez pas, Weston, que Gloria est ravissante ? Mais attention, elle pourrait être votre fille. J'espère que vous n'imaginez pas...

– Je vais l'adopter, dit Liggett. Plus qu'un ou deux papiers à signer. Nous étions en train d'en discuter. J'ai envie d'être son père.

– Mais vous avez déjà deux filles. Ça ne vous suffit pas ?

– Asseyons-nous à une table, dit l'un des M. Zoom. J'ai faim, je vais commander un filet mignon.

– C'est gentil, après avoir dîné chez moi...

– Quoi ? Le poulet ? Je n'arrive jamais à me rassasier avec du poulet. Je vous l'ai dit avant de me mettre à table. Je suis un gros mangeur, moi, depuis que j'ai été soldat. Et vous, monsieur Liggett, vous avez fait l'armée ?

– Hmm.

– Alors vous savez ce que c'est que d'avoir faim. Quand j'étais en France, je me suis juré que, si jamais je m'en tirais, je n'aurais plus jamais faim. Quand j'ai envie de manger, je mange.

– Regardez ça, si ce n'est pas épatant ! » s'exclama Mme Voorhees en montrant l'autre M. Zoom qui faisait un tour de prestidigitation. Il posait une pièce de cinquante *cents* sur le bord d'un verre et un dollar entre le verre et la pièce. Il s'agissait de retirer le billet assez vite pour que la pièce reste en équilibre.

« Fascinant, dit Mme Voorhees.

– Je peux en faire un meilleur en frottant. Vous frottez…

– Chhh. Merveilleux ! Je n'arrive même pas à la faire tenir sur le verre, sans parler d'enlever le billet. Vous avez un formidable sens de… Il me semble que j'ai faim. Garçon, vous n'avez pas un de ces machins qui commencent par un *s* ? C'est un dessert.

– Un sabayon… ?

– C'est ça ! J'en voudrais un. Et toi, Mary ?

– Je connais un tour avec l'électricité statique. On frotte ses doigts sur la nappe. Attendez qu'il mette une nappe et je vous montre. Il faut aussi une fourchette ou une cuillère. Le truc, c'est de lever la cuillère…

– Hoover n'est pas si mal que ça.

– Regardez ce pauvre vieux toqué ! Il se rend ridicule. Je remercie le Seigneur de n'avoir pas laissé vivre mon père assez longtemps pour…

– Regardez-le, il ne se rend pas compte.

– Excusez-moi, madame, le chef dit…

– C'est exactement comme cet autre vieil endroit. Exactement. Sauf que c'est dans les quartiers chic. Ils ont très bien fait de préserver cette atmosphère. J'ai dit à…

– Vous n'avez pas lu cet article dans le *New Yorker* de la semaine dernière ? »

Tout en écoutant, Gloria et Liggett s'étaient pris par la main. Elle était tout attendrie. Ces gens l'agaçaient, Liggett lui plaisait et elle lui dit :

« Quand les autres arriveront, nous pourrons partir si vous voulez.

– Bien, parfait, répondit Liggett, mais que dira Mme Voorhees ?

– Rien du tout. Ça lui est égal, pourvu qu'elle ne soit pas seule. Deux personnes de plus ou de moins, ça ne fait aucune différence.

– Bien, nous irons dans un endroit où l'on danse. Voilà un bon moment que je n'ai pas dansé. C'est un compliment, j'espère que vous le prenez comme tel. Bien entendu, je danse le Turkey Trot. Vous connaissez, naturellement ?

– Hmmm. Et le bunny hug. Et le maxixe et le cancan. D'ailleurs, c'est quoi le cancan ? Est-ce que c'est aussi excitant qu'on le dit ?

– Écoutez, jolie demoiselle Wandrous, je ne suis tout de même pas assez vieux pour me rappeler le cancan. On dansait ça vers 1900. À cette époque, je n'intéressais pas beaucoup les femmes.

– Incroyable ! Il vous est vraiment arrivé de ne pas intéresser les femmes ?

– À diverses époques, et je commence à croire que celle-ci en fait partie. »

Ils allèrent de *speakeasy* en *speakeasy*, surtout ceux qui venaient d'ouvrir. La mode n'était plus aux petites boîtes où l'on vendait, avec des airs mystérieux, des alcools imbuvables. Les *speakeasies* installés dans des écuries ou des garages n'étaient guère que des boîtes de quartier. Dans le centre, ils s'installaient richement avec serveuses et vendeuses de cigarettes, orchestre à cordes et formation de quatre ou cinq Nègres pour faire danser la clientèle, des hors-d'œuvre gratuits, quatre ou cinq barmen. On offrait aux habitués des petites clés d'argent et autres talismans qui leur permettaient d'entrer ; on y proposait des divertissements onéreux, des chefs cordons-bleus, des programmes de bon goût, des combines compliquées – sans oublier de puissantes radios, de puissants canots automobiles et autres embarcations un peu comme les vedettes lance-torpilles britanniques, de puissantes armes contre les *highjackers*[1] et d'influentes relations. Dans ces *speakeasies*, l'alcool était bon. On y servait aussi aux amateurs des vins de qualité.

Après s'être amplement soûlés, se liant ici ou là avec un couple avant de l'abandonner, se joignant à une bande qu'ils désertaient ensuite, Gloria et Liggett, n'ayant plus nulle part où aller, s'en

1. Gangsters spécialisés dans l'attaque à main armée de véhicules ou d'embarcations, s'en prenant surtout aux convois de contrebande.

furent chez Liggett. Durant toute la soirée, il s'était demandé comment il parviendrait à l'emmener dans un hôtel. Il ne pensait qu'à cela et hésitait de crainte qu'elle ne prît mal l'invitation. Quand on les eut mis à la porte du dernier *speakeasy* à l'heure de la fermeture, Liggett héla un taxi et donna son adresse. Gloria ne parut même pas le remarquer. Elle se demanda s'il l'emmenait dans une garçonnière. Mais il n'y avait pas de garçonnières dans le quartier qu'il avait indiqué au chauffeur. En entrant dans l'appartement, elle sut que ce n'en était pas une.

5

Ce lundi après-midi, un inconnu sauta du métro avant son arrêt complet, sur le quai de la station de la 14e Rue. M. Hoover, comme d'habitude, fit preuve d'une grande ponctualité et ouvrit à l'heure prévue les débats du conseil de cabinet. Robert McDermott, étudiant à l'université Fordham, fut complimenté pour l'allocution qu'il avait prononcée le matin même en l'honneur de la Sainte Vierge. Mme Plotkin, habitant à Brownsville, un quartier de Brooklyn, décida de quitter son mari définitivement et sans idée de retour. William K. Fenstermacher, dépanneur de radios installé dans la 149e Rue, reçut un appel téléphonique de Mme Jones, logeant Tremont Avenue : cette dame lui demandait de venir réparer un appareil de TSF. Il s'y rendit avec ses outils. Arrivé à l'adresse indiquée, il constata qu'il n'y avait pas de Mme Jones et retourna chez lui en pestant ; cette mauvaise plaisanterie lui avait fait perdre une heure et demie. Babe Ruth frappa un *home run*, envoyant la balle dans les gradins côté champ droit. Grayce Johnson, qui comptait obtenir un petit rôle dans *The Band Wagon*, une nouvelle revue, apprit que la distribution était déjà complète. L'agent John J. Barry, matricule 17.858, était alité depuis le vendredi précédent car une jeune communiste lui avait envoyé un coup de pied à l'aine lors d'une manifestation à Union Square. Jerry, un ivrogne, dormit à poings fermés tout l'après-midi dans un fauteuil d'un *speakeasy* de la 49e Rue Ouest. Mme Lachase mit au monde de vrais jumeaux à l'hôpital. Une Studebaker rentra dans la roue de secours d'un coupé Ford à l'angle de Canal Street et de Broadway ; le conducteur de la Ford asséna un coup de poing en pleine bouche de celui de la Studebaker ; tous deux furent emmenés au poste. Joseph H. Dilwyn, quarante-deux ans, se fit arracher sa dernière dent par le dentiste qui le traitait depuis douze ans et lui avait arraché toutes les autres. Une femme que nous ne nommerons pas s'offrit un chapeau Eugénie avec l'argent que son mari lui avait remis pour payer la note d'électricité. Harry W. Blossom, visitant New York pour la troisième fois depuis la guerre, s'endormit au cinéma et, à son réveil, ne comprit rien à la fin du film. À quinze heures seize, M. Francis F. Tearney, conducteur de l'autobus de la ligne 15, qui fait la navette entre Jackson Heights et la Cinquième Avenue, souleva légèrement la visière de sa casquette devant la cathédrale Saint Patrick. James J. Walker, maire de la ville de New York, se mit à table avec un grand retard, mais de bon appétit, au Hardware Club. Une jeune fille provoqua un court-circuit au Club panhellénique en se servant d'un vieux fer à friser. Un homme non identifié jaillit à toute vitesse de la bouche de métro en face de Bronx Park, à la station Mott Avenue. Mlle Helen Tate, dactylographe employée dans les bureaux d'une compagnie d'assurances, se rappela enfin le nom d'un jeune homme qu'elle avait rencontré chez des amis à Red Bank, deux ans plus tôt. M. et Mme Harvey L. Fox célébrèrent leur trentième anniversaire de mariage en déjeunant à l'hôtel Bossert, à Brooklyn. Al Astor, acteur désœuvré, se réveilla en croyant qu'on était mardi. John Lee, garçonnet de couleur, arracha les ailes d'une mouche dans une salle de classe de l'école 108. La Caswell Realty Company vendit en bloc tous ses immeubles de Lexington Avenue à Jack W. Lenine pour une somme avoisinant les cent vingt-cinq mille dollars. Gloria Wandrous, après avoir pris un bain chaud chez elle, se mit au lit en se demandant ce qu'elle ferait du manteau de vison appartenant à Mme Liggett. Eddie Brunner passa l'après-midi chez son amie Norma Day à écouter des disques, notamment *Le Vent dans les saules*, de Rudy Vallée.

Ce lundi après-midi, Emily Liggett et ses deux filles rentrèrent chez elles par le train. Manteau sur le bras, elles montèrent jusqu'à leur appartement et laissèrent au portier le soin de s'occuper des bagages. Emily se dirigea tout droit vers sa chambre et ouvrit un placard. À l'instant où elle constata la disparition du manteau de vision, elle fut certainement la New-Yorkaise la plus éberluée de la ville.

Ce week-end s'était si bien passé, dans la paix et le calme. Il avait fait très beau le samedi, et très beau le dimanche matin. La fraîcheur du dimanche soir avait rappelé à Emily qu'il était temps de confier son manteau au teinturier. Elle avait décidé de l'assurer cette année pour trois mille dollars, la moitié de ce qu'il avait coûté en 1928. Elle espérait même qu'il lui arriverait quelque chose pour que l'assurance lui remboursât ces trois mille dollars avec lesquels elle aurait pu faire bien des choses. Ce manteau ne lui avait jamais plu, et elle en était lasse. Elle compta le nombre de fois qu'elle l'avait porté depuis trois ans : en divisant la somme de six mille dollars par ce nombre, elle trouvait ce manteau bien trop cher. Vraiment, elle ferait une bonne affaire si elle en tirait trois mille dollars. Alors six mille… ridicule. Ç'avait vraiment été un bon week-end.

Elle ouvrit le placard et eut l'impression de le trouver vide – le manteau n'y était pas. Elle appela la femme de chambre et la cuisinière et les interrogea. La femme de chambre ne révéla rien de ce qu'elle avait découvert le matin même dans la salle de bains et dans la chambre de M. Liggett.

Emily téléphona à Liggett. Sa secrétaire lui répondit qu'il n'était pas là et qu'il ne rentrerait probablement pas. Mme Liggett pensa d'abord essayer de le joindre à ses deux clubs et dans un ou deux *speakeasies*, mais elle changea d'avis, se résolut à attendre Weston avant d'avertir la police. Quand Liggett apprit cette catastrophe, il blêmit, et blêmit même deux fois : l'auteur du vol ne faisait aucun doute pour lui. Il dit à Emily de ne pas porter plainte immédiatement, que ce serait transmis sans délai à la compagnie d'assurances, et mieux valait éviter de l'en informer.

« Tous les assureurs marchent ensemble. Notre nom serait porté sur une sorte de liste noire. On nous considérerait comme des clients à risque, et on nous appliquerait un tarif bien plus élevé. Quand on se fait voler sa voiture, dans la semaine toutes les compagnies d'assurances sont au courant et le tarif de la police d'assurance augmente instantanément. La perte d'un manteau pareil fait de nous des clients à risque et il se peut qu'aucune compagnie ne veuille plus nous couvrir », insista-t-il, sans vraiment y croire – mais cela cachait sa confusion.

Cette jeune fille, cette gosse magnifique, qui avait couché dans son lit et lui inspirait des sentiments qu'il n'avait encore jamais éprouvés, n'était-elle qu'une vulgaire voleuse ? C'était impossible, absolument impossible ! Cela dépassait son imagination. Pourtant, il était furieux, il aurait voulu la saisir à la gorge.

Il promit à Emily de s'adresser à un détective privé avant d'en parler à la police et à la compagnie d'assurances. Emily n'accepta pas cette solution sans réticences. Pourquoi se lancer dans de tels frais, alors que la compagnie d'assurances les aurait engagés elle-même plutôt que de payer une prime de trois mille dollars ?

« Non, non, non, insista-t-il. Tu ne m'as donc pas écouté ? Je viens de t'expliquer que les compagnies d'assurances tenaient des listes noires. Peut-être sera-t-il très facile de retrouver le manteau. Un détective privé ne coûtera pas tellement cher, dix ou quinze dollars, peut-être. Si nos primes étaient augmentées, en un an nous perdrions dix fois plus. Que dis-je ? Cinquante fois plus ! Non, laisse-moi m'occuper de cette affaire, je t'en prie. »

Emily trouvait cette argumentation bien curieuse, et cela ne lui plut pas.

« Et si tes détectives ne mettent pas la main sur le manteau ? Que nous dira-t-on à la compagnie d'assurances ? On nous reprochera certainement de ne pas avoir averti immédiatement la police. En fin de compte, nous risquons d'y perdre encore plus. Mieux vaut toujours faire les choses correctement, comme il se doit.

Quand quelqu'un meurt, on s'adresse aux pompes funèbres ; quand quelque chose est volé, on appelle la police. »

Furieux, Liggett faillit répondre : « Tu as du toupet de parler ainsi, nous n'avons pas toujours fait les choses correctement ni comme il se doit : tu as couché avec moi avant que nous soyons mariés. » Il eut honte d'un tel raisonnement, mais devait admettre qu'il avait toujours pensé cela. Il s'apercevait qu'il n'avait jamais réellement aimé Emily ; il avait été tellement flatté par les sentiments qu'elle éprouvait pour lui avant leur mariage qu'il s'était aveuglé. M. Liggett était un passionné, et depuis que sa passion pour Emily s'était évanouie, il ne restait que des habitudes matrimoniales. Maintenant il n'aimait plus que Gloria.

Mais en fait non, il se rappela qu'il n'aimait pas Gloria. Il ne pouvait aimer une vulgaire voleuse. Ce qu'elle était. Il le voyait sur son visage. Il y avait quelque chose dans ce visage, quelque chose qui n'allait pas avec le reste de sa beauté ; sa bouche, ses yeux, son nez – quelque chose autour des yeux, peut-être, ou bien était-ce la bouche ? Elle ne ressemblait pas aux autres femmes. Emily, par exemple, avait des traits communs à toutes les femmes. Il contempla le visage de son épouse, objectivement et sans passion. Elle ressemblait à toutes celles qui avaient reçu la même éducation, à toutes celles qu'il avait rencontrées au théâtre, dans les meilleurs cabarets et *speakeasies*, dans les clubs de Long Island – les mêmes filles, les mêmes femmes, habillées pareil, ne se différenciant que par leur accent, qu'on voyait dans les clubs d'autres villes, concours hippiques, matchs de football américain ou soirées dansantes de la Junior League. Décidément, sa femme appartenait à un type des plus courants. Il s'étonna de le constater après dix-huit ans de mariage. Puis son esprit revint à Gloria. Celle-là menait une vie impossible, elle buvait, elle couchait avec des hommes, Dieu sait encore ce qu'elle faisait. Elle connaissait de « la vie » plus qu'Emily n'en connaîtrait jamais. N'était-ce pas normal ? Emily était habituée à avoir de l'argent, à le dépenser selon certaines conventions sociales. Elle avait toujours vécu dans de belles maisons, roulé dans de belles voitures, fréquenté des gens convenables qui se portaient bien, avaient de belles dents, buvaient du lait pasteurisé et se nourrissaient correctement depuis leur plus tendre enfance. Des gens qui vivaient dans des maisons toujours propres, bien entretenues, qui prenaient soin de leur auto, de leurs meubles, de leur corps. Pas étonnant qu'Emily eût cet air conventionnel. Alors que Gloria... qui fréquentait-elle ? Il se rappela les gens qu'elle attendait au *speakeasy* d'où ils étaient partis ensemble, deux jours plus tôt. Cet homme qui ne pensait qu'à manger, de quel ghetto sortait-il ? Liggett avait entendu dire que, dans certains quartiers, quatre-vingts familles partageaient les mêmes toilettes extérieures. Pas de quoi en faire une histoire, mais tout de même imaginez à quoi ça devait ressembler ! Imaginez avoir dû vivre comme... comme à l'armée. Imaginez quel effet cela aurait eu sur votre esprit, et pas seulement. Cela devait se voir sur leur visage. Non que ce fût si flagrant sur celui de Gloria. Ses dents étaient superbes, son teint d'une fraîcheur incomparable, son corps resplendissait de santé. Néanmoins elle n'était pas comme les autres. D'abord, elle n'avait sûrement pas fréquenté les meilleures écoles. Ce qui n'est pas anodin. Sa famille ? Il n'en savait rien, si ce n'est qu'elle vivait avec sa mère et le frère de sa mère. Peut-être était-elle une bâtarde. M. Liggett jugea que c'était très probable. Il connaissait l'existence de filles mères aux États-Unis. La mère de Gloria avait peut-être eu sa fille hors mariage ; ce sont aussi des choses qui arrivent aux États-Unis. Pourtant M. Liggett n'avait jamais connu de filles mères. Il croyait jusqu'alors qu'il n'en existait que dans les familles pauvres. La famille de Gloria était-elle pauvre ? La première fois qu'il avait fait l'amour avec Emily, ils avaient couru le risque qu'elle tombât enceinte. En ce temps-là, les jeunes Américaines n'étaient pas aussi bien informées que maintenant sur la manière d'éviter les enfants ou de s'en débarrasser avant qu'ils ne soient devenus des êtres vivants. Gloria était plus âgée que Ruth, sa mère avait donc très bien pu agir comme Emily, mais avec moins de chance. Peut-être que le père de Gloria était mort dans un accident de chemin de fer alors qu'il s'apprêtait à épouser la mère de Gloria, ou bien qu'il avait été victime d'un chauffard ou d'un braqueur au moment où il rentrait chez lui après avoir fait l'amour avec elle pour la première fois. Ce sont des choses qui arrivent. Weston Liggett se rappela un type qu'il avait connu à New Haven et qui ne parlait guère de sa famille. Sa mère était artiste, il n'avait jamais évoqué son père. Liggett regretta de ne pas l'avoir fréquenté davantage. À présent, il ne se rappelait même plus son nom, mais certains dans son entourage avaient admiré ce Machin-chose. Il dessinait pour le *Record*. Un artiste. Les bâtards sont toujours doués. Quelques-uns des plus grands hommes de l'Histoire étaient des bâtards ; d'ailleurs, ce mot est trop brutal, mieux vaut dire « enfant de l'amour ». (*Et puis non, si j'étais un bâtard, j'aimerais mieux être traité de bâtard qu'être appelé enfant de l'amour !*) Et Gloria, elle faisait du dessin ou de la peinture. Elle s'intéressait à l'art. Elle devait connaître des gens curieux. Elle connaissait cette bande de gamins de New Haven, le jeune Billy et les autres. Mais ces gens-là, tout le monde pouvait faire leur connaissance. Et tout le monde pouvait faire la connaissance de Gloria. Cette constatation l'atterra : *tout le monde pouvait faire la connaissance de Gloria.* Il se répéta cela pendant tout le dîner, observant sa femme, ses deux filles. Sur leurs visages, il devinait leurs sentiments de personnes bien élevées. Tout en les regardant, il ne pensait qu'à Gloria, cette fille dont tout le monde pouvait faire la connaissance. Que faisait-elle en ce moment ? Avec qui était-elle ? Avec un individu quelconque qui l'avait ramassée dans un *speakeasy*, probablement.

« Je ne prendrai pas de dessert, je n'ai pas le temps, dit-il.

– Il y a des fraises. Tu ne veux pas de fraises ? demanda Emily.

– Chic, des fraises, dit Ruth. Papa, il faut que tu attendes les fraises, sinon je mangerai ta part et j'aurai de l'urticaire.

– Tu n'es pas *obligée* de tout manger, répliqua Emily.

– Non, il faut que je m'en aille. Je viens de penser à un type... au sujet du manteau.

– Pourquoi ne téléphones-tu pas ? Un détective privé a sûrement le téléphone.

– Non. Pas lui. Ce n'est pas un détective privé. C'est un inspecteur de la police municipale. Si je téléphone à son bureau, il faudra qu'il fasse un rapport et c'est comme si je portais plainte au commissariat. Je veux lui parler en particulier. Comme je ne connais pas son adresse, je vais demander à mon ami Casey, de Tammany Hall, de prendre rendez-vous pour moi.

– Eh bien, pourquoi ne téléphones-tu pas à Casey ?

– Emily ! *Dois-je* vraiment expliquer en détail tout ce que je fais ? Je viens de trouver une solution, je veux agir immédiatement, un point c'est tout. Je ne veux pas de fraises. Si elles sont aussi bonnes que tu le dis, mets-les dans la glacière et je les mangerai à mon retour.

– Oh, très bien. J'espère que ça ne signifie pas que tu passeras la nuit à faire la noce avec tes amis de Tammany Hall.

– Si j'étais médecin, tu ne m'interrogerais pas ainsi à chacune de mes sorties », répondit Weston en soupirant.

Si ses filles n'avaient pas été là, il aurait trouvé une formule plus cinglante que « si j'étais médecin ».

Un taxi le conduisit à un drugstore proche de la gare centrale. Il voulait téléphoner à Gloria, essaya chez elle et dans quelques *speakeasies*. Sans trop savoir pourquoi, il l'appela également dans plusieurs hôtels de Times Square. Chez Gloria, une femme, qu'il supposa être sa mère, lui dit que Mlle Wandrous était sortie pour la soirée. Ton et formules étaient si corrects que Liggett faillit éclater de rire. Il était furieux contre Gloria, mais il ne savait pas (en dépit de ses efforts) s'il lui reprochait d'avoir dérobé le manteau d'Emily ou bien de s'être emparée de son esprit, ou encore, comme il le croyait, d'être en train de boire un verre avec un petit snobinard de Princeton… ou peut-être pire ! Il sortit de la cabine téléphonique le front ruisselant de sueur et le chapeau rejeté en arrière. Il prit un verre de Coca-Cola au comptoir et ce verre, qui devait avoir une imperfection, se brisa lorsqu'il le reposa avec le *clac* traditionnel. Il s'entailla légèrement un doigt. La blessure n'était pas grave, mais suffit à créer une véritable panique dans la boutique. Le pharmacien et le barman[1] s'empressèrent avec tant de sollicitude qu'il enragea, les envoya au diable et rompit la promesse qu'il s'était faite de ne pas boire. Il s'était senti respectable et supérieur jusqu'alors, mais cette coupure, bien que peu douloureuse, le contrariait énormément.

« Appelez donc une ambulance pendant que vous y êtes ! » s'écria-t-il en partant, en quête d'un verre.

Entre la Cinquième et la Sixième Avenue, la chaussée de la 52e Rue était impraticable, bruyante, encombrée par une circulation intense. Hiiiiiip ! criaient les taxis. Aaaooah ! répondaient les grosses Lincoln. On se serait cru face à une fête de mariage de province, avec les invités munis d'un carton à l'intérieur, et le vacarme à l'extérieur.

Dans le premier *speakeasy*, il prit un scotch soda. Les clients, à cette heure-là, paraissaient s'efforcer de se mettre en retard pour le spectacle. Vêtus de costumes clairs, des banlieusards buvaient en riant trop fort de leurs médiocres plaisanteries. Liggett ne voulait parler à personne, pas même au barman. Il but et fuma, fuma et but, et lorsqu'il finissait sa cigarette, il mangeait des chips, et lorsqu'il finissait son verre, il allumait une cigarette et reprenait un verre. Il vit partir les gens qui allaient au théâtre et se retrouva seul au comptoir. Les hommes en costume clair embrassaient de belles femmes. Ces hommes se soûlaient bien trop vite, estima Liggett en se soûlant lui-même. Il se rendait compte qu'il buvait trop et se demanda s'il devait rentrer chez lui ou continuer à s'enivrer. Il décida de s'enivrer, car rentrer chez lui, où il ne se soûlait jamais, l'aurait mis mal à l'aise ; et parce que s'il se soûlait ici, il pourrait faire une folie qui le mènerait à Gloria. Où pouvait-elle bien être ? New York est une grande ville, mais les endroits que fréquentait Gloria

1. On vendait à boire dans les drugstores, qui étaient à la fois des pharmacies, des drogueries, des bazars...

n'étaient pas si nombreux. Pas le théâtre, elle n'y allait jamais. Elle pouvait se trouver dans un appartement en ville. N'importe où, de Harlem River à l'East River, dans un studio du Village ou une chambre d'artiste des West Sixties, ou encore quelque part sur Riverside Drive. N'importe où.

Liggett rentra tard chez lui, après s'être rendu dans neuf *speak-easies* du même pâté de maisons et s'être vu refuser l'entrée dans deux autres. Il rentra chez lui sans avoir vu Gloria.

Gloria passait la soirée avec Eddie, qu'elle était allée chercher chez lui. Ils dînèrent dans un restaurant où Eddie mangea une platée de spaghettis qu'il enroulait avec maestria du bout de sa fourchette. Ils burent une bouteille de vin rouge. C'était un bon petit restaurant avec de la sciure sur le carrelage et un billard dans un coin. Quelques Italiens plus âgés s'exerçaient à un jeu qu'Eddie ne comprit pas ; ils essayaient de toucher une boule rouge protégée par des quilles minuscules. Une petite radio était allumée, ils n'y touchèrent pas et laissèrent le programme passer indifféremment de la musique, des discours, des récits d'aventures, des chansons d'amour. La station « L », située à même pas une rue de là, était sans doute la seule qu'ils captaient correctement. Gloria et Eddie étaient les seuls Américains dans la salle ; personne ne s'intéressait à eux. Lorsqu'ils appelaient le garçon, ce dernier abandonnait sa partie de cartes avec trois habitués.

« Qu'as-tu fait hier soir ? demanda Eddie.

– Je suis allée au cinéma.

– Où ?

– Au Strand.

– Qu'est-ce que tu as vu ?

– Norma Shearer dans *Strangers May Kiss*.

– Ah ! Ça t'a plu ? Bon film ?

– Non, pas terrible. Mais j'aime bien Norma Shearer. Elle me plaît toujours.

– C'est une Canadienne de Montréal. Tu sais, Montréal en Nouvelle-Écosse… dit Eddie.

– Montréal n'est pas en Nouvelle-Écosse.

– Je sais. Et on ne joue pas non plus *Strangers May Kiss* au Strand, au cas où ça t'intéresserait. Personnellement je m'en fiche, mais pourquoi te crois-tu obligée de me mentir ?

– J'ai pu me tromper de cinéma.

– Non. Tu as pu te tromper de cinéma mais pas de film. On ne joue plus *Strangers May Kiss* sur Broadway depuis un bon moment. Inutile de mentir plus que nécessaire.

– Je mentirai si ça me plaît. D'ailleurs, ce que je fais ne te regarde pas.

– Tu ne me mentiras pas tant que ça. Moi je crois que tu ne mentiras plus quand je ne voudrai plus écouter tes mensonges. Ça ne tardera pas.

– Pourquoi ? Tu t'en vas ?

– Non, où irais-je ? Mais je cesserai de te voir. Je ne veux pas que tu me mentes. Je sais à peu près tout ce que tu as fait dans ta vie. Peu m'importe l'existence que tu mènes ; c'est ton affaire. Mais j'ai horreur de t'entendre mentir. Garde tes mensonges pour d'autres.

– Oh !

– Sauf, rit-il, si tu as besoin de t'*entraîner* sur moi. D'ailleurs, tu as besoin d'entraînement. Crois-tu que Norma ait gobé cette histoire extravagante que tu lui as racontée au sujet de tes vêtements perdus au jeu ? Crois-tu que les gens soient si bêtes que ça ? Raconter des histoires pareilles, c'est presque injurieux. Et pourquoi, pourquoi donc ? Personne ne te demande rien. Tu sais que Norma est mon amie. Elle a confiance en moi et elle n'ignore pas nos relations.

– C'est toi qui lui en as parlé ?

– Évidemment.

– Qu'est-ce que tu lui as dit exactement ?

– Je lui ai dit que nous n'entretenions aucune liaison.

– Pourquoi avoir parlé de moi ? Comment cette conversation a-t-elle commencé ?

– Je n'en sais rien. C'est… Je crois que c'est une des premières fois où nous sommes sortis ensemble… Elle m'a demandé si j'étais amoureux d'une autre fille. J'ai répondu que non. "Pourtant on m'a dit que tu sortais beaucoup avec une certaine Gloria", a-t-elle rétorqué. Alors je lui ai affirmé que notre amitié était tout à fait platonique et c'est tout.

– C'est tout, vraiment ?

– Tout ce qui vaut la peine d'être répété.

– Je crois qu'elle t'a dit : "Alors tu es son seul ami platonique."

– Non, elle ne m'a pas répondu ça exactement.

– Pas exactement, hein ? Tu vois qu'elle t'a dit quelque chose de ce genre.

– Oui, un peu comme ça. Mon Dieu, Gloria, oui. Elle ne l'a pas dit comme ça. Elle se demandait comment on pouvait entretenir une amitié platonique avec une aussi belle fille que toi.

– Et ça t'a vexé. Pour un jeune homme, c'est peu flatteur. Elle a dû se demander pourquoi tu étais le seul de mes amis avec qui je ne couchais pas.

– Tu as tort, Gloria. Je n'éprouve pas des sentiments pareils. Il serait un peu tard pour changer quelque chose à notre amitié.

– Tu n'as jamais regretté de ne pas être mon amant ?

– Non.

– Et pourquoi ?

– Je n'en sais rien.

– Est-ce parce que je ne te plais pas ? Je ne t'attire pas ?

– Oh non, Gloria ! Vraiment ce n'est pas ça.

– Mais alors, *pourquoi* ?

– Notre amitié a pris une autre direction dès le départ. C'est la seule raison que je puisse te donner dans l'immédiat. Tu voudrais que je te fasse un cours de psychologie appliquée ?

– Oui.

– Eh bien, j'en suis incapable pour le moment. Veux-tu un autre verre de vin ?

– Un verre de vinaigre serait moins désagréable que ce que tu viens de me dire.

– Oh, pour l'amour de Dieu ! Est-ce que tu serais jalouse de Norma ?

– Et pourquoi pas ? Tu l'aimes mieux que moi.

– Certainement pas.

– Tu ne m'aimes pas parce que tu te sens supérieur à moi. Tu me connais trop bien. Je ne t'ai rien caché, et c'est pourquoi tu ne me demandes jamais de coucher avec toi.

– Mais si, je t'ai souvent demandé de coucher avec moi.

– Non, de coucher *chez* toi, mon bon Samaritain. Toujours quand j'étais soûle et parce que tu craignais que je n'arrive pas à rentrer chez moi. Tu me disais : "Reste coucher ici." Cette manière de m'inviter avait quelque chose d'atrocement insultant. Ça prouve combien tu t'intéresses peu à moi. Tu aurais sans doute passé la nuit dans un fauteuil. Tu pourrais même coucher à côté de moi sans rien éprouver.

– Seigneur.

– Oui, Seigneur. Je ne vaux rien. Je ne vaux même pas la peine d'être touchée du petit doigt. Comme si tu craignais une contagion. C'est ça, non ?

– Non.

– Si, c'est ça ! Ou alors, tu me détestes, Eddie Brunner, tu ne peux pas me supporter. Tu es si supérieur, tu…

– Je t'en prie, assez !

– Pourquoi, assez ? Je parle trop fort ? Je te gêne, n'est-ce pas ?

– On ne peut pas dire que tu chuchotes.

– Et pourquoi, nom de Dieu ? Eh, vous, là-bas ! s'écria-t-elle en tendant le doigt vers un des vieux Italiens qui jouaient au billard.

– Moi, mademoiselle ?

– Oui, vous, venez ici. »

L'homme s'approcha, toucha du doigt le bord de son chapeau et dit :

« Oui ?

– Est-ce que je parle trop fort ?

– Mais non, pas du tout, mademoiselle. Vous avez bien le droit de vous amuser. »

Il sourit à Eddie.

« Je ne vous ai pas demandé si j'avais le droit de m'amuser, mais si nous parlions trop fort.

– Non, mademoiselle, ça ne nous dérange pas.

– Ça ne vous empêche pas de jouer au billard de nous entendre parler si fort ?

– Non, non. Vraiment.

– Très bien, vous pouvez y aller. »

Le bonhomme regarda Eddie et Gloria, successivement, d'un air étonné. Il eut un sourire indulgent, toucha du doigt le bord de son chapeau et retourna vers le billard. Il expliqua aux autres Italiens ce qui venait de lui arriver. Avant de reprendre leur jeu, tous se tournèrent vers Gloria. Eddie continuait à manger.

« Alors, c'est tout ce que tu trouves à me dire ?

– Oh, oh ! Bois ton vin, méchante fille, et regrette tes sottises. John ! »

Le garçon s'approcha.

« Une autre bouteille de vin », dit Eddie.

John alla chercher une bouteille, la déboucha sous leurs yeux et emplit d'abord le verre de Gloria.

« C'est un affront ! s'écria-t-elle.

– Mademoiselle ? dit le serveur.

– C'est un affront. Eddie, tu n'as pas vu ce qu'il a fait ? Tu ne sais donc pas qu'on doit d'abord verser quelques gouttes dans le verre de l'homme ?

– Je prendrai ton verre, dit Eddie.

– Ce n'est pas le problème. Il doit d'abord verser quelques gouttes dans ton verre, puis remplir le mien, et enfin achever de remplir le tien. Tu le sais, toi, alors pourquoi ce serveur ne le sait-il pas ?

– Mais, mademoiselle, ce vin vient d'être mis en bouteille. Le bouchon est tout neuf. On n'agit comme vous le dites que lorsqu'on n'est pas sûr du bouchon.

– Vous allez me donner des leçons, peut-être. Je m'y connais mieux que vous en vin.

– Certainement, mademoiselle, mais nous avons fait ce vin nous-mêmes et nous l'avons mis en bouteilles cet après-midi.

– Je ne vous ai pas demandé l'histoire de cette bouteille de vin, je vous ai demandé de faire votre métier convenablement, et puis, je n'en boirai pas, je veux de l'alcool.

– John, donnez-lui un whisky soda, dit Eddie. Rye et soda.

– Pour la faire taire, n'est-ce pas ? fit Gloria. Pour l'empêcher de crier. Eh bien je ne veux pas de whisky soda, je veux une autre bouteille de vin et je veux que vous me serviez convenablement, que le vin ait été mis en bouteilles en 1926 ou il y a cinq minutes. Je n'ai jamais été insultée de la sorte.

– Est-ce que tu serais soûle, par hasard ? demanda Eddie.

– Non. Et tu sais très bien que je n'ai pas bu.

– Alors qu'est-ce qui te prend ? Pourquoi es-tu aussi insupportable, Gloria ? Tu ne t'es jamais conduite ainsi avec moi. Si tu continues, je vais te prendre en grippe. Peut-être que tu me détestes tout d'un coup et que tu ne veux pas me le dire.

– Non.

– Qu'est-ce qui t'arrive ?

– Je ne veux pas en parler.

– Il y a quelque chose qui ne va pas ? Tu peux te confier à moi, Gloria, tu l'as toujours fait.

– Je ne sais pas moi-même ce qui m'arrive. Je n'ai vraiment rien à te reprocher, Eddie, je t'aime beaucoup. Je suis si malheureuse.

– Tu aimes quelqu'un ?

– Oui, et ça ne tourne pas comme je l'aurais voulu.

– Il ne s'agit pas de moi, j'espère ?

– Non. Si, mais il y en a un autre. Non, c'est Liggett.

– Tu es amoureuse de Liggett ?

– Je crois, je n'en sais rien…

– Est-ce qu'il est au courant ?

– Non.

– Tu l'aimes vraiment ?

– Oui. Et lui, qu'est-ce qu'il pense de moi ? Il doit me prendre pour une catin. J'ai couché avec lui le premier soir où nous sommes sortis ensemble, et le pire c'est qu'il m'a rencontrée dans un *speakeasy*.

– Écoute, mieux vaut se faire ramasser dans un *speakeasy* qu'à la gare centrale.

– Pourquoi dis-tu ça ? Réponds-moi. Pourquoi m'as-tu dit ça ?

– Mon Dieu, je n'en sais rien. Je ne pensais pas à mal.

– Pourquoi justement la gare centrale ? Qu'est-ce que c'est que cette allusion ? Qu'est-ce que c'est que la gare centrale ?

– Ma foi… c'est une *gare*.

– Tu viens de me dire : "Mieux vaut se faire ramasser dans un *speakeasy* qu'à la gare centrale." Pourquoi ? As-tu entendu dire que je faisais le tapin à la gare centrale ?

– Non, ça t'est déjà arrivé ?

– Oh, Seigneur, Eddie, sortons d'ici, allons chez toi.

– D'accord. John ! Inutile d'apporter ce vin. Apportez juste l'addition. »

Arrivée chez Eddie, Gloria lui raconta son aventure avec le Dr Reddington. Elle était effrayée et passa la nuit chez lui. Eddie la fit coucher dans son lit et s'assit dans un fauteuil. Tout en feignant de lire, il la regardait de temps en temps. Sa première expérience de désir irrépressible l'épuisa.

Le lendemain matin, mardi, Liggett avait une gueule de bois modérée qui lui rappela les lendemains de matchs de football américain ou de courses de bateaux, si ce n'est qu'après une nuit de beuverie comme celle de la veille, il retrouvait généralement ses esprits dès qu'il avait satisfait ses besoins naturels ; tandis qu'après une journée de sport, il lui fallait plus de temps. Ramer lui durcissait les muscles abdominaux et provoquait une constipation d'où résultaient des furoncles. La boisson lui faisait moins de mal. Après être passé dans la salle de bains, il se sentit plus dispos. Un verre de jus de tomate relevé d'un trait de sauce Worcestershire, une tasse de café noir et une assiette de soupe à la crème de tomate, voilà de quoi se composait son petit-déjeuner ces matins-là.

Emily le trouva dans la cuisine où il achevait sa soupe.

« Alors, et ce manteau ?

– Je n'ai pas pu joindre Casey. Je m'en occupe sans faute aujourd'hui.

– Ne bouge pas, tu as renversé de la soupe sur ton veston, je vais le nettoyer.

– Non, non, laisse ça, je m'en occuperai.

– Pas du tout, tu ferais une tache. »

Elle gratta légèrement le tissu avec la lame d'un couteau.

« Et voilà ! dit-elle gaiement.

– Merci.

– Si nous allions au théâtre ce soir ? J'ai envie de voir Bart Marshall, et toi tu aimes bien Zita Johann.

– Bart Marshall, qui c'est ça ?

– Herbert Marshall, voyons. Tout le monde l'appelle Bart, je ne sais pas pourquoi.

– Dans quelle pièce joue-t-il ?

– *Tomorrow and Tomorrow*, de Philip Barry.

– D'accord. Tu t'occupes des billets ? Est-ce que nous invitons quelqu'un ?

– Oui, les Farley, ça me ferait plaisir. Bientôt nous les retrouverons à la campagne et je serais gênée si nous ne les avions pas revus depuis l'été dernier. Ils étaient au club dimanche. J'aime beaucoup Mme Farley.

– J'ai aussi vu Farley. Il était avec un type qui prétendait m'avoir connu à New Haven. Un Juif.

– Oh, toi ? rit Emily.

– Pourquoi ris-tu ? Parce qu'il s'agit d'un Juif ? Mais j'ai de très bons amis juifs : Paul et Jimmy, par exemple.

– Oui, mais quand tu étais à Princeton, tu n'aimais pas les Juifs.

– Chut, n'en parle à personne. Ça me ferait du tort en affaires. Invite les Farley. Le frère de Mme Farley est un grand ami d'Al Smith[1]. Prends les billets. Comment s'habille-t-on ?

– Mets une cravate noire.

– Très bien. Farley aime beaucoup s'habiller et si tu ne précises rien en l'invitant, il serait capable de venir en queue-de-pie, même par une chaleur pareille. Elle est bien, cette pièce ?

– Josie l'a aimée.

– Mais enfin, elle ne connaît rien à rien.

– Tu aimes bien Josie. Je t'ai entendu dire que tu l'aimais bien.

– Ah, tu parles de Josie Wells. Je croyais que tu parlais de Josie Demuth. »

Il s'essuya la bouche avec sa serviette, regarda sa montre, oublia instantanément l'heure qu'il était et déclara :

« Je rentrerai dès que je le pourrai. Il faut que j'aille à Philadelphie par le train de dix heures. J'aurai largement le temps de rentrer pour dîner. Je ne passerai pas à mon bureau. Au revoir. »

Il l'embrassa.

« Allô, madame Farley ? C'est Emily Liggett à l'appareil. J'ai essayé de vous faire signe au club dimanche.

– Je vous ai vue, moi aussi, ainsi que les *filles*. J'ai à peine reconnu Ruth.

– Elle a grandi, n'est-ce pas ?

– J'ai reconnu Barbara tout de suite. Mais Ruth, vraiment ! Elle a toujours été jolie, mais à présent elle est *belle*.

– Merci. Je pense que je vais garder ce compliment pour un de ses jours de cafard. J'ai presque honte de vous prévenir si tard, mais nous souhaiterions vous inviter à dîner avec votre mari ce soir. Seulement nous quatre. Ensuite nous irions au théâtre.

1. Homme politique catholique américain, plusieurs fois candidat à la présidence.

– Ce soir ? Oui, je pense que c'est possible. J'en suis presque sûre.

– Parfait. Avez-vous vu *Tomorrow and Tomorrow* ?

– Non, mais Paul m'a dit justement ce matin qu'il aimerait voir cette pièce. Je pensais qu'elle remporterait le prix Pulitzer, du moins c'est ce que beaucoup de gens disaient. Ils se trompaient.

– On a déjà décerné le prix Pulitzer ?

– Oui, c'est dans les journaux de ce matin. Susan Glaspell l'a eu pour *Alison's House*.

– Ah, oui, malheureusement, je ne l'ai pas vue. Je crois qu'on l'a jouée au Civic Repertory. C'est le meilleur théâtre, mais quel ennui d'aller aussi loin... Enfin, je suis enchantée. Alors à sept heures et demie. Nos maris en cravate noire.

– Parfait, et merci beaucoup », dit Nancy Farley.

Nancy Farley appréciait Emily Liggett. Dimanche, au club, elle avait cru que cette dernière l'évitait. Son invitation lui démontrait qu'elle s'était trompée. À moins que Mme Liggett en la voyant n'eût été gênée, qu'elle n'y eût pensé plusieurs fois dans la journée de lundi et décidé hier soir seulement de l'inviter. D'ailleurs, Nancy ne tenait pas à devenir une intime d'Emily Liggett. Emily Liggett était l'une des quelques personnes à qui elle donnait du « madame ». Elles se rencontraient souvent, surtout l'été, au club, et parfois l'hiver au spectacle. Elle savait qu'Emily l'aimait bien – ce qui signifiait un peu plus que ce qu'on pourrait croire –, cela induisait donc amabilité et respect mutuels. Leurs relations pouvaient en rester là. Nancy devinait que si, par hasard, elle passait plusieurs heures en compagnie d'Emily dans un train ou sur un bateau, elles se découvriraient d'innombrables amis communs et sans doute beaucoup de goûts communs également. Cette idée suffisait à Nancy.

Elle éprouvait désormais plus de sympathie vis-à-vis de Mme Liggett, les inviter à dîner ainsi n'était pas dépourvu de courage, et c'était précisément ce que Nancy admirait. Elle téléphona au bureau de son mari Paul. Elle laissa un message à la secrétaire, indiquant qu'ils dîneraient le soir chez les Liggett. Puis elle se rendit dans la chambre de Paul pour vérifier l'état de ses deux smokings. Elle fit aussi l'inspection de ses chemises, cols et cravates.

Les enfants étaient à l'école et Nancy n'avait rien à faire jusqu'à cinq heures. Chaque jour, elle allait chercher son mari en voiture, sauf s'il avait prévu autre chose. Elle s'arrêtait devant Graybar Building, sur Lexington Avenue ; et il en allait ainsi depuis quatre ans. Elle avait pris cette habitude par hasard. Un jour, elle passait près du bureau de son mari quand l'idée lui vint de l'attendre. Elle le vit apparaître sur le trottoir. Tous deux trouvèrent que c'était une idée ravissante et elle promit de le faire tous les jours. Quand ils étaient invités chez des amis, elle passait d'abord chercher son mari. Nancy et Paul, chacun de son côté, avaient horreur d'entrer seuls dans un salon. Ensemble ils opposaient un front unique aux regards du monde. Ils étaient fiers de ne jamais être nommés l'un sans l'autre par leurs amis, qui disaient toujours M. et Mme Farley. Seuls les employés de Paul et le maître d'hôtel de son club, où il allait rarement, lui accordaient une identité individuelle. Tous les autres le considéraient comme l'entité masculine de la dualité inséparable constituée par M. et Mme Paul Farley. Il en allait presque de même pour Nancy, presque, car une femme, quelle que soit son originalité – beauté, laideur, charme, mauvais goût, bon goût, sex-appeal –, manifeste sa personnalité plus rapidement qu'un homme. Et donc ils se rendaient en soirée ou rentraient simplement chez eux ensemble. Chaque jour, elle partait le retrouver.

Au bout d'un certain temps, cette habitude d'aller chercher Paul à son travail cessa d'être un plaisir pour Nancy. De temps à autre d'abord, chaque jour ensuite, Paul arrivait par-derrière quand elle était dans la voiture et pinçait doucement le cou de sa femme qui, au début, en riait. Puis, en l'attendant, elle éprouvait une inquiétude nerveuse, se demandant à quel moment il surgirait derrière elle. Pour éviter d'être pincée par surprise, elle s'asseyait bien au milieu du siège avant. Mais son mari la surprenait quand même. Elle n'avait pas réussi à lui échapper dix fois en quatre ans. À cette époque, ils avaient une décapotable. Quand ils la changèrent contre une Packard, elle se dit qu'il ne pourrait plus lui pincer le cou si elle relevait la vitre de son côté. Mais cela ne marcha pas, car Paul la surprit autrement, en frappant au carreau avec le chaton de sa bague. Petit à petit, l'habitude d'aller chercher Paul à son bureau devint une corvée, puis presque une torture. Cette petite manie qui lui paraissait mignonne au début la rendait désormais fébrile. Une fois son mari dans la voiture, il lui fallait plusieurs minutes pour comprendre de quoi il lui parlait. Quelquefois, alors que le temps était beau et qu'il l'attendait, elle appréhendait tellement l'instant de le retrouver qu'elle s'inventait des excuses pour ne pas aller le chercher. Paul en était si navré que Nancy se sentait coupable. Un mari si attentionné, si doux, qui avait tant de qualités, n'était-il pas criminel de lui en vouloir pour une manie aussi innocente ? Mais ces regrets n'avaient aucun effet durable. Il s'agissait d'une forme de complaisance qui ne pourrait jamais rien résoudre.

De même, elle aurait pu lui dire franchement qu'elle n'appréciait pas de se faire pincer le cou. Mais de ses conversations avec ses amies et de ses propres observations, elle avait appris que, dans tout mariage (le mariage retombe au bout du compte toujours au stade de deux êtres humains qui cohabitent), l'épouse devait se résigner aux petites habitudes déplaisantes de son mari. Elle connaissait le cas d'un ménage brisé parce que la femme n'avait pas pu supporter que son mari emplît trop sa cuillère lorsqu'il mangeait des œufs à la coque, ce qui lui arrivait chaque matin. Elle connaissait un autre couple où un mari avait reproché à sa femme d'être malpropre ; il fallut un mois de ces charlataneries psychanalytiques pour découvrir que l'épouse ne quittait jamais les toilettes sans laisser un morceau de papier dans la cuvette. Des détails aussi minimes, s'ils apparaissent dans la conversation entre mari et femme, font plus de mal que les sujets sérieux pour lesquels ils peuvent se quereller : comportement au lit, goûts, tricherie au jeu, tendance au flirt, mauvaises manières, divergences d'opinions, manie de se répéter, vantardise, manque d'humilité ou de ponctualité, ou manque de toutes ces choses qui font que les gens se disputent. Il ne restait donc à Nancy, Seigneur, que l'espoir qu'il cessât, ce qui n'arriverait pas puisqu'il croyait lui faire plaisir.

Ce mardi, Nancy Farley, n'ayant rien à faire de la journée, pensa à ce détail dès le matin. Il faisait beau. Le ciel limpide ne lui laissait envisager aucune excuse légitime : elle était condamnée à aller chercher Paul. Ce jour-là, cette oisiveté lui laissa tout le loisir de penser à John Watterson, l'acteur à qui tout le monde trouvait encore plus de charme que… eh bien à qui tout le monde trouvait encore plus de charme que n'importe qui de sa connaissance. Watterson venait d'une très bonne famille de Boston et avait fait ses études à Harvard avant qu'une vocation irrésistible le poussât vers la scène. Il jouait habituellement des rôles de durs à cuire, même s'il portait fort bien l'habit. À certains sa silhouette rappelait celle de Lincoln ; il était grand comme lui, et d'ailleurs Lincoln avait dû avoir une voix merveilleuse lui aussi. Comme Watterson. En raison de son succès, Watterson était connu par son seul prénom : « Vous allez à la première de John ? » faisait référence à Watterson aussi certainement que l'on parlait de Kit, Alfred, Lynn, Helen, Oggie, Jane, Zita, Bart, Blanche, Eva, Hopie. À l'évidence, Watterson avait réussi, et ayant réussi il s'était assagi dans sa façon de jouer, sur scène comme en dehors.

La première fois que Nancy le rencontra, elle se dit : *Voici un honnête homme*, ce qu'elle corrigea en « homme honnête ». Il avait des cheveux noirs et raides comme les Indiens, qui lui tombaient sur le front – et ne cherchait pas à les discipliner. D'entre ses lèvres épaisses sortait une voix profonde, avec un accent de Chicago qu'il n'essaya jamais de modifier, sauf lorsqu'il joua le rôle d'un capitaine de dragueur de mines anglais et lors de son unique apparition au cinéma, où il joua un Indien. Chacun lui reconnaissait de très belles mains, grandes, et à chaque petit doigt il portait une chevalière qui aurait dû comporter davantage d'or pour bien lui aller. Il aimait les femmes dont les fesses étaient assez volumineuses pour ses mains grandes ouvertes. Nancy ne remplissait pas ce critère, cependant il fit une exception pour elle et la désira.

Elle l'avait rencontré une bonne douzaine de fois ailleurs qu'au théâtre. C'était très douloureux pour lui, qui savait tout aussi bien qu'elle combien de fois il l'avait vue. Mais ça avait toujours été M. Watterson et Mme Farley. Les trois dernières fois qu'ils s'étaient parlé, il l'avait invitée à passer un après-midi, n'importe lequel, lorsqu'elle serait dans le voisinage et aurait une minute. Il ne pouvait aller plus loin. Si elle venait, elle le ferait en connaissance de cause, etc. Elle le savait. Et lui savait quelle était sa réputation, de même que toutes les femmes qu'il connaissait. « Je n'ai pas de gravures à vous montrer, mais je peux vous serrer dans mes bras. » Il était honnête, donc, et facile à trouver.

C'était le printemps et Nancy n'avait rien d'autre à faire que d'attendre son supplice quotidien avec Paul. La semaine dernière, elle avait rencontré Watterson, qui lui avait dit : « Pourquoi n'êtes-vous pas venue boire un verre chez moi ?

– Parce que je n'ai pas eu soif.

– Soif ? Quelle importance ! Il n'est pas besoin d'avoir soif pour venir chez moi. Je quitte New York pour le week-end. Mardi je serai de retour, mon numéro est dans l'annuaire. Je pense que vous pourriez avoir soif mardi. Ou jeudi. Soif jeudi. Ou mercredi. Ou n'importe quel autre jour. Mais seulement à compter de mardi. »

Puis il avait ri pour faire passer l'insolence de sa proposition et laisser entendre qu'il n'imaginait évidemment pas un instant qu'elle viendrait.

Depuis son mariage, Nancy ne s'était laissée embrasser que par un seul homme à part Paul : un baiser passionné échangé debout, les jambes écartées. Son partenaire était aussi un acteur. Un jeune acteur pratiquement inconnu. Ce jour-là, pensant à Watterson puis au jeune homme, elle en revint à une vérité qu'elle avait découverte en observant les aventures extraconjugales de ses amies – quoiqu'elle jurât ne rien observer du tout. Cette vérité était que certains hommes, célèbres et séduisants, attirent les femmes, et que même les meilleures épouses, elle y compris, peuvent avoir des faiblesses à leur égard sans vouloir les épouser, fussent-ils les derniers hommes sur terre. Elle se rappela une plaisanterie française, « On peut se promener au bois sans l'acheter », formule beaucoup plus élégante que l'américaine : « Pourquoi élever une vache quand le lait est si bon marché ? » Elle s'en remettait au proverbe français pour justifier le comportement de certains hommes qui lui plaisaient, bien que ce comportement lui déplût. Des hommes comme Watterson, qui attiraient tous les regards et qui avaient tant de succès, n'apportaient-ils pas quelque chose de nouveau à leurs maîtresses ? Tous les hommes étaient-ils absolument semblables ? Sa vie serait-elle vraiment complète si elle ne fréquentait que Paul ? Elle connaissait tous les poils de son corps. Ils savaient déjà l'un de l'autre tout ce qu'il y avait à apprendre. Un autre homme serait une nouveauté, et Nancy se demandait comment elle se comporterait. Peut-être que, pour lui, Nancy serait aussi une nouveauté. Il était bien temps de le découvrir. Aussi froidement que ça, elle prit sa décision d'avoir une liaison avec l'acteur John Watterson.

Elle était assise dans son salon, avec sur ses genoux *La Terre chinoise*. Soudain elle referma le livre, se leva et ouvrit un placard, où ses chapeaux étaient perchés sur des objets qui ressemblaient à d'énormes boutons de col en bois. Elle en prit deux, les remit en place et se coiffa d'un troisième. Gants, sac, cigarette éteinte : elle était prête.

L'auto l'attendait devant chez elle. Elle démarra et conduisit le long de quelques pâtés de maisons, jusqu'à celui où vivait Watterson. Elle passa devant chez lui sans ralentir – pas aujourd'hui. Elle se dit : *Si mon pied s'était un peu levé de l'accélérateur, j'aurais franchi le pas. Tant pis, ce ne sera pas pour aujourd'hui.* Elle alla au cinéma voir jouer ce cher George Arliss dans *Le Millionnaire*. *J'ai sans doute laissé filer une belle opportunité,* se dit-elle en pensant à Watterson, toute contente.

*

« Veux-tu du café ? J'ai fait du café, si tu le supportes, dit Eddie.

– Hein ? » fit Gloria. Puis : « Oh, Eddie, bonjour, Eddie, mon chéri.

– Bonjour, ma douce, veux-tu du café ?

– Je vais en préparer, laisse-moi le temps de me réveiller.

– Il est déjà fait, tu n'auras qu'à le boire.

– Oh, merci. » Gloria s'assit sur le lit, prit la tasse et la soucoupe, but une gorgée. « Il est bon. C'est toi qui l'as fait ?

– Oui m'dame, dit Eddie en s'asseyant doucement sur le lit. Tu as bien dormi ?

– Merveilleusement bien. Et toi, où as-tu dormi, mon beau gosse ?

– Ici.

– Où, ici ?

– Dans le fauteuil.

– Le fauteuil, le fauteuil, mon œil, dit-elle. Non. Où as-tu dormi ?

– Dans le fauteuil, je viens de te le dire.

– Impossible. Tu n'as pas pu dormir dans un fauteuil. Qu'aurais-tu fait de tes jambes ?

– Rien du tout... Je n'en sais rien. Je les ai étendues sans une direction précise. Vers le... sud-ouest, je me suis endormi et mes jambes se sont endormies aussi.

– Tu dois te sentir bien, maintenant ! Pas trop raide ?

– Très bien. J'avais tellement sommeil ! J'ai lu un moment, j'ai vu que tu fermais les yeux, je me suis endormi en laissant la lumière allumée. Vers trois ou quatre heures, je me suis levé, j'ai pris mon manteau et j'ai dormi de nouveau d'un trait. Dis donc... à propos de manteau, celui que tu as apporté dimanche est toujours dans mon placard. Tu devrais m'en débarrasser. Rends-le à qui tu l'as pris. »

Gloria parut réfléchir.

« Tu comptes le rendre ? Tu vas me dire que ça ne me regarde pas, insista-t-il. Et c'est vrai, ça ne me regarde pas. Peut-être as-tu bien fait de le prendre ; peut-être avais-tu des raisons. Mais tu ne peux pas garder un manteau comme ça. Il doit bien valoir dans les quatre ou cinq cents dollars, ou davantage.

– Quatre ou cinq *mille*.

– Mon Dieu ! Alors rends-le tout de suite. Ma pauvre petite, un manteau de cette valeur est certainement assuré. Nous allons avoir des détectives planqués sur le palier.

– Je ne crois pas. Je pourrais sans doute le garder autant que je le veux. »

Eddie la regarda, mais pas longtemps, et se leva.

« Veux-tu une autre tasse de café ? Il y en a encore.

– Cette histoire de manteau te déplaît, n'est-ce pas ?

– Il n'est pas question de ça ; je t'ai dit ce que je pensais, c'est tout. Je n'ai pas d'ordres à te donner.

– Il ne tient qu'à toi, répondit-elle en tendant les bras. Viens, mon petit Eddie, viens. »

Il s'assit sur le lit. Elle pressa sa tête contre sa poitrine.

« Tu ne sais pas tout ce que je ferais pour toi, Eddie, je n'ai que toi au monde. Mais Eddie, tu as peur de moi ; je suis une garce. Je sais bien que je suis une garce, mais avec toi, je serai gentille, Eddie. Eddie, mon chéri, un instant, écoute-moi encore un instant. Mon amour… mon amour qui a besoin d'une coupe de cheveux. Ah, mon… Qu'est-ce que c'est que ça ?

– Le téléphone.

– Réponds. Ça porte malheur, de laisser sonner.

– Je n'avais jamais entendu une chose pareille.

– Si, chéri, va vite répondre.

– Allô… oui… Eddie Brunner à l'appareil… Ah ! merde ! » Il raccrocha d'un geste sec. « La blanchisserie Bush, expliqua-t-il.

– C'est à eux que tu dois de l'argent ?

– Non, je ne crois pas. J'ai oublié le nom de celui chez qui j'ai laissé mon linge. Celui-là m'a fait des offres de service. Ce n'est pas un blanchisseur que je veux, c'est toi.

– Vraiment, eh bien ! Je suis ici, je suis à toi. Est-ce qu'on nous voit des fenêtres d'en face ?

– Peut-être, je vais tirer les rideaux.

– Je devrais me lever.

– Non. Reste au lit.

– Tu vas me faire un enfant.

– Tu ne veux pas que nous ayons un enfant ?

– Si, avec toi je veux tout... »

Brusquement, il se releva, serra les poings, frappa l'air d'un coup violent et dit :

« Non !

– Ne t'en fais pas, Eddie, ne t'en fais pas, tout va bien.

– Non, tout va très mal, justement.

– Je suis saine. N'aie pas peur, je n'ai pas de maladie. C'est ça qui t'inquiète ?

– Pas du tout, ça ne m'inquiète pas, j'ai confiance en toi.

– Autrefois, tu avais peur

– Oh, il y a bien longtemps, maintenant je te connais.

– Si j'étais malade, ça m'amuserait peut-être de contaminer certains hommes, mais pas toi, Eddie, jamais je ne te ferais ça à toi.

– Je le sais bien, il ne s'agit pas de ça.

– Alors tu ne m'aimes pas. Tu aimes Norma ?

– Non.

– Est-ce que tu lui as dit que tu l'aimais ?

– Une ou deux fois.

– Et elle, est-ce qu'elle t'aime ?

– Je ne crois pas... peut-être.

– Tu n'en es pas sûr ?

– Si, j'en suis sûr, Norma ne m'aime pas. Et puis ça n'a rien à voir avec Norma, c'est toi que j'aime. »

Elle lui caressa doucement l'épaule et murmura :

« Je sais, et je t'aime aussi. Je n'ai jamais aimé que toi. Et tu es le seul qui ne m'aime pas.

– Ça, j'en doute. Tu es complètement toquée.

– Non, je sais de quoi je parle, même si tu ne veux pas me le dire, même si tu ne t'en rends pas compte. C'est parce que j'ai trop couché à droite et à gauche.

– Tais-toi, je t'en prie.

– Pourtant, si tu ignorais tout ce que j'ai fait, si tu ne savais pas à quelles débauches je me suis livrée, est-ce que tu m'aimerais ?

– Mais je t'aime.

– Oui, mais tu m'aimerais autrement. Évidemment, c'est stupide de ma part de demander ça. Écoute, je vais te poser une question ridicule, réponds-moi franchement. Si tu venais de me rencontrer, tout de suite, à l'instant, qu'est-ce que tu penserais de moi ?

– J'en penserais du bien, je dirais que tu es la plus belle fille de la ville. »

Il se tut. Elle regardait droit devant elle, sans l'écouter. Désespérée.

« À quoi penses-tu ?

– Hmm ?

– À quoi penses-tu pour faire cette tête ?

– Alors, ça va, Eddie ? Tu ne m'en voudras pas si je m'habille ? Tu ne regretteras rien ?

– Non, rien.

– Parce que je sais ce que ça fait aux hommes, quand ils s'excitent en vain. Moi je ne laisserais jamais un homme en plan, surtout toi. C'est une question de… oh, je ne sais pas. Je ne sais pas quoi te dire. Je ne veux pas que tu sois mal à l'aise avec moi jusqu'à la fin de tes jours. Nous avons commencé quelque chose, finissons-le.

– Non, je n'en ai même plus envie.

– Moi non plus, mais je ne voudrais pas que tu me fasses des reproches.

– Sois tranquille.

– Eh bien alors je me lève et je prends une douche.

– Je vais te chercher une serviette propre, il m'en reste une.

– OK.

– Voilà mon peignoir, dit-il en s'arrêtant sur le chemin du placard. Le Danois mélancolique, le plus triste de l'année. » Il lui sourit.

« Qu'est-ce qui t'a fait dire ça ?

– Pas la moindre idée.

– Quoi ? Le *Danois* mélancolique, le plus triste de l'année... ça veut dire quelque chose ?

– Non, rien. Je me vois juste en mélancolique, et toi en mélancolique, et la mélancolie m'a fait penser au Danois mélancolique, et ça s'est mélangé. Le Danois mélancolique le plus triste de l'année. Des mots, des vers mélangés. D'habitude tu viens à neuf heures, mais là tu viens à dix heures. Je te donne le peignoir.

– Et la serviette. La serviette est plus importante.

– Non. Pas dans mon état présent.

– Oh, tu te sens vraiment...

– Non. Non, pas vraiment. »

Elle se leva du lit et mit le peignoir, les bras croisés, les épaules légèrement courbées.

« Je crois que je ne me suis jamais sentie plus mal. Pas triste. Ce n'est pas de la tristesse, de la manière dont toi et moi l'entendons. C'est juste ça, ce que nous avons... je ne vais pas le dire.

– Tu as commencé, termine.

– Je le dois ? Oui, sans doute. C'est horrible de penser qu'on est allée avec tant d'hommes et qu'on a mis une telle pagaille dans sa vie, et quand on veut vraiment rester avec quelqu'un parce qu'on l'aime, on ne doit justement pas se mettre avec cet homme au risque qu'il devienne immédiatement comme les autres, et on ne veut pas qu'il devienne comme les autres. Ce qu'il a que les autres n'ont pas, c'est qu'on n'a pas été avec lui.

– Tu as tort. Je n'aime pas t'entendre dire ça. Ce n'est pas vrai. Oh, peut-être as-tu raison, je ne sais pas.

– Non, je ne crois pas... je ne sais pas. Qu'importe. Va te promener dix minutes, et quand tu reviendras, je serai habillée.

– Je vais chercher du café. »

Debout devant la porte de la salle de bains, elle le regardait enfiler son manteau.

« Je suis vraiment une salope, Eddie, tu sais pourquoi ?

– Pourquoi ?

– Parce que je sais ce qui est bien et ce qui est mal, mais le mal me tente toujours. En ce moment, je voudrais me montrer toute nue devant toi, comme ça, par goût du mal.

– Je rapporte du café frais.

– Très bien. »

Au bout d'un quart d'heure, ne le voyant pas revenir, Gloria s'inquiéta. Mais bientôt il arriva les bras chargés. Il apportait aussi une grosse bouteille de jus d'orange et le journal du matin.

« Tiens, Legs Diamond s'est fait arrêter, dit-elle en lisant. Je l'ai rencontré, une fois.

– Qui ne l'a pas rencontré ? Et pourquoi l'a-t-on arrêté ? Pour avoir laissé sa voiture près d'une bouche d'incendie ?

– Non, la loi Sullivan. Eh, eh, bla-bla-bla. Armes. Détention d'armes prohibées. C'est un article de Joel Sayre… Oui… j'ai rencontré Diamond… Que disais-tu, tout le monde le connaît ? Non, plein de gens ne le connaissent pas. Quand je l'ai rencontré, j'étais avec un garçon qui ne le connaissait même pas de réputation et qui faisait le mariole. J'étais très gênée… Tiens, la mère du gouverneur Roosevelt est malade et il est parti la voir à Paris, elle est à l'hôpital. Sais-tu que cet homme a souffert de paralysie infantile et qu'il a des séquelles ? Ça ne se voit pas sur les photos. D'habitude il tient toujours quelqu'un par le bras, un flic. Hmm. En conséquence de… Ça dit qu'en conséquence du crash aérien qui a été fatal à Knute Rockne, le ministère du Commerce a interdit l'usage des Fokker 29 sur les lignes de transports publics. J'aime beaucoup le nom de ces avions : quand on en parle on a l'impression de dire une grossièreté.

– Tu es vraiment malade, ma petite Gloria. Une véritable obsédée.

– Une obsédée insatisfaite. On vient de décerner le prix Pulitzer à *Alison's House*. Mon Dieu. Et les poèmes de Robert Frost. Je ne connais pas ; ça doit être bon. Edmund Duffy. Est-ce que tu as lu *La Clé de verre* ?

– Non.

– C'est par l'auteur du *Faucon maltais*, mais ce n'est pas aussi bon. Tiens, écoute ça, c'est pour toi. Le vieux Coolidge : "Collins H. Gere, bla-bla… appartient à une génération de caractères forts et de grandes ambitions. Leur disparition marque la fin d'une époque…" Quelle disparition ? Il veut dire que les caractères forts et les grandes ambitions disparaissent ? C'est peut-être ça. Peut-être qu'il a raison. Tu connais une seule personne qui ait du caractère et de l'ambition ?

– Toi.

– Non, c'est injurieux. Pense à quelqu'un de notre génération, pas plus vieux. Coolidge dit que leur disparition marque la fin d'une époque, j'imagine qu'il parle de l'époque des caractères forts et des hautes ambitions. Toi, voyons voir. As-tu un fort caractère, chéri ?

– Non, je n'ai pas de caractère.

– Je dirais que si. Pour les hautes ambitions, je ne suis pas sûre. Qu'en est-il de tes hautes ambitions ?

– Basses.

– Pas de caractère et de basses ambitions.

– Pas de basses ambitions. J'ai dit qu'elles étaient basses sur l'échelle des hautes ambitions. Ce n'est pas exactement pareil.

– Non, c'est vrai. Eh bien, je ne vois personne que j'apprécie qui ait un fort caractère et de hautes ambitions. Les Giants ont battu Brooklyn, si ça t'intéresse : 6-3. Terry a marqué trois fois. Vergez en a mis un parfait. Ça n'a pas l'air cochon, mais quand tu as un esprit comme le mien… Je dois regarder Bethlehem Steel. Mon oncle a quelque chose là-dedans. À la fermeture, ça cote $44^{5/8}$. Bon, ça suffit. Oh, *voilà* de tristes nouvelles. Clayton, Jackson et Durante se séparent. Schnozzle part à Hollywood et ils se séparent. C'est triste. Je ne pouvais rien lire de pire. Pourquoi m'as-tu montré ce journal ? Plus de club de golf ? Plus de chapeaux ? Plus de télégrammes comme celui qu'il a envoyé : "Première aux *Ambassadeurs* dès que j'aurais appris à prononcer ça" ? Ah, ça m'attriste, vraiment. J'espère qu'il va partager son salaire avec les autres. Tu aimes ce chapeau ? Sur la page de droite… sur moi.

– Non, ça cache les yeux.

– Très bien. Je pars me reposer au sein de ma famille. Le sein de ma famille ! Une poitrine bien plate s'il en fut. Je te téléphone demain ?

– Oui. Et ce manteau ?

– J'en sais rien. Je t'appelle demain.

– Tu ne vas pas le rendre à ce type ?

– Je ne peux pas aller simplement le lui rendre, pas vrai ?

– Pourquoi pas ? dit Eddie. Si tu veux rendre le manteau, tu peux. La manière de t'y prendre, ça te regarde.

– Bon, d'accord, je vais le faire, si ça te soulage. Je l'appelle tout de suite. »

Elle téléphona à Liggett.

« Il n'est pas en ville, m'a-t-on dit à son bureau.

– Rappelle-le demain. »

En arrivant chez elle, elle trouva un télégramme de Liggett qui lui donnait rendez-vous à quatre heures dans leur *speakeasy* préféré. Ils lui avaient dit, à son bureau, qu'il n'était pas en ville, mais sa vie était pleine d'inconséquences de ce genre.

Elle arriva avant quatre heures, s'assit seule à une petite table et s'amusa à regarder entrer les clients. Bientôt, le *speakeasy* fut bondé. Les hommes regardaient Gloria et échangeaient des réflexions à son sujet. Tous ces gens-là avaient l'impression d'être des vedettes. Pour la plupart, leur renommée n'allait pas au-delà de vingt pâtés de maisons au nord, quarante au sud, sept à l'est et quatre à l'ouest. D'autres étaient célèbres ou seulement éminents à Harrisburg, Denver, Albany, Nashville, Saint Paul-Minneapolis,

Atlanta, Houston, Portland, Dayton ou Hartford. On remarquait notamment Mme Dunbar Vicks, venue, comme elle le faisait trois ou quatre fois par an, apprécier les dernières acquisitions d'une de ses amies qui collectionnait les films cochons. Mme Vicks en profitait pour faire l'amour avec un jeune homme qui travaillait chez Finchley, où elle l'avait rencontré. Tout près de cette dame, Walter R. Loskind, de Hollywood, bavardait avec son metteur en scène Percy Luffberry. Walter avait presque sauvé la vie de Percy ou tout au moins sa fortune. Quand Percy dirigeait la production de *La Guerre des guerres*, il avait imaginé enterrer de-ci de-là sur le terrain de petites charges d'explosifs, inoffensives mais qui faisaient bondir les figurants en uniforme allemand. Les figurants prévenus étaient d'accord et touchaient une prime pour ce réalisme. Tout allait bien jusque-là. Percy voulut alors voir l'un d'eux traverser le terrain en rampant ; il s'exécuta et, à la première explosion, perdit les deux yeux. Tous parurent alors se liguer contre le pauvre Percy, qui ne put compter que sur Walter. Assise à l'autre extrémité de la pièce, Mme Noel Lincoln, femme du fameux financier sportif, avait fait quatre fausses couches avant de découvrir (ou avant que son médecin ose lui dire) qu'un petit souci du côté de son mari était responsable de cette mauvaise fortune. Alicia Lincoln, sa nièce par alliance, l'accompagnait. Cette dernière, charmante jeune fille, fournissait en cocaïne un groupe d'amis intimes, d'artistes et d'acteurs. Alicia attendait un certain Gerald, qui lui servait de garde du corps lorsqu'elle se rendait dans des endroits où une fille ne va pas seule. Bruce Wix, agent d'artistes, entra et tenta d'attirer l'attention de Walter R. Loskind, en vain. Bruce demeura seul au bar. L'écrivain Henry White fut appelé au téléphone – première manœuvre, bien qu'il ne s'en doutât pas, pour se débarrasser de cet ivrogne. En route pour la sortie, il salua bien bas le Dr (D.D.S.) Jack Fry, qui arrivait avec une fille superbe. Comme c'était l'après-midi, cette beauté ne portait pas les célèbres perles que Fry prêtait aux figurantes ou aux actrices qui l'accompagnaient. M. et Mme Whitney Hofman de Gibbsville, Pennsylvanie, arrivèrent en regrettant de ne pas être plus proches, ce qui leur aurait permis de trouver un sujet de conversation sans timidité. Bientôt, un cousin de M. Whitney, Scott Hofman, les rejoignit. Il louchait et, quoiqu'il eût bien trente ans, ne se rasait guère plus d'une fois par semaine. Mike Romanoff entra, parcourut l'assistance du regard et ressortit. Six jeunes gens, M. et Mme Mortimer House, M. et Mme Jack Whitehall, Mlle Sylvia House et M. Irving Ruskin, se virent refuser l'entrée parce qu'ils n'avaient pas réservé de table. Un diplomate d'Amérique latine eut plus de chance. Il avait contracté le paludisme *avant* la syphilis, ce qui n'est pas le bon ordre pour guérir automatiquement. La plupart des médecins le niaient, à sa grande indignation. Ludovici, l'artiste qui possédait quelques remarquables nus photographiques de Gloria qu'elle aurait bien voulu récupérer, tapait sur sa table pour attirer l'attention d'un serveur. Sa compagne, June Blake, figurante de théâtre et modèle, jubilait parce qu'elle avait gagné mille dollars aux courses, quatre jours auparavant. Elle n'avait pas recouru à un bookmaker ni risqué un sou. Archie Jelliffe s'en était chargé moyennant un arrangement avec June, chargée de lui amener dans sa maison de campagne une certaine petite pucelle qu'il voulait mieux connaître. Que la gamine fût maintenant à l'hôpital ne troublait pas la joie de June Blake. Robert Emerson, directeur d'un magazine, consolait son adjoint, Jerry Watlington, qui venait de se faire évincer par le comité d'admission d'un club auquel appartenait Emerson. Emerson regrettait sincèrement cette éviction. Horace H. Tuttle le Fou, deux fois renvoyé d'écoles renommées pour avoir tenté d'y mettre le feu, buvait en compagnie de Mme Denis Johnstone Humphries (dont les trois noms étaient rarement épelés correctement), de Sewickley Hights, près de Pittsburgh. Elle racontait à Horace que, les grévistes ayant lapidé sa Rolls, elle avait dû venir en camionnette. Le pire était qu'elle conduisait la Rolls pur se rendre à l'exposition d'horticulture. Lorsque les pierres frappèrent sa voiture, elle eut la présence d'esprit de se jeter à terre mais oublia les roses et les écrasa. Elle ne s'interrompit pas lorsque Horace fit un signe de tête à Billy Jones, le jockey gentleman, qui marchait rapidement vers le bar avec deux dollars à la main, but d'un trait un double whisky soda et repartit avec ses deux dollars. Le barman mit simplement ça sur l'ardoise de Billy, qui n'était pas malhonnête mais un peu fou. Kitty Meredith, l'actrice de cinéma, entra avec son fils adoptif de quatre ans que tout le monde trouvait si mignon, et lui fit boire une gorgée de son verre.

« Excuse mon retard, dit Liggett en se penchant vers Gloria.

– Ça ne fait rien, répondit-elle. Je me demandais si j'allais partir ou faire une touche. Dans cinq minutes, tu ne m'aurais plus trouvée seule.

– Qui ? Ce type qui te regarde, là-bas dans le coin ?

– Je ne te le dirai pas.

– Qu'est-ce que tu bois ?

– Un demi.

– Garçon, un demi et un cognac soda.

– Alors, qu'est-ce qui se passe ? Je rentre chez moi et trouve ton télégramme. Je téléphone à ton bureau et ils disent que tu es parti.

– Et toi, où étais-tu la nuit dernière ?

– Ne me parle pas sur ce ton. Pour qui te prends-tu ?

– Ça va, excuse-moi. » Liggett prit une cigarette dans son étui, l'alluma, puis, confus, en offrit une à Gloria, ce qui prolongea le temps qu'il mit avant de reprendre : « Je vais te poser une question. Sois indulgente, ne te fâche pas. Ne m'interromps pas. D'abord, mettons les choses au point : tu sais que je suis fou de toi. Tu le sais, n'est-ce pas ? » Pas de réponse. Il répéta : « Tu sais que je suis fou de toi ?

– Tu m'as demandé de ne pas t'interrompre.

– Oui, mais là, réponds-moi. Tu le savais ?

– Je n'en suis pas tellement sûre et ça ne veut pas dire grand-chose.

– Eh bien, je le suis. De la pire des manières. Ne te moque pas. Je ne peux plus penser à rien ni personne d'autre. Je n'arrive pas à supporter d'attendre pour te revoir. Lorsque je ne sais pas où tu es, comme hier soir… Je suis venu ici, j'ai parcouru la ville pour essayer de te trouver. » Il vit que Gloria ne semblait pas lui prêter grande attention. « D'accord, dit-il. Je ne voulais pas te parler de ça. Du moins pas maintenant. Enfin, je veux t'en parler, mais plus tard.

– Je m'en doutais un peu.

– Tu t'en doutais… J'aimerais mieux t'en parler ailleurs. Finis ton verre et sortons d'ici. Ce que j'ai à dire est plutôt sérieux et cette maison de fous avec tous ces gens qui beuglent… »

Gloria but quelques gorgées.

« Je n'en veux plus. »

Liggett posa deux dollars vingt-cinq sur la table. Dehors, il refusa le taxi à la porte, puis ils marchèrent jusqu'au bout du pâté de maisons vers la Cinquième Avenue et prirent un autre taxi.

« 40e Rue, Septième Avenue, dit-il au chauffeur.

– Où allons-nous ?

– Là où tu m'as conduit l'autre jour. L'endroit du journal. » Il enleva son chapeau et le posa sur ses genoux. « Tu sais, Gloria, tu me fais mal tourner. Cela arrive à des gens très bien, à des hommes qui se sont conduits comme de bons époux pendant des années. C'est mon cas. J'ai toujours voulu éviter de faire de la peine à ma femme…

– Oui, oui… je connais le refrain. Tu serais capable d'insulter ta maîtresse devant ton épouse pour que cette dernière ne se doute de rien.

– Tu exagères… Enfin non, tu n'exagères pas, autrefois j'ai couché avec une amie de ma femme et, à partir du moment où elle a été ma maîtresse, chaque fois que ma femme m'en parlait, j'en disais le plus grand mal. Mais comment se fait-il que tu devines des choses pareilles ? Quelle expérience ! Et tu n'as pas plus de vingt-deux ans !

– Comment je devine ça ? Ce sont à peu près les seuls sujets que j'aie étudiés. Mais ne t'occupe pas de moi, continue. Raconte-moi ce qui arrive aux hommes de ton âge.

– Ce qui arrive aux hommes de mon âge qui ont été de bons maris, qui ont travaillé dur, qui se sont un peu amusés, qui ont joué au golf, gagné un peu d'argent, fréquenté pendant vingt ans les mêmes amis… parfois c'est une femme qu'ils connaissent depuis toujours, parfois une petite employée, ou une chanteuse de boîtes de nuit. J'ai connu le cas d'un homme avec sa sœur. Il ne s'est rien passé, mais il s'est suicidé. Il avait vécu des années d'un mariage heureux. Enfin, qu'est-ce que je raconte, y a-t-il des mariages heureux ? »

Il s'interrompit.

« Pourquoi t'arrêtes-tu ? Tu devenais intéressant.

– Vraiment ?

– Oui.

– J'ai découvert un truc, ou presque. À me demander si on pouvait être heureux en ménage. Je me demandais si je l'étais. Je me suis demandé si je l'étais, et puis je me suis demandé si je ne l'étais pas. Seigneur, c'est ce qu'il y a de pire. Je ne sais même pas si je suis malheureux en ménage. Je ne sais rien sur ma propre personne. Je dois être heureux, puisque chaque fois que je me rappelle des moments où j'étais heureux, je n'avais pas conscience d'être heureux. Si je suis heureux aujourd'hui, c'est grâce à toi. Laisse-moi gamberger. Je pense tout haut.

– Un peu trop haut pour le chauffeur, ou alors peut-être pas assez.

– Bon, il n'en entendra pas davantage, nous voici arrivés. »

Le barman volubile de l'autre soir n'était pas là. Un individu grand et triste, fait pour jouer les Texas Ranger, le remplaçait. Ils traversèrent le premier salon et prirent place dans un petit box isolé. Dès qu'ils furent servis, Liggett déclara de but en blanc :

« Gloria, as-tu pris le manteau de fourrure dans l'armoire de ma femme ? Je ne voulais pas en parler dans le taxi et il faut en finir avec cette histoire. » Silence. « L'as-tu pris ? Pourquoi ne réponds-tu pas ? Tu es fâchée. Qu'y a-t-il ?

– Qu'est-ce que tu crois ?

– Je te pose la question.

– Je l'ai pris.

– Bon. Veux-tu bien le rendre ? Il appartient à ma femme et je me suis donné un mal de chien pour l'empêcher de prévenir la police.

– Pourquoi ne la laisses-tu pas prévenir la police ?

– Tu tiens tant que ça à ce manteau ?

– Si j'y tenais tant que ça, je pourrais le garder, n'est-ce pas ?

– Évidemment. Mais ce ne serait pas si simple. D'abord, mon ménage serait brisé. La police commencerait par interroger le liftier et le portier. Ils se rappelleraient t'avoir vue quitter la maison dimanche matin vêtue d'un manteau de fourrure. Ma femme apprendrait qu'une jeune inconnue a passé la nuit de samedi à dimanche dans son appartement. Pour l'amour de nos enfants, ma femme me pardonnerait peut-être d'être infidèle. Mais elle ne me pardonnerait jamais d'avoir introduit une maîtresse dans notre appartement. C'est son foyer autant que le mien. Plus, peut-être. Donc, premier résultat : le ménage Weston-Emily Liggett se sépare. Ce n'est pas tout. La police, dans un cas comme ça, aime procéder à une arrestation. Les flics finiraient bien par t'identifier.

– Grâce à toi ?

– Non. Pas grâce à moi. Ils pourraient m'arrêter, sans doute, mais quoi qu'il arrive, je tiendrais bon. Seulement… tu as dû prendre un taxi en sortant de chez moi. Ils remonteront cette piste sans mon aide. Tu ne garderais pas ce manteau longtemps. Et si ma femme en parlait à la compagnie d'assurances ? J'ai quand même une bonne situation. Si ma femme devenait agressive et disait à la compagnie d'assurances de faire comme si j'étais un parfait étranger, je me ferais sûrement arrêter comme instigateur ou complice ou quelque chose comme ça. Les tabloïds s'en empareraient. Non, tu ne peux pas gagner.

– Le crime ne paie pas, n'est-ce pas ?

– Je n'en sais rien, mais dans ce cas précis tu ne gagnerais rien à garder le manteau.

– Si, j'y gagne le manteau.

– Même pas, on te le reprendrait. Allons, Gloria, fais un effort, sois raisonnable. Je t'achèterai le même.

– C'est un manteau cher.

– Je ne me rappelle plus exactement combien je l'ai payé, je crois qu'il est assuré pour quatre mille dollars. C'est une somme ; l'assurance ne nous ménagerait pas. Et d'ailleurs, que fais-tu en ce moment ? Tu te moques de moi ?

– Un peu. C'est bien mon tour. Tu t'amusais bien, samedi. Le grand jeu. Tu déchires ma robe, un vrai homme des cavernes.

– Je le regrette, Gloria. Je te l'ai déjà dit, j'en suis désolé.

– Tu en es désolé maintenant parce que tu es dans le pétrin.

– Écoute-moi, nom de Dieu !

– Ne jure pas ou je m'en vais.

– Non, tu ne partiras pas.

– Si, je m'en *vais*. Et si tu es un tant soit peu prudent, n'essaie pas de me retenir.

– Écoute, petite salope, j'irai en prison et toi aussi, mais ça ne se passera pas comme ça. Assieds-toi. »

Il essaya de lui saisir la main. Elle l'esquiva, traversa la salle et demanda au barman :

« Laissez-moi sortir, je vous prie.

– Ne lui ouvrez pas la porte ! ordonna Liggett.

– Laissez-la tranquille, monsieur, rétorqua le barman.

– Que se passe-t-il, Joe ? » demanda un homme au bar, dont Liggett remarqua qu'il portait un uniforme.

Le flic mit sa casquette et s'approcha.

« Ne lui faites pas de mal. Laissez-moi seulement sortir, demanda Gloria.

– Il vous importune, mademoiselle ? demanda le flic.

– Je veux juste sortir, répondit Gloria.

– Écoutez, monsieur l'agent…

– Laissez-nous tranquilles, mariole ! » répliqua le flic en plongeant la main sous le veston de Liggett pour le saisir par son gilet.

Paralysé, Liggett vit sortir Gloria.

« Qu'est-ce qu'on fait de ce gars-là ? demanda le flic au barman. Vous le connaissez ?

– Oh, c'est un client qui vient de temps en temps, pas souvent. Je sais pas qui c'est.

– Je pourrais décliner mon identité, répondit Liggett.

– Eh bien, allez-y !

– Lâchez-moi et je le fais.

– Reste derrière lui, Joe, juste au cas où.

– Oh, je ne tenterai rien.

– C'est ça. C'est le mauvais endroit pour tenter quelque chose, mon gars, pas vrai, Joe ?

– Laisse-le tenter quelque chose, il verra bien.

– Je suis un très bon ami de Pat Casey.

– Ah, ah ! Un ami de Pat Casey, dit le flic. Il dit qu'il est un ami de Pat Casey.

– Il a des relations, fit Joe.

– Tu tombes mal, mon ami, s'exclama le flic en giflant Liggett de la paume et du revers de la main. Un ami… de Pat… Casey… Pas à moi, connard… Peu m'importe que tu sois copain avec le pape à Rome… ou n'importe quel connard… Et maintenant, dehors, Pat Casey !

– Allez, dehors ! » approuva Joe.

Liggett n'y voyait plus clair. Les coups sous le nez avaient fait jaillir des larmes de ses yeux. « Pas question », dit Liggett, prêt à en découdre. Le flic le poussa vigoureusement, et il bascula et tomba à la renverse sur le palier. À coups de pied, ses deux adversaires lui firent descendre quelques marches.

Il avait perdu son chapeau, y voyait à peine, ses vêtements étaient couverts de poussière et de crachats glaireux ramassés par terre. Il avait été vraiment secoué, son coccyx lui faisait mal. Il saignait du nez et souffrait de douleurs aiguës partout où on l'avait frappé.

Il souffrait surtout de n'avoir pas pu se défendre. En quelques minutes, il avait reçu plus de coups qu'au cours de toute son existence. Il aurait voulu retourner cogner un peu, quitte à se faire tuer par ces salauds. Dehors, personne ne lui voulait de mal. La plupart des gens lui auraient volontiers porté secours. Mais le monde extérieur ne l'intéressait pas. C'était dedans qu'il voulait retourner, en haut, là où on se battait, il voulait y retourner et se battre contre ces deux-là ; pas de règles, frappe, cogne, vise, mords. Malheureusement, il était dans la rue, trop secoué pour faire demi-tour, et il savait au fond de lui qu'il n'avait pas la force de remonter les escaliers. S'il s'était encore trouvé dans la salle du bar, il se serait battu, mais les escaliers, c'était trop. La porte, en haut, s'ouvrit et se referma. Liggett vit son chapeau atterrir à ses pieds. Il le ramassa avec peine et se traîna jusqu'à un taxi. Le chauffeur hésitait devant un client aussi mal en point. Gloria intervint, ouvrit la porte de la voiture et dit :

« N'ayez pas peur, je le connais.

– OK, mademoiselle Wandrous, dit le chauffeur.

– Dehors, je ne veux pas de toi dans mon taxi, déclara Liggett.

– 274, Horatio Street, annonça Gloria.

– OK », fit le chauffeur en tendant le bras pour mieux refermer la porte. Liggett la rouvrit en grognant :

« Je ne vais nulle part avec toi. »

Gloria essaya de le retenir, mais elle n'insista pas car il était hors de lui et il y avait du monde, quelques personnes remontant de la boutique de fourrures pour s'entasser dans l'entrée sud de la station de métro Times Square. Elle vit Liggett monter dans un autre taxi.

« Je le suis ? demanda le chauffeur.

– Oui, s'il vous plaît. »

Elle vit la voiture s'arrêter devant l'immeuble où habitait Liggett, il en descendit avec peine. Le portier s'avança à son secours, paya le taxi et l'entraîna dans le vestibule.

« Horatio Street », répéta-t-elle au chauffeur.

Eddie n'était pas chez lui. Elle sonna pendant cinq minutes, écrivit un petit mot qu'elle glissa dans le trou de la serrure et retourna chez elle.

6

Quand Paul et Nancy Farley arrivèrent chez les Liggett, il faisait encore suffisamment jour dans la rue pour lire un journal. Nancy portait une robe de tissu léger imprimé et Farley un smoking, une chemise soyeuse, une ceinture large à la place d'un gilet et des souliers. Ceux-ci étaient légèrement craquelés, et à la main il tenait un feutre gris qui ne paraissait pas neuf. Emily se demanda d'où elle tenait que Paul Farley était toujours habillé comme sur une brochure de mode. D'où ? De Weston, bien sûr. Mais où, où était Weston ? Que s'était-il passé à Philadelphie ?

« Bonsoir, madame Farley, monsieur Farley… Entrons dans cette pièce, il y fait plus frais.

– Il fait frais, n'est-ce pas ? dit Nancy.

– C'est Bobbie qui a construit cette maison, dit Paul.

– Un de nos amis, expliqua Nancy. Robert Scott, l'architecte. Peut-être le connaissez-vous ?

– Non, je ne crois pas, répondit Emily. Et maintenant, Mary, aux cocktails. Monsieur Farley, puis-je vous en charger ? Mon mari n'est pas encore arrivé ! Il est parti à Philadelphie ce matin et je l'attendais pour quatre heures. J'ai dû me tromper. Sans doute m'a-t-il dit qu'il prendrait le train qui quitte Philadelphie à quatre heures et arrive ici à six. Il est possible aussi qu'il soit passé à son bureau en revenant de Philadelphie. L'affaire dont il s'occupe doit être importante car, d'ordinaire, il me téléphone.

– En tout cas, ce n'est pas un problème de santé qui le retient, dit Paul. Lorsque je l'ai vu dimanche, j'ai fait remarquer à Nancy comme il paraissait en forme.

– Oui, je n'ai fait que l'apercevoir mais j'ai remarqué aussi qu'il avait l'air en forme, renchérit Nancy. Il donne toujours une impression de force.

– Oui, contrairement à la plupart des hommes qui étaient des athlètes à l'université », ajouta Paul.

Il mima un gros ventre.

« Oh, M. Liggett était un athlète ? s'enquit Nancy.

– Dans l'équipe de Yale. Il s'entretient. Il a joué au tennis l'hiver dernier.

– Vraiment ? dit Paul. Quel joli sport ! Je n'en ai jamais fait. J'ai un peu joué au squash et, cet hiver, au handball, mais jamais au tennis.

– Je n'ai jamais su différencier les deux, dit Nancy.

– Moi non plus, admit Emily. Monsieur Farley, voulez-vous préparer les cocktails ? Il y a du gin, du vermouth italien et du vermouth français, mais on peut très bien prendre autre chose.

– Je prendrais volontiers un martini, de même que Nancy.

– Je pense que moi aussi, dit Emily.

– Raconte à Mme Liggett ce que tu m'as appris au sujet du martini, suggéra Nancy.

– Ah oui. Vous savez certainement, madame Liggett, que depuis des années tout le monde prétend qu'il faut remuer et non secouer le martini.

– C'est ce que je croyais, en effet.

– Eh bien à Londres, l'an dernier, un barman anglais m'a expliqué que c'était une grave erreur. Une idée bien américaine.

– Avec mépris, dit Nancy.

– Avec beaucoup de mépris, renchérit Paul.

– Avec beaucoup de mépris, j'imagine, ajouta Emily.

– On m'avait toujours affirmé qu'en secouant le martini, on le brutalisait, et je me serais bien gardé de faire une chose pareille. Pourtant la théorie que m'a exposée cet Anglais me paraît fort pertinente. Selon lui, le Martini doit être secoué fortement, brusquement, deux ou trois coups vigoureux de haut en bas, afin que le vermouth et le gin forment un mélange *mousseux*. Il m'a dit que les Américains, spécialement pendant cet âge obscur – la Prohibition, pas la Dépression –, avaient tendance à avaler un cocktail en deux gorgées, pour davantage d'effet. Alors que si vous secouez le cocktail, les ingrédients se mélangent mieux, et il en résulte une boisson mousseuse – pas vraiment mousseuse, mais quand même –, un cocktail que vous pouvez boire à petites gorgées, presque comme du champagne.

– Je n'avais jamais entendu parler de cela, mais cette théorie paraît fort pertinente, comme vous dites.

– Nos cocktails remués sont sirupeux et très forts. Deux martinis remués font bien plus d'effet que deux secoués. Ils sont aussi forts que le vermouth et le gin qu'ils contiennent. Nous avons donc suivi son avis et je dois dire qu'il a raison.

– Alors, préparez-les à votre manière, monsieur Farley, je vais chercher l'autre shaker. Avec celui-là, on ne peut que “remuer”.

– Oh non, pas si cela signifie...

– Pas du tout, dit Emily. Je veux essayer à votre manière. »

Elle revint de la salle à manger avec un shaker.

« Je vois que vous avez des shakers dernier cri. Nous aussi. Ce n'est pas comme la cousine de Paul : elle s'est mariée il y a cinq ans et pour son mariage on lui a offert vingt-deux shakers. Elle les a gardés et s'en sert encore. Mais ils sont tout à fait démodés, ils ne valent plus rien. Le plus vieux des nôtres n'a pas deux ans.

– Quand Weston et moi nous sommes mariés, personne n'aurait pensé à nous offrir un shaker comme cadeau de mariage.

– À notre époque non plus.

– Voilà, fit Paul. Après tout ce que j'ai dit, madame Liggett, j'espère que vous allez aimer. »

Elle goûta son cocktail :

« Oh oui, vraiment, je vois bien la différence.

– N'est-ce pas bien meilleur ? insista Nancy.

– Si. Weston aimera aussi, j'en suis sûre. Il préfère le whisky soda. Il ne boit presque pas de cocktails justement pour ça, parce qu'il les trouve trop sirupeux. Votre recette le fera changer d'avis. En parlant de Weston, nous ne l'attendrons pas plus de cinq minutes. Il est toujours très ponctuel et je sais qu'il voulait arriver de bonne heure ce soir pour vous. Mais j'ai horreur d'arriver en retard au théâtre. Dans cinq minutes nous nous mettrons à table. Quelle chance que vous n'ayez pas vu cette pièce ! Herbert Marshall est *tellement* séduisant, ne trouvez-vous pas, madame Farley ?

– L'homme le plus séduisant que je connaisse. Non que je le connaisse d'ailleurs, je l'ai juste rencontré une fois.

– Je ne sais pas comment il fait avec les jambes qu'il a, observa Paul.

– Je ne pourrais même pas dire de quelle jambe il boite, et pourtant je regarde à chaque fois, dit Nancy.

– Il a perdu une jambe à la guerre, n'est-ce pas ?

– Je crois que c'est ça, répondit Nancy.

– En effet, confirma Paul, dans l'armée britannique.

– Ah bon, pas dans l'armée autrichienne ? » Tout le monde rit poliment.

« C'est vrai, convint Paul. Dans l'armée autrichienne, mais c'était un espion.

– Non, non, répliqua Nancy. En plus, ça n'est pas original, c'était dans le *New Yorker*.

– De quoi s'agit-il ? demanda Emily.

– Oh, vous avez dû en entendre parler. Je crois que c'était dans la rubrique sur les bruits qui courent. George S. Kaufman, vous savez, il a écrit *Once in a Lifetime*, et une centaine d'autres pièces.

– Oui, dit Emily.

– Eh bien, lui et quelques membres de la clique du *New Yorker* passaient la soirée avec un étranger qui faisait étalage de ses ancêtres, et Kaufman, qui est juif, est intervenu pour dire : “Parmi mes ancêtres, on compte un croisé.” L'étranger l'a regardé, méfiant. Kaufman a continué : “Oui, sir Reginald Kaufman. Un espion.”

– Oui, confirma Nancy, sauf que c'était sir Roderick Kaufman. »

Emily sourit. Elle allait conduire ses invités vers la salle à manger quand la sonnette retentit à la porte d'entrée. On alla ouvrir et Liggett entra, soutenu par le garçon d'ascenseur et le portier qui, remarqua Emily, essayait d'enlever sa casquette.

« Oh, mon Dieu, dit Emily.

– Seigneur », fit Paul.

Nancy resta figée dans son fauteuil.

« Mon Dieu, que t'est-il arrivé, mon chéri ? demanda Emily en s'approchant de son mari.

– Je prends son bras, dit Paul au portier.

– Laissez-moi marcher tout seul, fit Liggett en se dégageant. Madame Farley, je suis navré. Je vous prie de m'excuser pour ce soir.

– Mais évidemment, répondit Nancy.

– Puis-je vous donner un coup de main ? demanda Paul.

– Non, merci, répondit Liggett. Emily… veux-tu… je pense que M. et Mme Farley…

– Laissez-moi vous aider à gagner votre chambre, proposa Farley. Je pense que ce serait une bonne chose, madame Liggett.

– Vraiment, je vous remercie, mais je ne préfère pas. Emily, c'est d'abord à toi que je dois présenter des excuses et je le fais devant nos amis Farley.

– Mais oui, je suis sûre qu'ils comprennent, répondit Emily. Monsieur Farley, madame Farley, vous voulez bien nous excuser ?

– Évidemment, déclara Paul. Que puis-je faire pour vous ?

– Rien du tout, je vais me débrouiller. Je suis désolé.

– Viens, mon chéri, dit Nancy en entraînant son mari vers la porte. Madame Liggett, si nous pouvons faire quelque chose pour vous, n'hésitez pas.

– Merci, merci, mes amis, et excusez-nous. »

Les Farley partirent. Nancy parvint à peine à attendre d'être montée dans un taxi, où Paul seul pouvait voir ses pleurs, avant d'éclater en sanglots.

« Quelle histoire affreuse ! Quelle scène abominable ! » Elle enlaça Paul et pleura. « Cette pauvre femme, comme elle doit être malheureuse ! Quel pourceau dégoûtant ! Je m'étais toujours demandé pourquoi Emily avait des yeux si tristes.

– Ce salaud-là n'était pas du tout à Philadelphie. Je l'ai vu au Yale Club vers midi. Il buvait comme un trou. Il ne m'a pas remarqué, mais moi, je l'ai bien repéré. » Un instant plus tard, Paul ajouta : « Allons, ma chérie, il n'y a pas de quoi se désoler à ce point-là. Ce ne sont pas des amis intimes.

– Je ne pleure plus, dit Nancy.

– Allons dîner au Longchamps.

– Non, allons où l'on pourra boire », déclara Nancy.

Gloria arriva chez elle à temps pour dîner. Son oncle lui dit qu'il voulait lui parler, avant le repas, ou après s'il n'y avait pas le temps. Elle répondit qu'ils pouvaient aussi bien parler tout de suite.

« Eh bien, tu as mauvaise mine ces temps derniers. Il faudrait que tu quittes New York un mois ou deux. Je le pense vraiment, Gloria. »

Oui, elle y avait pensé aussi, mais elle se demanda quand son oncle avait bien pu remarquer sa mauvaise mine puisque, depuis des semaines, il avait à peine eu l'occasion de la voir.

« Mais je n'ai pas fait d'économies et je n'ai plus un sou.

– Ce serait ton cadeau d'anniversaire. C'est un peu tôt pour un cadeau d'anniversaire, mais est-ce que ça fait une différence ? Pour ton anniversaire je t'enverrai une carte postale à deux sous en te rappelant que je t'ai déjà offert quelque chose. Ainsi, tu pourras aller te reposer.

– Ça va te coûter bien cher.

– Oui. Voilà déjà plusieurs mois que nous dépensons plus que nous le pouvons. Nous avons vendu des titres et des obligations, ta mère et moi.

– Est-ce moi qui coûte si cher ?

– Mais non, rit-il. Nous ne gagnons plus d'argent, c'est tout.

Tu ne t'en rends pas compte, ma chérie, mais nous traversons une dépression, la pire de l'Histoire. Tu connais quelque chose à la Bourse, non ?

– J'ai regardé tes Bethlehem Steel, ce matin ou hier... j'ai oublié quand exactement.

– Oh, c'est fini tout ça, depuis longtemps. Et c'était US Steel, pas Bethlehem.

– Alors je me suis trompée.

– Je suis content que tu t'y intéresses. Non, ce que j'ai fait, c'est me débarrasser de tout ce que je pouvais, et tu sais quoi ? J'ai acheté de l'or.

– De l'or ? Tu veux dire du véritable or, des... comment appelle-t-on ça, des lingots ?

– Du concret, des pièces quand je peux en avoir, et sinon des lingots, ainsi que quelques billets garantis convertibles en or, mais ils ne m'inspirent guère confiance. Bon, sans vouloir t'effrayer, les choses vont encore beaucoup empirer avant que ça puisse s'améliorer, comme on dit.

– Comment ça ?

– Eh bien, je connaissais un peu l'un des plus brillants traders de Wall Street. Tu ignores son nom car je ne crois pas avoir jamais eu l'occasion de le mentionner, sauf peut-être à ta mère, et ça ne t'aurait pas intéressée. C'était un as. On racontait sur ce type des histoires incroyables. Un Juif, bien sûr. Tout le monde disait qu'il ne pouvait pas perdre. Il était rusé, comme les Juifs le sont. Donc, comme je le disais, c'était un trader sacrément adroit. On dit qu'il a été le seul à sentir le vent tourner en 1929. Au mois d'août, il a liquidé tout son portefeuille au plus haut. Tout le monde lui a dit : pourquoi tu fais ça, tu es fou, tu perds des millions. Sans doute, a-t-il répondu, mais je veux bien perdre ces millions pour garder ce que j'ai gagné. Et évidemment, tout le monde a rigolé lorsqu'il a annoncé qu'il allait prendre sa retraite, suivre les cours depuis un café à Paris. Prendre sa retraite, à seulement trente-huit ans ? Hum. Personne n'avait jamais entendu une chose pareille, parmi les petits malins en ville. Lui, à la retraite ? Non, il avait ça dans le sang. Il allait revenir. Il irait faire un peu la noce en France, et puis il reviendrait, encore plus accro à Wall Street. Tout le monde s'est trompé. Il est bien allé en France, et apparemment il s'y est un peu amusé, parce qu'il s'y est fait une sacrée réputation, et ils avaient raison de penser qu'il reviendrait, mais pas comme tout le monde l'imaginait : il est revenu la première semaine de novembre, il y a deux ans, juste après le krach. Tu sais ce qu'il a fait ? Il s'est payé une Rolls-Royce Phantom qui, à l'origine, valait plus de dix-huit mille dollars, pour un billet de mille. Il a acheté une superbe villa à Long Island. Je ne sais pas combien il l'a payée, mais un gars m'a dit qu'il l'avait eue pour pas un *cent* de plus que le prix de l'un de ces grands courts de tennis couverts. Le terrain, la maison, les écuries, les garages, tout. L'embarcadère pour le yacht. Oh, j'oubliais presque : le yacht de cent quatre-vingts pieds pour dix-huit mille dollars. Ça, je le sais parce que je me souviens l'avoir entendu dire que cent dollars par pied de longueur, ça faisait largement assez. Tout en cash. Il ne prêtait pas un sou. Quel que soit le taux, pas même à cent pour cent d'intérêt. Ça ne l'intéressait pas, disait-il. D'accord, il achetait des voitures, maisons, domaines, yachts, des peintures à vil prix. Mais prêter de l'argent ? Non. Il disait que c'était sa revanche sur ceux qui s'étaient moqués de lui l'été d'avant, lorsqu'il disait qu'il voulait prendre sa retraite.

– Tu connaissais cet homme, mon oncle ?

– Je le connaissais un peu, on le voyait de temps en temps. On se disait bonjour.

– Où est-il maintenant, qu'est-il devenu ?

– J'y venais justement. Je me demandais ce qu'il était devenu, il y a un mois ou deux, quand j'ai rencontré un gars, un joueur de bridge professionnel. Je veux dire qu'il gagne sa vie comme ça. Je l'ai rencontré il y a quelque temps à New York, et nous avons bu une bière, en toute amitié, parce qu'il sait que je ne joue pas gros au bridge. Nous avons commencé à discuter et le nom de Jack Wiston – c'est son nom, Jack Wiston, si tu veux le savoir – est venu dans la conversation. J'ai demandé à mon ami ce qu'était devenu Jack. "Tu n'en as pas entendu parler ?" m'a-t-il répondu, très surpris. Il croyait que tout le monde était au courant. Apparemment il avait remis en état son fameux yacht et s'était embarqué avec quelques amis et une escouade de figurantes pour faire le tour du monde. Dans les mers du Sud, Wiston a dit qu'il n'irait pas plus loin et a renvoyé tout ceux qui étaient à bord du yacht. Il s'est acheté une grande plantation de coprah.

– Qu'est-ce que c'est que le coprah ?

– Euh, je ne suis pas beaucoup plus calé que toi. Je crois qu'on en retire de l'huile.

– Je me suis toujours posé la question en lisant des histoires dans *Cosmopolitan.*

– Eh bien, c'est ce que Wiston a dû faire aussi, parce que c'était l'une de ces îles hollandaises. L'histoire qui nous est revenue, c'est que Wiston ne croyait plus aux grandes nations. Les grands pays étaient voués à l'échec, disait-il. La tendance allait dans le sens inverse. Pas une seule grande puissance au monde qui ne soit pas en triste état, mais regardez les petits pays comme la Hollande, la Belgique ou le Danemark, ils supportent la Dépression mieux que n'importe quel grand pays. Ce que j'ai entendu dire, c'est qu'il a trente-huit ou trente-neuf ans, une bonne santé, et peut raisonnablement espérer encore vingt ans de vie active ; il ne veut pas se faire tabasser à mort ou se prendre une balle l'année prochaine, en 1932.

– Quoi ?

– C'est sa théorie. L'année prochaine, selon Wiston, il y aura une élection présidentielle, et une révolution.

– Oh, et tu y crois ?

– Je n'en sais rien. Beaucoup de gens prennent ça au sérieux. Beaucoup de gens s'attendent à un changement. On dirait qu'Al Smith pourrait gagner ou Owen D. Young. Un démocrate. Mais est-ce que ça ira mieux ? J'en doute. Hoover doit préparer quelque chose, sinon ce serait encore pire.

– Mais tu m'as parlé d'une révolution. Quelle révolution ? Crois-tu que les rouges prendraient le pouvoir ? Dans ce cas, je préférerais garder Hoover. Enfin, pas Hoover, mais je ne tiens vraiment pas à ce qu'ils gouvernent. J'en ai rencontré quelques-uns, ils sont épouvantables.

– Évidemment. Mais les paysans ? Ils sont furieux. Et à Pittsburgh, ces grandes usines fermées ? Comment tout cela finira-t-il ? Le mieux que je puisse faire pour toi et ta mère, c'est de jouer la prudence. Je convertis tout en or.

– Tu n'es plus un chimiste mais un alchimiste, dit Gloria.

– Ah, ah, ah ! Très bon, tu ne manques pas d'humour, ma chérie.

– À table vous deux, dit la mère de Gloria.

– On arrive », répondit Vandamm avant de chuchoter à Gloria : « On parlera des vacances tout à l'heure. »

Ce soir-là, Liggett raconta à sa femme que, en compagnie de son ami Casey, il avait fait la tournée des *speakeasies* de Hell's Kitchen, à la recherche d'infos au sujet du manteau. Un vieil ennemi de Casey avait surgi. Tout le monde s'était battu.

Le lendemain, il avoua la vérité. Il avoua tout, sauf le nom de Gloria. Ce jour-là, il se réveilla perclus de douleurs et obsédé par la perspective d'un mauvais moment à passer. C'était totalement différent des réveils en temps de guerre, quand chaque nuit il s'attendait à être bombardé le lendemain ou craignait une attaque ; davantage semblable à l'anxiété qu'il ressentait quand il avait commencé l'aviron à l'université. La journée était longue avant le départ de la course en fin d'après-midi, il y avait bien des choses dont se préoccuper, mais les anciens élèves, tâteurs de muscles et autres ouvreurs de portes commençaient à débarquer vers midi, et la course en devenait presque une partie de plaisir. Non, en fait, la situation lui rappelait davantage sa gonorrhée, lorsqu'il avait dû se faire violence pour aller chez le médecin, redoutant en quoi consisterait le traitement. Il avait connu des hommes atteints, bien sûr, mais il était convaincu que son cas était particulier et qu'il ne pouvait en parler à personne. Ce matin-là, il se sentait comme ça, et comme quand il avait évité le dentiste pendant deux ans et demi. C'était de savoir que le moment déplaisant qui l'attendait ne dépendait que de lui, que personne d'autre ne pourrait l'y contraindre.

Liggett croyait s'être réveillé très tôt et bien avant Emily, mais lorsqu'il gémit, un peu comme un soupir, elle se trouva debout près de son lit avant que ses yeux ne fussent complètement ouverts. Elle avait dormi dans une chaise longue qu'elle avait apportée dans sa chambre. Sa première pensée, pleine de colère, fut qu'elle avait fait ça afin de pouvoir l'entendre parler dans son sommeil, mais ses gestes et ses paroles lui firent changer d'avis.

« Que se passe-t-il, mon chéri ? »

Il la regarda, et pour une fois la regarda vraiment.

« Dors, mon chéri, il est six heures moins dix. Veux-tu que je t'apporte quelque chose ? Un pot de chambre ?

– Non, je n'ai besoin de rien.

– Est-ce que tu souffres ? Ils t'ont frappé à un point sensible ?

– *Qui* m'a frappé ?

– Mais ces voyous qui en voulaient à Casey. Oh, pauvre chéri. Tu n'as pas encore essayé de bouger. Tu ne sais pas que tu es blessé. N'essaie pas de bouger. Tu t'es fait rosser durement, chéri. Veux-tu que je me couche auprès de toi ? Je te tiendrai chaud, je ne te ferai pas mal. Veux-tu que je ferme la fenêtre pour que tu dormes encore un peu ?

– Je pense que oui, dit-il. Et toi, tu ne dors pas ?

– Ne t'occupe pas de moi. C'est presque l'heure à laquelle je me lève d'habitude. Les filles seront debout dans une demi-heure, trois quarts d'heure.

– Je ne veux pas les voir.

– Je m'en doute. Je ne les laisserai pas entrer. Rendors-toi. J'allume la sonnette. »

Elle parlait de la ligne qui courait depuis le bouton à côté de son lit jusqu'à la cuisine, une ligne qui n'avait pas été utilisée depuis son installation.

Emily n'insista pas pour s'allonger auprès de lui. Elle le lui avait proposé, il n'avait pas accepté immédiatement. Elle ne réitérerait pas sa proposition. Elle ferait tout ce qu'il voulait, mais il ne voulait pas qu'elle s'allonge auprès de lui.

Elle retourna dans sa chambre. Il était trop tôt pour le courrier, trop tôt pour le *Times* et le *Tribune*. On ne lit pas de livre à une heure si matinale ; c'est comme de manger de la glace au petit-déjeuner. Elle songea à prendre un bain, mais il était trop tôt pour ça aussi, et la robinetterie était si bruyante qu'elle aurait réveillé ses deux filles. Emily aurait voulu s'en occuper, mais – c'était le genre de choses qui la faisait s'accuser de ne pas être une épouse parfaite – elle n'avait rien fait parce que, finalement, ça allait comme ça. Elle n'entreprenait que très occasionnellement de remédier à ces petits problèmes. Pensant à ses filles, elle alla dans leur chambre.

Barbara dormait à poings fermés sur le côté droit, le bras gauche étendu sur l'oreiller. Par rapport à Ruth, elle était dans une drôle de position. Celle-ci, sur le dos, la bouche entrouverte et les bras en croix, rappelait d'abord la Crucifixion, puis une affiche de la Croix-Rouge. Ruth, plus jolie que sa sœur, ne donnerait à sa mère que des sujets de satisfaction et de fierté. Quant à Barbara, il faudrait la protéger, faire des sacrifices pour elle. Mais c'était à Ruth qu'elle pensait maintenant, car elle était plus proche de Weston, et c'était Weston qui occupait à présent tout l'esprit d'Emily.

Elle pourrait être morte, Ruth, gisant ainsi, si immobile, si tranquillement endormie, une jambe un peu pliée mais pas suffisamment pour dissiper l'illusion de la mort que – sachant qu'il s'agissait d'une illusion – Emily se créait pour l'instant.

Ruth ouvrit les yeux sans rien bouger d'autre, pas le moindre muscle. Elle avait ce regard intime, mais supérieur, de ceux qui s'éveillent complètement sans le moindre effort.

« Maman, dit-elle.

– Chut.

– Est-ce qu'il est l'heure de se lever ?

– Non, soupira Emily.

– Tant mieux », sourit Ruth en refermant les yeux. Puis elle les rouvrit : « Pourquoi es-tu debout si tôt ?

– Ne parle pas si fort, Papa est malade et nous ne devons pas faire de bruit.

– Qu'est-ce qu'il a, Papa ?

– Il s'est fait rouer de coups au cours d'une bagarre hier soir. »

À peine eut-elle prononcé ces paroles qu'Emily les regretta. Elle aurait mieux fait de mentir à ses filles. Mais trop tard. Elle chercha une raison à sa franchise et n'en trouva aucune.

« Oh ! » dit Ruth, avant de répéter : « Oh ! »

Emily devina ce que pensait sa fille à cause des deux « oh ! ». Le premier était une marque de chagrin et de commisération à l'égard de son père. Le second voulait demander comment, où, quand, par qui, à quel degré.

« Il n'est pas *gravement* blessé, dit Emily. Mais il souffre. Je préférerais que tu n'en dises rien à Barbara.

– Mais elle fera du bruit, tu sais, comme toujours.

– Dis-lui que Papa a mal à la tête et qu'il veut dormir.

– Est-ce que je peux faire quelque chose ? Je n'ai plus sommeil.

– La seule chose que tu puisses faire, c'est d'être sage et de ne pas faire de bruit.

– De quoi souffre-t-il exactement ?

– Il a reçu des coups dans les côtes surtout, et sur la figure. Ne t'en fais pas, Ruthie. Essaie de dormir encore un peu. »

Elle caressa les cheveux de sa fille comme si Ruth avait eu de la fièvre, et lui tapota le front. Elle alla dans la cuisine, alluma le percolateur, s'assit en attendant que le café fût prêt. Le regard dans le vague, elle pensait à Ruth, avec ses yeux charmants, intelligents, innocents et à sa voix chantante lorsqu'elle avait dit : « Qu'est-ce qu'il a, Papa ? » Toute l'innocence de ses yeux, de son visage, de ses cheveux ondulés et de sa voix – puis elle songea un instant aux rondeurs qu'elle avait devinées sous les couvertures. À cet instant, probablement à New Haven ou à Cambridge, un jeune homme qui un jour... non, tout irait bien. Ruth serait heureuse en amour. Sans doute n'en irait-il pas de même pour Barbara, qui aurait des chagrins, des déceptions et qu'il faudrait surveiller. Emily sut pour la première fois pourquoi elle pensait plus à Ruth : elle et Ruth se comprenaient. Ruth comprenait Barbara, et se comprenait elle-même. Très bien – mais c'était trop net. Non, si Ruth comprenait si bien, c'est qu'elle devait être malheureuse à cause d'autre chose. Quoi ? Elle repensait au corps de petite femme de Ruth, à ce petit corps prêt à vivre. Les seins étaient petits, mais déjà formés. Les hanches n'étaient pas larges, mais déjà formées. Et une partie de ce qu'elle comprenait, ou plutôt une partie de l'information que sous-entendait son regard plein de compréhension venait de ce que, deux ans auparavant, Emily avait enseigné à sa fille les secrets de la vie féminine – autant que les mots peuvent l'enseigner. Non, non. Le regard n'était pas un regard intelligent ; c'étaient juste des yeux intelligents. Voilà la différence. Emily voulait voir Ruth avec des garçons *par amour*.

Elle remplit une tasse de café et la porta à son mari.

« Je t'ai apporté du café », dit-elle.

Mais elle ignorait que Liggett, allongé dans son lit, avait rassemblé la volonté nécessaire pour lui avouer la vérité. Il voulait la lui avouer afin de s'estimer moins blâmable, mais d'autres sentiments s'agitaient en lui. En libérant sa conscience, il provoquerait peut-être autre chose – il n'était vraiment pas sûr que rien d'autre n'arriverait. Il lui fallait revoir Gloria, et il savait que même s'il ne voulait pas Gloria maintenant, ce serait bientôt le cas.

« Veux-tu me donner une cigarette, dans la poche de mon manteau, s'il te plaît ? demanda-t-il. Merci. Emily, je voudrais te dire quelque chose. C'est probablement la dernière faveur que je vais te demander, car lorsque je t'aurai dit ce que je vais te dire, tu ne m'en accorderas plus.

– As-tu besoin de me parler tout de suite, à l'instant ?

– Je ne peux plus attendre. Ce que j'ai sur le cœur me rend fou.

– Dans ce cas, je t'écoute.

– À t'entendre, on dirait que tu as deviné ce que je vais te dire.

– En effet, je devine qu'il s'agit d'une femme.

– Oui.

– Alors je ne veux pas t'écouter. Tu m'as été infidèle, tu as couché avec une autre femme. Si tu tiens à me donner des détails, moi je ne veux pas les entendre à une heure pareille.

– Pourtant, je voudrais vraiment te raconter. S'il te plaît, il faut que je te le dise tout de suite.

– Pourquoi ?

– Emily, Seigneur !

– Bon, d'accord.

– Je veux te dire la vérité parce qu'il s'agit d'une affaire très sérieuse. Je crains de te peiner. Essaie de t'imaginer que je suis quelqu'un que tu connais, pas ton mari, mais quelqu'un que tu connais. S'il te plaît, essaie. Bon, cet homme, moi, samedi dernier… »

D'abord Emily l'écouta distraitement, jusqu'au moment où il lui raconta avoir ramené Gloria chez eux. Il raconta son histoire chronologiquement jusqu'à ce moment-là, et elle en conçut une certaine excitation en se demandant quel serait le point d'orgue de l'affaire, aussi terrible fût-il. Elle se doutait de ce qu'il allait dire mais ne s'attendait pas à entendre : « … alors je l'ai amenée ici… » Ces mots n'étaient pas sortis de tout contexte, ils faisaient partie d'une phrase : « … pris un taxi, je n'avais pas de bagage alors je l'ai amenée ici, nous avons bu quelques verres et… » mais les derniers mots qu'elle entendit furent : « alors je l'ai amenée ici »… lui, il continua encore et encore. Elle savait qu'il avait la gorge sèche car sa voix se cassait un peu, mais elle ne lui proposa pas d'aller lui chercher un verre d'eau. Chaque fois qu'il lui demandait si elle l'écoutait, elle hochait la tête et il disait qu'elle n'en avait pas l'air, mais il continuait. Au début, elle était assise sur le lit. Puis elle s'assit sur une chaise près de la tête de lit de manière à ne pas être obligée de le regarder. « Continue », disait-elle. Elle le laissait vider son sac. Elle ne se souciait pas du temps que ça prenait. Elle était revenue de Reno[1] à Boston, en 1932, les filles étaient à la Windsor School, elle échappait à son père et à sa sollicitude complaisante. Mme Winchester Liggett. Mme Emily W. Liggett.

Que fait-on du mobilier, en général ? Comment se partagerait-on l'argent liquide ? N'était-ce pas une bonne chose d'être si proche de la fin de l'année scolaire ? N'était-ce pas une bonne chose que New York supposât de vivre en appartement ? Comme ç'aurait été horrible si cela s'était passé dans une maison, un véritable foyer ? Mais s'ils avaient été n'importe où ailleurs, il n'aurait pas amené cette fille ici, dans un appartement. Non, vivre à New York en appartement n'était pas une si bonne chose. Ça consolait, mais il n'y avait pas lieu de s'en féliciter. Laissons-le continuer :

« ... J'aurais bien voulu me défendre, mais le flic... »

Qui s'en souciait ? À présent, il décrivait la bagarre. Pourquoi n'avait-il pas été tué ? Elle le trouva ridicule avec ses bandages et ses hématomes. Sans doute Liggett n'implorait-il aucune pitié, mais elle ne pouvait s'empêcher de la lui refuser. Ce qu'il lui avait demandé au départ, ce qu'elle croyait trouver si difficile – penser à lui comme à quelqu'un qu'elle connaissait mais qui n'était pas son époux – correspondait exactement à ce qu'elle ressentait. À la fin de l'histoire, ou pendant sa seconde moitié, ou alors qu'il en restait les deux tiers, qu'importe ce qui restait après ce « alors je l'ai amenée ici », elle le considérait comme un étranger. Elle n'était plus sa femme ; elle le connaissait mais ne l'aimait pas, ne le haïssait pas. Elle ne pouvait pas échapper à cet homme qui racontait cette longue et morne histoire d'amour, et comment il avait été roué de coups. Elle eut l'impression d'entendre un homme qu'elle aurait connu jadis et qui aurait eu la manie d'attirer ses amis dans les coins pour leur raconter d'interminables histoires sans intérêt

1. Petite ville américaine où le divorce est extrêmement facile.

sur sa vie sentimentale et comment il se retrouvait impliqué dans des bagarres. Et cet homme s'appelait Weston Liggett.

« Oh, non, dit-elle.

– Quoi ? »

Idée idiote d'imaginer qu'elle protestait contre quelque chose qu'il aurait dit quand elle pensait seulement : *Oh, non, je ne dois pas réfléchir de manière hystérique.* Mais ce « Oh, non » lui avait échappé.

« Eh bien voilà. Je t'ai parlé parce que je ne supportais pas de rester allongé sans rien faire pendant que tu te donnais tant de mal pour me soigner… Mais pourquoi, enfin pourquoi ris-tu ?

– À l'évidence, si tu restes allongé, tu ne fais rien. C'est juste cette remarque qui m'a fait rire.

– Oh, très drôle.

– Non, ce n'est pas drôle, mais je ne vois pas ce que tu attends de moi. Je ne vais pas te féliciter.

– Eh bien à présent tu sais tout, tu feras ce qui te plaira.

– Et que crois-tu qu'il me plaira ?

– Ça ne dépend que de toi. Si tu veux divorcer, je te donnerai tous les moyens de le faire.

– Je ne veux pas en discuter maintenant.

– Pas un mot de compréhension. Pas le moindre instinct de compréhension.

– Maintenant, vraiment.

– Oui, maintenant vraiment. Tu n'as même pas essayé de me comprendre. La seule chose que tu aies vu, c'est que je t'ai trompée. Il n'y a que ça qui t'ait intéressée.

– Nous n'allons pas nous quereller. Je ne veux plus parler de cette affaire, parce que tu cherches une scène.

– Mais il faut en parler. Tu dois prendre une décision. Rien ne m'obligeait à te dire la vérité. Tu as cru les fariboles que je t'avais racontées hier soir.

– Je te demande pardon, mais j'ai fait semblant de croire ce que tu me racontais. Au début je t'ai cru, mais à la réflexion, j'ai deviné que tu mentais. Et ne me dis pas que je *dois* te dire ce que je vais faire, ou qu'il *faut* en parler. Il n'y a plus d'obligation entre nous.

– Nous verrons.

– D'accord, nous verrons.

– Emily », dit-il.

Elle sortit.

Il se leva, s'habilla et prit son petit-déjeuner après que les filles furent parties à l'école. Puis il frappa à la chambre d'Emily.

« Oui ?

– Peux-tu m'accorder une minute, s'il te plaît ?

– À quel sujet ?

– Je m'en vais. »

Elle ouvrit la porte.

« Tu peux rester.

– Merci, mais je ne resterai pas. Je voulais te prévenir que je vais à l'hôtel. Je te dirai lequel. Sans doute le Biltmore. Ensuite, je te verserai de l'argent sur ton compte, cinq cents dollars maintenant et une plus grosse somme avant la fin de la semaine. Je m'en vais parce que je ne veux pas que tu emmènes les petites à la campagne.

– Pourquoi ?

– Parce qu'on recherche toujours ce Two-Gun Crowley, le type qui a tué un policier. Il est à Long Island et il y a une grosse récompense pour qui l'attrapera. Tous les cinglés armés et les policiers sont partis pour Long Island afin de le descendre. Ce n'est pas un endroit sûr. S'il te plaît, écoute-moi. Reste ici jusqu'à ce qu'ils l'aient capturé, ou au moins que cette frénésie retombe.

– Est-ce tout ?

– Oui, je crois. Comme avocat, je te conseille Harry Draper. Il n'est pas spécialisé dans les questions de divorce, mais il pourra toujours te conseiller utilement. Mais si tu prévois d'aller à Reno, par exemple, tu n'auras pas besoin d'un avocat spécialisé à New York. Draper aura un correspondant à Reno. C'est toujours comme ça qu'ils font, sauf si le divorce donne lieu à contestations, auquel cas…

– Je préfère ne pas parler de ces détails maintenant. »

Elle ferma la porte brusquement, parce qu'elle avait vu une lueur de désir dans les yeux de son mari. Malgré sa colère, elle se sentait capable de céder. C'était écœurant.

Il comprit quelque chose comme ça, lui aussi.

7

Ce même jour, mercredi, il se produisit une coïncidence : Gloria décida qu'elle ne reverrait pas Eddie pendant un ou deux jours, et Eddie résolut de ne pas chercher à revoir Gloria pendant un ou deux jours.

Gloria partit faire du shopping avec sa mère. Elle acheta un chapeau de plage orné d'un ruban de lin fleuri pour huit dollars cinquante, un ensemble de plage avec des rayures horizontales qui coûta à sa mère vingt-neuf dollars cinquante. Elle acheta un maillot de bain serré aux épaules pour dix dollars quatre-vingt-quinze. Une robe qui coûtait vingt-neuf dollars cinquante et un chapeau de laine piqué d'une plume à trois dollars quatre-vingt-quinze. Un tailleur de lin, veste de marine et jupe blanche, pour le prix incroyable de sept dollars quatre-vingt-quinze, un paletot de laine à vingt-neuf dollars cinquante, un turban avec une boucle à douze dollars cinquante et deux tenues de tennis en jersey (avec ceinture) pour dix dollars soixante-quinze pièce. Son oncle avait donné à sa mère cent cinquante dollars à dépenser et cette somme était dépassée. Gloria fit ses courses sans que sa mère s'en mêle, elle était contente et rentra à la maison afin d'envoyer le tailleur de Norma Day au nettoyage à sec.

En enveloppant le tailleur dans un journal, elle ne put résister à l'envie de le lire. C'était le *Mirror* du lundi, où elle découvrit avec surprise qu'elle avait manqué la rubrique de Walter Winchell. Elle la parcourut en diagonale à la recherche de son nom (on ne savait jamais), puis elle lut avec davantage d'attention et apprit que Barbara Hutton avait été envoyée en Europe pour oublier Phil Plant, que Connie Bennett laissait tomber le marquis de la Falaise pour Joel McRae. Elle lut quelques lignes sur les nouvelles du Grand Hôtel, puis « Ce que prédisent les étoiles » : « Cette journée en particulier sera favorable aux journalistes, dactylographes, écrivains et agents de publicité. Mardi sera éprouvant, mais mardi soir de même que mercredi soir seront très satisfaisants pour les jeunes gens qui se fréquentent honnêtement. N'attendez pas trop du mercredi, qui n'est pas favorable à tout ce qui sort de la routine. Jeudi sera décourageant pour les forts tempéraments. Attention aux différends et aux querelles en affaires et avec votre bien-aimé(e). Samedi devrait être très clément sur tous les plans, vous agirez avec confiance aussi bien en affaires que sur le plan sentimental. Cette semaine est favorable aux gens nés entre le 29 janvier et le 10 février, le 3 et le 11 mars, le 1er et le 10 avril, le 5 et le 12 mai, le 2 et le 9 juin, le 7 et le 12 juillet, le 1er et le 8 août, le 15 et le 20 novembre, le 29 novembre et le 5 décembre, le 7 et le 11 décembre et le 24 et le 28 décembre. » Elle était née le 5 décembre, donc l'un dans l'autre, si elle faisait attention aujourd'hui et se contrôlait demain – non qu'elle eût vraiment sale caractère, mais parfois… –, la semaine devrait être bonne, puisque samedi devrait s'avérer, d'après les étoiles, très favorable. Bonne période pour prévoir un voyage – et immédiatement, elle pensa à Liggett. Tous ces vêtements, c'était pour l'été et le voyage qu'allait lui offrir son oncle, mais si le temps était beau… enfin, à quoi pensait-elle ? Elle était givrée de prévoir quoi que ce soit avec Liggett. Et s'il avait le crâne fracturé ? Ce serait un beau bazar, et ça ne prendrait pas longtemps à la police avant de l'impliquer. Il y avait un flic dans le *speakeasy*. Il n'avait qu'à demander au barman son nom, et l'affaire serait réglée. Effrayée, elle relut ce qui était dit pour le mardi : « éprouvant »… ce fut bien le cas. Mardi soir, très satisfaisant pour les jeunes gens qui se fréquentent honnêtement, mais sa relation avec Liggett n'était pas « honnête », sacrément pas, dirait Eddie. Non, ce truc disait vrai.

D'habitude, elle n'y accordait guère d'importance, mais c'était comme les superstitions ; peut-être qu'il y avait un fond de vérité, alors ça ne coûtait rien de faire attention. En outre, mardi avait bien été éprouvant, et toute l'histoire au *speakeasy* avait eu lieu le jour, pas le soir. Mercredi… routine. Bon, le tailleur de Mlle Day, la copine d'Eddie, serait envoyé au nettoyage et le vison, rendu. Routine. Demain jeudi, il faudrait faire attention aux différends et querelles en affaires (ça devait inclure le manteau, donc elle éviterait tout ennui et toute querelle avec son bien-aimé, en le rendant aujourd'hui). Comment, on verrait plus tard. Avec quelle facilité elle pensait à Liggett comme à son bien-aimé ! Peu importe qui il était, elle l'aimait. *Pas vrai ?* se dit-elle.

Chez lui, Eddie fumait une pipe, l'un des rares cadeaux de son père qui ne soient pas du cash. Elle portait l'inscription « 2S9 » en argent sur son fourneau, comme son père l'avait voulu, mais elle restait une bonne pipe et Eddie aimait la fumer, malgré cet ornement. C'était moins cher que la cigarette, et quand il était en fonds, il achetait une livre ou deux de tabac. Ainsi avait-il presque toujours de quoi fumer.

C'était un appartement meublé, qui avait certainement une histoire, mais le seul aspect de cette histoire qui l'intéressait, c'était qu'il était passé de soixante-cinq à cinquante dollars par mois. Quelque chose avait dû se produire pour justifier cette baisse. Eddie savait bien que la Dépression n'avait eu aucune répercussion sur les loyers inférieurs à cent dollars. Les studios et deux-pièces coûtaient toujours autant, et les agents immobiliers pouvaient même se montrer un peu exigeants, car des gens qui auparavant payaient un loyer de deux cents dollars ou même davantage louaient désormais des appartements moins chers. Il devait donc bien y avoir une raison pour que cet appartement se louât cinquante dollars, payés de manière plus ou moins régulière. Non qu'Eddie ne se fût jamais intéressé à ce qui avait provoqué cette réduction. D'abord il avait un peu hésité ; ce n'était pas le genre de mobilier qu'on achetait pour un meublé, non, c'était personnalisé, visiblement laissé par un précédent locataire. Eddie se demanda si ce dernier n'avait pas été assassiné, décapité avec son rasoir. Il eut l'idée de proposer à un magazine de faire le tour de différents appartements new-yorkais dans lesquels des crimes célèbres avaient été commis. L'appartement d'Elwell, le champion de bridge ; celui de Dot King ; la chambre du Park Central Hotel où fut assassiné Arnold Rothstein. Il faudrait découvrir qui vivait désormais dans ces lieux, si l'occupant actuel de l'appartement d'Elwell, par exemple, savait que ce dernier avait vécu là ; quel genre de personne pouvait vivre sur le théâtre d'un crime ; si cela troublait son sommeil ; s'il y avait une réduction de loyer ; si le propriétaire avait averti le futur locataire que l'endroit avait un passé. Voilà l'une des idées qu'Eddie avait puis écartait, convaincu qu'il n'écrivait pas assez bien. Il l'aurait volontiers passée à un ami doté d'une vraie plume, mais il n'en avait pas.

Difficile de dire si cet appartement avait été occupé avant lui par un homme ou une femme. Les menus objets caractéristiques des deux sexes avaient été emportés. Il y avait un lit qui, de jour, pouvait disparaître sous une grande couverture rouge, un fauteuil moderne bon marché (ce n'était que du bon marché), une petite cheminée de toute évidence peu pratique, une table de bridge repliable, trois lampes, une chaise à dossier droit comme un 5 sans la barre supérieure. Au-dessus de la cheminée, une carte en couleurs de New York avec des légendes amusantes ; et un plan de Paris, apparemment de la main du même cartographe, derrière la porte de la salle de bains. Il y avait aussi une reproduction d'une orchidée de Georgia O'Keeffe et une autre d'un Modigliani. Les cendriers venaient de bazars.

Lorsqu'il se rasait, Eddie chantonnait *I Got Rhythm*, car il avait une fois employé ces mots dans la phrase : « J'ai eu des morpions, maintenant j'ai du rythme. » Il se rasait alors dans la salle de bains, et y repenserait toujours désormais, du moins jusqu'à ce qu'autre chose le remplace. Il n'avait jamais parlé à personne de ce jeu de mots, ce n'était pas son genre d'humour. Un jour il entendrait quelqu'un d'autre le prononcer et cesserait d'y penser. C'était monnaie courante avec Eddie. Il trouvait des jeux de mots, les gardait pour lui, et puis les entendait dans la bouche de quelqu'un d'autre et ils cessaient alors de lui appartenir. Il ne se souciait pas de ces calembours – pas plus que de son propre travail, ses dessins. Une fois, il avait travaillé sur une idée : ses dessins d'université. Il avait également élaboré une technique très semblable à celle de James Thurber, qui dans son cas était inspirée d'une technique employée dans un livre de 1917 intitulé *Dere Mable*, d'Ed Streeter, avec des dessins de Bill Breck, mais n'avait rien fait de cette idée, contrairement à Thurber, que tout le monde connaissait désormais. Alors que ceux qui savaient qui était Brunner se débrouillaient pour l'oublier.

Tout ça traversait l'esprit d'Eddie comme le sang circulait entre des siamois : il y avait dans son esprit deux parties distinctes.

Puis il s'intéressa à la seconde partie de son esprit et s'abandonna à une certaine satisfaction, la première de ce genre depuis qu'il était à New York. Aujourd'hui même, à peine deux heures avant de rentrer chez lui, d'allumer sa pipe, de contempler ses meubles et de s'être interrogé sur son manque de confiance en lui, on lui avait proposé du travail, et peut-être même un véritable emploi.

« Je ne vous garantis rien. Mais, sur le principe, ce que vous faites m'intéresse. »

C'était un travail pour le département publicité d'une société de cinéma. Il s'y était déjà présenté plusieurs fois deux ans plus tôt, parce qu'il savait qu'un type de Stanford un peu plus âgé que lui y travaillait. Mais ce type de Stanford avait été terrifié à l'idée d'augmenter les charges de la société en embauchant un autre salarié. Les responsables s'inquiétaient de leur propre népotisme, et des cousins de cousins étaient licenciés. Eddie avait donc remis quelques dessins, et n'en avait plus jamais entendu parler.

Ce matin-là, il était retourné là-bas pour la première fois en près de deux ans. Il avait demandé son vieil ami, mais on lui avait répondu qu'il était à Hollywood. Pouvait-il rencontrer quelqu'un d'ici ? Oui, le directeur du service artistique. Ce dernier écouta avec un respect confondant le compte rendu de son expérience, puis dit :

« Je vois. Vous êtes un ami personnel de M. De Paolo ?

– Oui, je l'ai connu à l'université.

– Vous avez eu de ses nouvelles récemment ?

– Non, pas récemment. Je crois qu'il est à Hollywood, dit Eddie.

– Oui, mais il doit revenir dans un jour ou deux. Jeudi ou vendredi.

– Bon, alors je repasserai. Pourriez-vous lui dire qu'Eddie Brunner est passé ? Dites-lui que j'ai quelques idées à lui proposer.

– Pour *Benny the Beetle* ? demanda l'homme.

– Non.

– Il en a besoin pour *Benny*.

– Non, il s'agit juste de quelques-uns de mes dessins.

– Oh, vous dessinez ?

– Oui.

– Hmm, fit l'homme, pensif. Un instant, monsieur Brunner. »

Il quitta son bureau et revint cinq minutes plus tard avec une poignée de croquis.

« Pourriez-vous tirer quelque chose d'intéressant de ça ?

– Seigneur, bien sûr, c'est justement mon rayon », dit Eddie. Les croquis étaient destinés à la campagne d'un film qui se déroulait dans une université. « Voulez-vous que j'essaie ?

– Essayez. Ce que je vous montre là ne vaut rien, les gars n'ont pas trouvé l'angle. Pas le moindre sens humoristique. Des belles filles avec de jolis nénés à en bouffer le papier, mais ces filles ne sont pas censées avoir des seins comme ça. Je voudrais plutôt quelque chose dans la veine de John Held Jr, vous voyez ; qu'elles soient féminines mais pas trop sexy. » Il sourit en secouant la tête : « Nous avons fait une campagne, bon sang, terrible. Le film était un épouvantable navet. *Strange Virgin.* La concurrence a même été voir la censure. Vous avez vu la campagne ?

– Bien sûr.

– Le dessin où elle est allongée, les jambes comme ça, avec le type ! C'est moi-même qui ai fait ça. Même Andre Jacinto a râlé. Il était en ville, il a fait un barouf. "Écoutez, il a dit, peut-être que je ressemble à ça, peut-être pas, mais vous, vous n'avez pas le droit de présenter quelque chose dans votre campagne qui n'est pas dans le film." J'ai ri, parce que d'ici à ce qu'ils fassent à Hollywood un film qui correspond à ça... Peut-être vers la 46e Rue Ouest, ce genre-là... Enfin, c'était une sacrée campagne. La concurrence s'est plainte auprès de la censure, mais inutile de vous dire que j'ai reçu de très jolies offres des sociétés qui ont le plus râlé. Pour le film qui nous intéresse, il faut quelque chose de tout à fait différent. Des femmes, mignonnes, de la comédie. Insistez sur le côté comique. Voilà ce que je vais faire, monsieur Brunner. Je prends cette responsabilité : vous dessinez quelques esquisses dans l'esprit de ce que je veux et je vous donnerai vingt-cinq dollars pour ce qu'on pourra utiliser. Si j'aime, nous pourrions peut-être trouver un accord pour davantage de travail à l'avenir. »

Eddie fit quelques dessins, l'homme les trouva sensationnels. M. De Paolo allait être fier. Il lui donna un chèque de vingt-cinq dollars et lui dit de revenir le vendredi suivant.

« Évidemment, si vous venez voir M. De Paolo d'ici là, je vous verrai peut-être avant. »

Il y avait vraiment une chance qu'Eddie obtienne du travail régulier.

Avant de partir, il avait pu vérifier que son vieil ami De Paolo était bien placé : il s'occupait de *Benny the Beetle*, un plagiat de *Mickey Mouse*.

À vingt-cinq dollars la semaine, Eddie pourrait même aller au cinéma de temps en temps et s'offrir quelques *Benny the Beetle*. Un poste stable dans un département artistique, où on payait certainement plus de vingt-cinq dollars la semaine, était un doux rêve, mais si son amitié avec De Paolo l'avait amené si loin, qui sait jusqu'où il pourrait aller lorsque Polly – De Paolo – rentrerait ? Polly n'était pas devenu snob, il ne l'ignorerait pas. Non, il ne le pensait pas. Puissant peut-être, mais pas snob.

Eddie respirait donc un nuage de tabac, extrait du fond de sa boîte où il avait pris un peu l'humidité et un petit goût. Il avait en poche vingt-trois dollars et un peu de menue monnaie, il ne savait pas combien au juste. Avec cinq dollars de conserves, il lui en resterait un peu plus de dix-huit. De quoi manger pour une semaine. Puis il décida d'emmener Norma au spectacle, de prendre des billets pour Joe Leblang. Il en parlerait à Norma, qu'il avait autorisée à payer son loyer en échange de quoi il s'occupait de son petit frère, en première année à l'université de Pennsylvanie, qui venait en ville le week-end voir une amie de Norma. Cette dernière avait de l'argent, hérité de sa grand-mère, et était secrétaire d'un chargé de cours à l'université de New York. Elle et son frère étaient orphelins. Son frère aussi avait de l'argent, mais il ne le toucherait qu'à vingt et un ans.

Et avec Norma, alors ? Eddie s'interrogeait. Il pensait que ses ennuis étaient terminés, temporairement, et se disait que peut-être il serait judicieux de l'épouser. Il songea à ces dernières années, et constata qu'il aurait pu être avec Norma depuis toujours – ses différentes petites amies étaient toutes assez semblables : petites, poitrine plutôt généreuse par rapport à leur taille, parfois un peu en chair. Amatrices de jazz. Mignonnes, pas blasées, un peu délurées. Toutes, Norma comprise, devaient aller au lit un jour sur vingt-huit. Elles étaient toutes fondamentalement les mêmes, et sans doute étaient-elles toutes fondamentalement Norma.

Mais Eddie doutait de l'amour. Cette chose qui semblait inciter un homme et une femme à rester ensemble toute leur vie, à élever des enfants, avoir une maison, et les amenait à se vouer une fidélité inconditionnelle, apparemment sans souffrir de la tentation – il n'avait jamais vu ça chez lui et n'était absolument pas familier de la chose. Il doutait d'avoir jamais vu ça nulle part, d'ailleurs. Il avait vu, par exemple, les parents de ses amis d'une manière très différente des amis en question. Toute son adolescence, il avait été pratiquement certain que M. Latham, M. O'Neill, M. Dominick et M. Girardot, les pères de ses amis les plus proches à l'époque, étaient infidèles à Mme Latham, Mme O'Neill, Mme Dominick et Mme Girardot. Il n'en parla jamais, parce que ses amis n'en parlèrent jamais, mais s'ils l'avaient fait il aurait dit ce qu'il pensait. Il pensait que ces pères étaient des êtres humains, sujets au désir, chose qui ne devait pas être oubliée – sauf dans le cas de son propre père. Son père lui avait enseigné, sans le vouloir, d'accepter l'infidélité de tous les pères, sauf de sa part à lui. Pourtant Eddie aimait la fidélité chez une femme, pas tant parce que sa propre mère était fidèle que parce que sa fidélité en avait fait quelqu'un de bien meilleur que son père à ses yeux. Ces années de constance ressemblaient beaucoup à celles passées à épargner au lieu de tout dilapider. C'est juste qu'il est plus facile de dilapider que d'épargner. Et bien sûr, parfois on n'épargne que pour voir la banque faire faillite, mais même si vous perdez tout, vous avez quelque chose dans les yeux, dans le menton, qui montre que vous êtes un épargnant. Certes, il se disait parfois : *Ma mère est une idiote.* Et alors ? Elle avait tenu ses engagements, et son père ne pouvait pas en dire autant. Eddie n'appréciait pas, comme certains camarades d'université, l'idée d'avoir un père un peu comme un grand frère. Il lui aurait donné un coup de poing dans le nez. Non pas qu'il idéalisât le père de quelqu'un d'autre, mais il s'était constitué un idéal de la paternité. La psychologie fascinait Eddie, et il en approuvait partiellement les théories, mais il ne voulait pas attribuer, disons, la fidélité, à une faiblesse ou à la malhonnêteté. Tout cela reposait sur la parole donnée. Vous promettez de ne pas coucher avec une autre femme, c'est une promesse, et si on ne peut se fier à une promesse, plus rien n'a de valeur.

Il se disait toujours qu'en grandissant, quand il en saurait davantage, il serait confronté aux promesses. Mais il espérait que le jour n'arriverait jamais où il ne croirait plus à une promesse – juste à une promesse, pas à tous ces trucs sur les Gentlemen et l'Honneur – car c'était une bonne chose, la marque de la civilisation.

Soudain, allongé sur son lit à réfléchir ainsi, il se méprisa en se rappelant que la veille il avait bien failli coucher avec Gloria quoiqu'il eût promis à Norma de ne jamais coucher avec une autre. Toute son introspection complaisante s'évanouit, et il ne put rien trouver dans son esprit pour se justifier. Il ne l'avait pas fait, mais en avait eu l'intention. À la première tentation, il avait moralement manqué à sa parole envers Norma ; il avait, sans y penser, été prêt, sacrément prêt, à sauter sur Gloria. Et « sans y penser », c'était encore pire. Peut-être que s'il y avait réfléchi, il aurait trouvé une raison pour rester avec Gloria et rompre avec Norma. Ensuite, il aurait fait ce qu'il faisait toujours lorsqu'il mettait fin à une histoire d'amour pour en entamer une autre : se reprocher de ne pas valoir mieux que son père, d'être le fils de son père. Peut-être les psychanalystes lui diraient-ils que cela aidait à expliquer comment il pouvait rester fidèle à une fille pendant des mois, puis s'en trouver une autre et lui rester fidèle jusqu'à en trouver une autre encore. Il en était toujours allé ainsi, et ça avait presque été le cas avec Norma et Gloria. Mais il n'était pas avec Gloria, et il remercia sa chance de l'avoir interrompu. Si ça s'était fait avec Gloria, il aurait dû le dire à Norma. Mais ça ne s'était pas fait. C'était important à ses yeux, l'une des choses les plus importantes de sa vie. À cet instant, il décida qu'il avait trouvé la fille qu'il voulait épouser. Une blanchisserie l'avait appelé, l'empêchant d'entamer une liaison avec Gloria. Bien. Quelque chose dépassant son entendement était intervenu, aucun doute – ou peut-être était-ce simplement sa chance. Lorsqu'il verrait Norma ce soir, il la demanderait en mariage. Pas d'argent, pas de boulot, rien. Mais il savait que c'était elle qu'il voulait épouser. Il rit un instant. Il était très fier de Norma et l'aimait beaucoup. Il lui était fidèle, dans le sens où il se voyait la défendre contre le genre de choses que Gloria pourrait dire d'elle : comme l'appeler « petite souris fragile » (alors que Norma était de la même taille que Gloria, et que, parlant de souris, il n'était pas difficile d'imaginer quelqu'un comparant l'esprit de Norma à un piège à souris). Eddie laissa sa fidélité aller à Norma sans essayer de nier que c'était probablement le prix de sa loyauté envers Gloria.

Étrangement, il avait toujours nourri à l'égard de Gloria un vague sentiment de loyauté. Rien ne l'y avait jamais obligé. Avec la vie qu'elle menait, quantité de gens devaient dire des choses qui, s'il les entendait, susciteraient de sa part des répliques cinglantes et des réflexes protecteurs. Il avait toujours été prêt à défendre Gloria contre ceux qui diraient du mal d'elle ou lui feraient quoi que ce soit. Seigneur, c'était instinctif : la première nuit qu'il l'avait vue, il lui avait prêté de l'argent alors qu'il en manquait cruellement. Les conséquences implicites de sa décision d'épouser Norma le chagrinaient. L'une de ces conséquences était l'impression d'« abandon ». Peut-être avait-il tort (il l'admettait), mais à maintes reprises, il avait pensé que lui et Gloria étaient à l'orée d'une grande passion, susceptible de rivaliser avec celle d'Amory et Rosalind dans *L'Envers du paradis*, de Frederick et Catherine dans *L'Adieu aux armes*. Il acquiesça à une pensée confuse : oui, épouser Norma était chose délicate, et si, sur les cent kilos que pesait sa relation avec Norma, il y avait un gramme de délicatesse, c'était quelque chose d'imparfait, de non romantique. Bon, et alors ? Il n'y avait jamais eu beaucoup de romantisme dans ses précédentes relations ; et il ne croyait pas au romantisme pour lui-même. Son père, à sa manière, avait été romantique, mais Eddie n'avait rien de tout cela. Pas de danger non plus que sa mère fût comme Norma. Sans réfléchir, il se prit à penser comme ça avait dû être horrible pour sa mère d'accoucher, d'être sur la table avec un médecin, de réaliser que « le petit » dont elle parlait, à qui elle pensait et qu'elle sentait était aussi un hideux fœtus. (Il pouvait y songer sans s'identifier le moins du monde au fœtus. On peut se dire : « C'était moi », sans s'imaginer pas plus grand que la taille actuelle de son pied.) Non, en fait ce n'était pas sans rapport : Norma ne parlerait jamais d'un « petit ». Si elle tombait enceinte, elle voudrait tout savoir de ce qui se passait en elle, elle connaîtrait le placenta et tout ça. Il souhaita que Norma ne souffrît pas. Quelle histoire, penser à Norma ayant un bébé alors qu'il ne l'avait même pas vraiment demandée en mariage. Elle pourrait le repousser, lui dire non. C'était possible. *Sacrément peu probable*, se dit-il, mais possible.

Ils étaient déjà à moitié mariés. Les bébés sortaient-ils parfois à l'envers parce que c'était la position de leurs parents lors de la conception ? Les parents pouvaient-ils dire de quelle partie de jambes en l'air avait résulté la conception ? Combien de temps le mari et la femme devaient cesser de coucher ensemble lorsque la femme était enceinte ? (Il avait entendu parler d'un artiste qui avait essayé de rester avec sa femme jusque dans la salle d'accouchement.) Et si Norma mettait au monde un avorton ? Les docteurs le laisseraient-ils vivre ? Et si c'était un hermaphrodite ? La superbe poitrine de Norma serait-elle si sensible qu'il ne pourrait plus la toucher pendant la grossesse ? Perdrait-elle sa fermeté après l'accouchement ? Qu'était-ce donc exactement que ces césariennes ? Ouvrait-on *vraiment* le ventre des femmes lorsque l'enfant était trop gros ? Les médecins ne pouvaient-ils empêcher auparavant le fœtus de prendre des proportions anormales ? Combien coûtait un enfant ?

De toute façon, un enfant coûtait certainement plus de vingt-cinq dollars. Comme il n'en avait pas davantage, à quoi bon y penser ? Il devrait déjà se réjouir d'avoir de quoi emmener Norma au spectacle ce soir.

8

Mercredi toucha à sa fin pour tout le monde et ce fut jeudi. Ce jour-là, par exemple, James Malloy reçut son salaire, lui qui depuis lundi vivait d'argent emprunté. Pour Gloria Wandrous, ce fut le jour où elle décida soudain de rompre avec Liggett. Elle avait passé une bonne nuit après une soirée en famille, n'ayant pas réussi à joindre Eddie au téléphone. Elle avait profité d'un bon dîner, des choses qu'elle aimait : la crème de tomate de sa mère avec une pointe de sherry, du rosbif, des pommes de terre gratinées, du *succotash*[1], de la laitue et de la mayonnaise (faite maison), de la glace et des fraises, du café et une larme de curaçao. Son oncle devait sortir en ville après dîner, si bien qu'elle était restée à la maison avec sa mère. Elles avaient parlé des achats de la journée ; et Mme Wandrous, qui prétendait s'y connaître en mode, avait félicité sa fille, lui disant qu'elle savait choisir un vêtement : « Même quand tu étais toute petite, je n'ai jamais eu besoin de te donner des conseils. Tu as un sens naturel de ce qui va. De nos jours, la plupart des jeunes filles ne savent pas s'habiller. Dimanche en huit, en me promenant avec Mme Lackland, nous sommes passées près du Vassar College. On imagine que ces jeunes filles savent s'habiller, au moins le dimanche. Mais non, jupe pull-over, jupe pull-over sur toute la rue depuis Poughkeepsie. La même jupe, le même pull-over. J'ai dit à Mme Lackland que, si on les obligeait à porter un uniforme comme les filles en classe préparatoire, elles

1. Spécialité américaine à base de maïs et de haricots ou de fèves.

pousseraient des hauts cris et se mettraient en grève. Pourtant, c'est bien un uniforme qu'elles portent. Et elles ne s'habillent pas mieux pour aller à New York. Sans doute n'ont-elles pas de style personnel. Toi, si. Tu as du style. Je t'observais pendant que tu faisais tes achats cet après-midi. J'ai eu peur une minute lorsque tu as demandé à essayer cette robe chez Altman's. Je savais que ça ne t'irait pas mais je ne voulais rien dire avant que tu l'essaies.

– Oh, je ne l'aurais pas achetée.

– Je sais.

– Je voulais juste l'essayer. Elles sont bien commodes.

– Eh bien, je ne pense pas comme ça, Gloria. Lorsque j'envisage d'acheter une robe parce qu'elle est commode, j'y réfléchis à deux fois. À mon avis, une femme n'est jamais aussi bien dans l'une de ces robes soi-disant commodes que dans une robe légère. Je veux dire pour le nombre d'heures où on les porte. Ta robe en satin noir, par exemple… »

En matière de mode et de cuisine, et concernant la façon de s'occuper des hommes, Gloria respectait les opinions de sa mère. Rangement, ménage, gestion des domestiques, maquillage, chimie culinaire, particularités des différents tissus – Mme Wandrous en connaissait un rayon sur tous ces sujets. Pour Gloria, sa mère était une parfaite épouse. Que son mari fût mort n'y changeait rien. Ou plutôt, cela n'y était pas étranger. Si quiconque avait le moindre doute sur les capacités de sa mère à tenir une maison, il lui suffisait de compter le nombre de fois où son oncle avait eu à se plaindre. Non, la mère de Gloria était une très bonne ménagère, et savait s'occuper des hommes. Gloria l'écoutait lorsqu'elle expliquait que Mme Unetelle aurait pu être plus heureuse avec son mari si elle avait fait ceci ou cela. Seulement, sa mère aurait été à peu près aussi à son aise face au genre d'hommes que sa fille fréquentait dans son genre de vie, que Gloria avec du bicarbonate de soude dans une cuisine. Mme Wandrous savait à quoi pouvait être utile le bicarbonate de soude, et ce que le genre d'hommes à qui elle avait affaire (qui ennuyaient Gloria à mourir) en feraient. Une vie plutôt heureuse, estimait Gloria. Sans regret, elle reconnaissait que ce type d'existence n'était pas fait pour elle, mais s'avérait assez confortable pour sa mère.

Quand elle quitta sa mère, ce mercredi soir, pour se mettre au lit, Gloria essaya – un peu – de lire, et pensa à sa mère. Cette femme n'avait connu (elle en était sûre) qu'un seul homme au cours de sa vie. « Connaître » signifiant coucher avec. Et ça n'avait pas duré longtemps. Pourtant, après vingt ans, sa mère devait se rappeler tous les détails d'une nuit d'amour, presque comme si c'était la veille. Elles n'avaient jamais échangé de confidences sur de tels sujets mais, de temps à autre, une remarque indiquait à Gloria que sa mère n'avait rien oublié. Pensez, vivre comme ça ! Aller se coucher toutes ces nuits, tant de nuits pendant tant d'années ; s'endormir parfois immédiatement, rester d'autres soirs allongée, affligée de voir sa poitrine s'affaisser, de ne plus ressentir d'excitation pour un homme, ni d'excitation due à l'excitation d'un homme. Et n'avoir rien d'autre à faire que de rester allongée, presque effrayée sans doute à l'idée de toucher sa poitrine, ou n'importe quoi d'autre, et se souvenir d'un homme, dans un passé si lointain… Être capable de vivre ainsi dans le souvenir ne pouvait s'expliquer que d'une seule manière et, en pensant à l'amour de sa mère et de son père, Gloria sentait les larmes lui monter aux yeux.

Ça se voyait. Ça se voyait sur le visage de sa mère. Revenir à cette théorie qui voulait qu'une femme n'eût qu'un seul homme ennuyait un peu Gloria. Un seul pour toute une vie, quel que soit le temps que ça dure… Gloria résolut de s'amender et, après un long moment pas désagréable, elle s'endormit, préférant son propre visage mais pensant du bien de celui de sa mère.

Le lendemain, elle petit-déjeuna dans sa chambre, mais pas dans son lit car il faisait trop chaud. Petit-déjeuner au lit devait être un luxe, pas un désagrément, et ça le devenait quand se couvrir les jambes était un désagrément, comme ce jour-là. Elle but le double jus d'orange et en voulut encore, mais Elsie, la bonne, était repartie en cuisine, hors de portée de voix. Gloria but son café, mangea son toast et se resservit du café. Elle prit une cigarette. Tout en mangeant, elle s'occupait les mains. Sachant que personne ne la regardait, elle battait la mesure avec son couteau à beurre comme si c'était une baguette de chef d'orchestre, sans chanter ni fredonner mais en laissant de temps à autre sa gorge émettre une note. Elle se sentait bien.

La décision qu'elle avait prise la veille au soir n'avait pas été altérée par sa bonne nuit de sommeil, notamment parce qu'elle n'avait pas déterminé de nouveau mode de vie. De cette bonne nuit de sommeil dépendait, bien sûr, l'absence de son habituel désespoir matinal, mais ce n'était pas tant ça qui la rendait heureuse. Elle se sentait prête à tout aujourd'hui, alors que si elle avait pris la veille la décision solennelle de devenir un ange, elle expérimenterait maintenant un genre particulier de gaieté – non exempt de désespoir. Non, aujourd'hui elle se sentait bien. Le gros problème Liggett serait bientôt arrangé, non sans une affreuse scène et peut-être pas à l'instant même, mais les choses devraient rentrer dans l'ordre. Cette concession allait dans le bon sens. Elle se sentait bien, elle se sentait forte.

Elle fumait sa deuxième cigarette en regardant les publicités dans le journal. Elle éprouva une certaine condescendance à leur égard : elle avait acheté tous les vêtements qu'elle voulait et certainement tous ceux dont elle avait besoin. Comme d'habitude, elle passa rapidement par la salle de bains, prit un bain tiède et s'habillait lorsque sa mère l'appela, car Ann Paul voulait lui parler au téléphone. Devait-elle prendre un message ? « Oui, prends le message », répondit Gloria. Ann voulait déjeuner avec elle. Gloria dit qu'elle allait récupérer l'appel. Elle ne souhaitait pas déjeuner avec Ann, mais elle l'avait connue à l'école et voulait bien la voir. Elle lui demanda de venir en ville si elle le pouvait. Elle le pouvait.

Ann habitait à Greenwich. Sportive, elle pratiquait la voile, la chasse et l'équitation, consumant ainsi une énergie qu'aucun homme n'avait semblé capable de détourner à son bénéfice.

À l'école, très grande, on lui prêtait deux ou trois amourettes que, quelques années plus tard, ses anciennes camarades qualifièrent de lesbiennes, mais Gloria ne pensait pas cela et Ann devait le savoir. Elle appelait donc Gloria chaque fois qu'elle venait à New York, soit environ deux fois par mois, et les deux dernières fois Gloria n'était pas là.

Ann descendit en ville, gara sa Ford devant chez Gloria et monta aussitôt dans sa chambre. Ann était dans le bottin mondain, ce qui impressionnait la mère de Gloria autant que cela indifférait Gloria. Ann se sentait toujours à l'aise chez Gloria.

« Il fallait que je te voie, j'ai une grande nouvelle à t'annoncer.

– Ah, ah !

– Qu'y a-t-il ?

– Continue.

– Pourquoi as-tu dit “ah, ah” ? Tu as deviné ? Est-ce que ça se voit ?

– Non. Mais tu es rayonnante. J'ai deviné que tu étais heureuse.

– Regarde, dit Ann en tendant la main gauche.

– Oh, *Ann* ! Qui est-ce ? Est-ce que je le connais ?

– Je te dirai tout. Il s'appelle Bill Henderson et tu ne le connais pas. L'an prochain, il achèvera ses études de médecine. Il était à Dartmouth avant, et il est encore plus grand que moi. Je ne sais pas du tout quand nous nous marierons.

– Depuis quand le connais-tu ? *Comment* est-il ?

– Depuis Noël. Il est de Seattle et passait les vacances de Noël à Greenwich chez des amis, c'est comme ça que je l'ai rencontré. J'ai dîné à côté de lui le soir après Noël. Je le trouvais bien calme. Il avait l'air détendu, alors quand j'ai su ce qu'il faisait, je lui ai parlé de gastroentérostomies et autres trucs, et lui restait là, assis, et je me demandais : *Qui c'est, ce type ?* Il m'écoutait et hochait la tête sans rien dire. Tu sais, je voulais devenir infirmière il y a deux ans. Finalement, je lui ai demandé si par hasard il m'écoutait ou s'il s'ennuyait, ou quoi ? “Non, ce n'est pas de l'ennui, juste de l'ivresse.” Et en effet, il était ivre. Ça semble si loin, ça fait tellement bizarre de penser qu'on ne se connaissait pas, mais je l'ai rencontré comme ça, ça a été notre première conversation. En réalité, c'est un très bon garçon. Sa famille est très riche – dans l'industrie du bois. Je n'ai jamais vu personne dépenser de l'argent aussi facilement que lui. Mais seulement si ça n'interfère pas avec son travail. Il a une Packard qu'il garde à Greenwich et n'utilise presque pas, sauf pour venir me voir. C'est un joueur de basket épatant à Dartmouth et, il y a deux semaines, lorsqu'il est venu chez nous, il n'avait pas eu un club de golf entre les mains depuis l'été dernier, mais il a joué quatre-vingt-sept. Il est très simple, mais a ce sens de l'humour pince-sans-rire qui fait qu'au début on ne sait pas trop s'il vous écoute ou s'il s'écoute lui. Parfois je pense… oh, pas vraiment, mais un étranger qui l'écouterait pourrait… lui suggérer d'aller voir un aliéniste.

– Mais c'est magnifique ! Tu dois être très heureuse. Quand vous êtes-vous fiancés ?

– Il a fait sa demande la veille du Jour de l'An. Et de quelle manière ! Sur le coup j'ai cru qu'il était ivre. Nous dansions, il s'est arrêté et m'a dit : “Rappelle-moi, l'été prochain, de t'épouser.”

– Très bien. Cet été ?

– Non, je ne pense pas. Mais je ne sais pas. Tout ce qui compte, c'est d'y croire.

– Cet été sûrement. Alors que vas-tu faire ? Où est… comment s'appelle-t-il déjà ? Bill ?

– Bill Henderson. Il veut rentrer chez lui un petit peu pour voir sa famille et revenir. Je… je suis gênée, Gloria. Je ne sais pas vraiment. Lorsqu'il est prêt à me dire quelque chose, il me le dit, je ne pose jamais de questions. Mais ce que je voulais te demander : peux-tu venir demain pour le week-end ? Bill vient, je ne sais plus s'il se prépare à passer ses examens ou les termine. Tu vois ? Je ne sais rien du tout. J'attends.

– Bon entraînement pour une femme de médecin.

– C'est ce que tout le monde me dit. Alors, tu peux venir ?

– J'aimerais beaucoup », dit Gloria avant d'ajouter, pensant à Liggett : « J'ai un rendez-vous ce week-end, mais je parviendrai peut-être à me libérer. Est-ce que je peux remettre ma venue à un autre jour si je suis empêchée cette semaine ?

– Bien sûr. Essaie de t'acquitter de ton obligation. Est-ce qu'il y a autre chose… ? Voudrais-tu que j'invite quelqu'un pour toi ? Est-ce qu'il y a quelqu'un qui… ? Je pourrais proposer à ton rendez-vous… ?

– Non, c'est une bande, personne en particulier.

– Alors j'attends de tes nouvelles. Téléphone-moi demain. Demain chez moi, ou cet après-midi, et laisse un message. Bien sûr, si tu décides de ne pas venir mais que tu changes d'avis à la dernière minute, il n'y a aucun problème.

– Très bien. Je t'appelerai sûrement ce soir. » Gloria remarqua que son amie semblait avoir encore quelque chose à lui dire. « À quoi penses-tu, Ann ?

– Je peux te le dire à toi, Gloria. Ma chérie, nous avons fait l'amour, Bill et moi. Nous avons fait l'amour presque le premier jour. Est-ce que tu m'estimes moins ?

– Oh, pas du tout ! *Moi* ?

– Je n'ai jamais su à quoi m'en tenir à ton sujet. Souvent je me suis dit que tu l'avais fait, mais je n'en étais pas sûre. Depuis six mois, je comprends pourquoi je n'en étais pas sûre. Ça ne se voit pas. Le lendemain on s'imagine qu'on est une femme marquée, que tout le monde dans la rue le devinera. Mais non. Et les hommes. Ils sont si drôles ! Nos mères nous ont toujours dit que les jeunes gens ne respectaient pas les filles qui vont jusqu'au bout. Les garçons ont dû changer depuis que nos mères étaient jeunes. J'ai d'abord eu peur que Bill me méprise ; et puis j'ai compris qu'il était encore plus intimidé que moi. Pas seulement pour les histoires d'enfant. Devant tout le monde, je suis silencieuse comme une souris et j'écoute le grand homme, quand nous dansons je le trouve merveilleusement spirituel, avec son sens de l'humour. Mais quand nous sommes seuls, alors c'est tout à fait différent.

Au début je le pensais si gentil, terriblement gentil. Mais là j'ai compris quelque chose – et ça ne lui enlève rien. Il *est* gentil, mais pas comme je me l'étais figuré. Ce que j'ai pris pour de la gentillesse, c'était du désemparement. Du désemparement pratique. Oui, du désemparement. Il savait tout, étant étudiant en médecine, et je n'imagine pas être sa première maîtresse. Mais... Seigneur ! Je ne sais pas comment l'expliquer. Tu comprends ce que je veux dire ?

– Oui, je crois. Écoute-moi, Ann. Je pense que tu devrais te marier tout de suite, n'attendez pas, ne perdez pas de temps. Il a de l'argent. Tu as de quoi vivre. Pourquoi attendre ? Mariez-vous.

– Je voudrais bien et je crois que lui aussi. Mais je crains de le retarder dans ses études.

– Ça ne le retarderait pas. Peut-être serait-il obligé de te négliger un peu, mais il travaillera mieux que s'il vivait à New York en souhaitant t'avoir auprès de lui ou en allant à Greenwich. Non, mariez-vous. Regarde tous ces jeunes époux. De nos jours, les garçons se marient sitôt sortis de l'université. Ne tenez pas compte de la crise économique. Regarde tous ces jeunes couples, les chroniques matrimoniales, il y en a certainement qui sont pauvres et qui n'ont pas de travail. Si vous vous mariez maintenant et qu'il retourne à l'université l'année prochaine, vous profiterez de votre vie commune, ensuite il voudra probablement partir à Vienne ou ailleurs pour continuer ses études, et ça fera comme un voyage de noces. Vos familles n'insistent pas pour faire une grande cérémonie ?

– Si, Père souhaite préserver les apparences. Mère n'y tient plus tant que cela. Elle consacrerait plus volontiers cet argent aux nécessiteux, mais Père répète sans cesse qu'il donne plus d'argent que jamais aux bonnes œuvres quoiqu'il soit moins riche. Il connaît le président Coolidge et il pense que M. Coolidge viendrait à notre mariage s'il l'invitait, et que sa présence remonterait le moral de tout le monde chez nous.

– Quelle idée !

– Je trouve ça absurde, aussi. Bien sûr, je n'oserais pas le dire, mais je pense que c'est Coolidge qui nous a plongés dans cette crise économique, et je ne vois pas comment sa présence nous la ferait oublier.

– C'est bien mon avis aussi.

– Enfin, tu m'as donné à réfléchir. Non que je n'y aie pas pensé toute seule, mais tous mes amis me répètent que j'ai largement le temps de me marier. Ton conseil vaut mieux que ceux des autres, car tu es la seule à qui j'ai avoué que nous sommes déjà pratiquement mariés.

– Oh non, vous n'êtes pas mariés, dit Gloria. Où vous retrouvez-vous ?

– Un ami de Bill lui prête son appartement.

– Alors vous n'avez jamais passé une nuit entière ensemble ?

– Si, une fois.

– Ce n'est pas assez, vous n'êtes vraiment pas mariés.

– Comment en sais-tu autant, Gloria ? Est-ce que tu serais mariée, toi ?

– Non, mais je sais ce que c'est que de se réveiller auprès de l'homme qu'on aime, de petit-déjeuner avec lui et tout ça. Il faut du temps pour s'habituer l'un à l'autre. Qui ira le premier à la salle de bains, des petites choses comme ça. Ann, je pourrais t'en raconter beaucoup.

– Oui, dis-moi tout ce que tu sais.

– Si tu veux. Seigneur, je sais *tout* !

– Comment sais-tu tout ça, Gloria ?

– Oui, je sais tout. Combien ça peut être bon et aussi combien ça peut être atroce. Tu as de la chance. Épouse ton Bill tout de suite et ne le laisse pas t'échapper.

– Gloria, je ne t'ai jamais vue dans un tel état. Pourquoi tiens-tu tellement à… Celui que tu aimes est-il marié ?

– Tu l'as deviné.

– Et sa femme ne veut pas lui accorder le divorce ?

– C'est ça, répondit Gloria, tu as vu juste.

– Pourquoi n'allez-vous pas tous les deux lui dire que vous vous aimez ? Est-elle sympathique ? Quel âge a-t-elle ?

– Nous avons étudié toutes les possibilités. Pas elle et moi, Jack et moi.

– Jack. Est-ce que je le connais ?

– Non. » Gloria faillit avouer qu'il ne s'appelait pas Jack, mais elle ne voulait pas trop en dire à Ann. « Écoute, je te téléphonerai ce soir pour te dire si je peux venir chez toi.

– D'accord », fit Ann en se levant. Elle embrassa Gloria sur la joue : « Bonne chance ! Si ce n'est pas cette semaine, viens la semaine prochaine.

– Hmm, et merci mille fois.

– C'est à moi de te remercier », dit Ann en s'en allant.

Comme l'amour est peu contagieux, songea longuement Gloria. Elle aurait dû vouloir appeler Liggett, et elle le voulait d'une certaine façon, mais d'avoir discuté avec Ann, cette Ann virginale avec son seul homme, son bonheur, son innocence, sa liaison gauche (elle était certaine que Bill Henderson portait des lunettes et devait les enlever et les déposer dans un boîtier métallique avant de bécoter Ann), tout ça la fâchait avec l'amour, qui frappait vraiment de manière étrange. Voilà qui ne ressemblait en rien à ses propres expériences de l'amour, et qui la déprimait. Ann et Bill n'avaient aucune difficulté à surmonter. L'homme arrivait de la côte pacifique, traversait tous les États-Unis et trouvait ici, dans l'Est, la femme de sa vie. Quel problème pourraient-ils rencontrer ? Pourquoi hésitaient-ils à se marier ? Elle aurait voulu les y pousser, les y pousser brutalement, avec impatience. Ils allaient se marier et, dans quelques années, Bill aurait une liaison avec une infirmière ou Dieu sait qui, et il cesserait de désirer sa femme. Mais à ce moment-là, Ann serait la mère de beaux enfants aux beaux corps hâlés en petits maillots de bain. Elle les conduirait à la plage, levant de temps en temps les yeux de son magazine pour les réprimander, répondre à leurs questions idiotes et leur apprendre à nager. Elle aurait des seins énormes mais sans doute ne grossirait-elle pas beaucoup. Ses bras s'arrondiraient et rendraient bien, tout bronzés, dans des robes de soirée. Et lentement, Gloria le savait, Ann se détournerait d'elle. Non, Ann lui resterait probablement fidèle, mais Gloria serait la seule dans son genre qu'Ann tolérerait. Toutes les Ann du monde doivent avoir leur Gloria, pour laquelle elles conservent quelque indulgence. Les anciennes camarades d'école qui médisaient jadis d'Ann et la traitaient de lesbienne seraient alors ses amies, elles se promèneraient ensemble, joueraient au bridge ensemble et danseraient dans les mêmes clubs. Elles se retrouveraient parfois l'après-midi, à la gare, attendant leurs maris. Des maris qui descendraient du train, tous vêtus de flanelle grise ou bleue, portant écrit sur le ruban de leurs chapeaux de paille le nom de l'université où ils avaient fait leurs études ou celui de leur club, leur journal toujours plié de la même manière. Pendant les premières années, Gloria irait leur rendre visite chaque été, et ces hommes aux chapeaux à ruban lui donneraient des rendez-vous à New York. Elle connaissait ça par cœur.

Elle essaya de rire en voyant se dérouler cette partie du film qu'elle avait réalisé pour Ann, mais n'y parvint pas franchement. Pour ne pas dire pas du tout. Elle n'y parvint pas parce qu'elle devinait combien ce tableau était exact. Chaque Gloria a aussi une Ann qu'elle tolère et envers qui elle est loyale. Le mode de vie d'Ann n'était pas le sien, mais convenait à Ann. C'était le seul possible pour Ann. Enfin, le seul qui convenait. Merde, Gloria se sentit aigrie, sans raison apparente. On ne pouvait appeler le bonheur d'Ann une raison.

Au fond du deuxième étage de la maison où habitait Gloria, il y avait une petite pièce que Mme Wandrous appelait la pièce à couture. Elle était petite et on n'y trouvait rien qui donnât envie de s'y attarder. En réalité elle y rangeait ses aiguilles, ses bobines, son attirail à repriser et sa boîte à couture, mais travaillait toujours ailleurs. Parfois Gloria entrait dans cette pièce pour regarder par la fenêtre, rien d'autre.

De la pièce à couture, on dominait la cour de la maison et au-delà de cette cour, et de celle contiguë, on discernait l'arrière de la maison voisine, divisée en appartements meublés. Il n'y avait rien à voir. Une femme qui habitait là jouait d'un piano à queue au son agréable, mais elle avait les mêmes goûts musicaux que Roxy, le type du théâtre. Gloria avait une théorie selon laquelle cette femme suivait le programme de Roxy, sauf quand le programme annonçait le *Boléro* de Ravel ou César Franck ou un ou deux autres que Gloria et Roxy appréciaient. Cette femme chantait également. C'était épouvantable. Et elle était le seul être humain que Gloria eût jamais repéré dans la maison d'en face. Par beau temps, elle n'ignorait rien de cette femme des épaules aux genoux. Elle ne fermait pas complètement sa fenêtre. Cependant elle n'avait jamais vu son visage, seulement son torse. Elle l'avait vue avec ou sans vêtements, et il n'y avait rien qui méritait le détour. Et cette femme était la seule voisine dont elle sût quelque chose.

Deux ou trois autres cours plus loin se trouvait un petit jardin, deux cours sans clôture pour les séparer : il y avait de l'herbe, un arbre, quelques rosiers, quatre chaises de fer et une table avec un parasol au milieu. Dans ce jardin, une chienne policière élevait quatre chiots.

La dernière fois que Gloria avait regardé par la fenêtre de la pièce à couture, les chiots ressemblaient à des petits bouts de viande, ils étaient difficiles à compter et totalement désemparés.

À présent, ils devaient avoir six semaines. En les regardant, Gloria en oublia la femme qui jouait du piano car elle venait de découvrir quelque chose : la chienne avait un préféré. Les mamelles de la bête n'étaient plus gonflées et étaient rentrées dans son pelage, mais cela n'empêchait pas les petits d'essayer de téter. La mère fuyait leurs tentatives obstinées, mais un chiot de couleur brune était plus persévérant que les autres. Quand la mère et lui se trouvaient à bonne distance, elle s'arrêtait et le laissait téter. Elle le corrigeait aussitôt après, mais pas assez violemment pour que le petit en fût affecté et en voulût à sa mère. La mère ouvrait sa gueule étonnamment grande, le soulevait et l'envoyait loin d'elle, puis elle sautait puissamment pour attraper des moineaux. Pendant ce temps, les autres chiots l'attendaient, puis lorsqu'elle les retrouvait ils essayaient à nouveau de la téter. *Peut-être étaient-ils comme les hommes,* pensa Gloria, *peut-être savaient-ils qu'il n'y avait plus de lait.* Et elle supposa vraiment que la mère appréciait ce manège. Sans doute la Nature l'avait-elle dotée de l'instinct de chasser ses chiots suffisamment âgés pour manger de la nourriture solide et se débrouiller par eux-mêmes.

Cette mère chienne lui parut admirable. Gloria se surprit à penser cela – même si elle était seule et ne pensait pas tout haut. Quelle mère admirable ! Quelles qualités elle avait, sa manière de lever la tête et de dresser ses oreilles, toutes droites, sa manière de jouer avec ses chiots sans les laisser trop s'enhardir ni faire n'importe quoi. La manière dont elle s'allongeait, la tête sur les pattes, les yeux faussement clos pendant que les chiots essayaient de manger de l'herbe ou de trouver quelque chose de comestible dans l'herbe. C'était vraiment merveilleux. L'un des chiots, noir, avait tendance à se lécher aux mauvais endroits. La mère se levait et lui donnait sa patte ou le prenait dans sa gueule et faisait semblant de le corriger. Elle le reposait après quelques instants, et le petit avait changé d'idée. Mais le brun restait toujours son préféré. Gloria vit autre chose qui l'étonna. Elle ne connaissait rien aux chiens, peut-être faisaient-ils ça souvent, mais elle se promit de le demander au prochain vétérinaire qu'elle croiserait. Ce qui la sidéra concernait encore la mère et le chiot brun.

La mère était allongée dans l'herbe, surveillant sa progéniture (de la manière dont Ann surveillerait la sienne sur la plage). Le brun s'apprêtait à satisfaire un besoin naturel. Instantanément la mère se leva, le prit dans sa gueule, le conduisit près d'un arbuste et lui souleva la patte de derrière. Le petit ne comprenait pas et se défendit, essayant à nouveau de s'accroupir, puis de s'en aller.

La mère insista et le secoua, qu'il cesse de vouloir fuir. C'était tout. C'était certainement l'une des premières fois que la mère faisait cela, et c'était merveilleux à voir. Alors, Gloria se demanda où était le père.

Le père. Cette ordure était sans doute à Long Island, dans le Connecticut, ou à Westchester, dans un endroit chouette et tendance, pendant que la mère apprenait au petit à faire pipi comme un homme et pas accroupi comme une femmelette. Mais le père ne semblait pas manquer à la mère. Elle se suffisait à elle-même, ce qui était une bonne chose pour les femmes. Tous ces trucs selon lesquels elles doivent pleurnicher, attendre ou Dieu sait quoi d'autre encore. Donnez à une femme son enfant ou ses enfants, et au diable les hommes. C'était incroyable : devant ses propres yeux, Gloria avait vu toute la maternité révélée par une chienne et sa portée. Mais cela lui fit du bien. Cela remit Bill Henderson à sa place, celle de simple père des enfants d'Ann ; après il pouvait bien se taper son infirmière sur la table d'opération si ça lui chantait. Il ne vaudrait plus rien, une fois qu'il aurait rempli son rôle, faire des bébés à Ann. Si vous aimez un homme, tant mieux, mais vous n'êtes pas obligée de l'aimer, ni même de le connaître. N'avait-on pas fécondé des juments, aux États-Unis, avec des semences importées de France ou d'Angleterre ? Ne parlait-on pas, à New York, de conceptions artificielles par des femmes dont les maris étaient stériles ? Liggett. Il avait des enfants. Gloria se demanda si elle pourrait en avoir. Ses trois avortements et tout ce qu'elle avait fait pour ne pas en avoir avaient probablement eu des conséquences. Pour la première fois, elle voulut un enfant et elle...

« Gloria, l'appela sa mère, Eddie Brunner au téléphone.

– J'arrive. »

Eddie pourrait lui en faire un. Mais elle ne voulait pas Eddie, elle voulait Liggett. Mais Eddie *pourrait*. Il en serait plus que ravi.

« Allô.

– Salut, c'est Eddie.

– Je sais.

– J'ai une bonne nouvelle à t'annoncer, ma belle. J'ai trouvé du boulot.

– Magnifique, Eddie. Où ? Quelle sorte de travail ?

– Oh, pas grand-chose, vingt-cinq dollars par semaine. Mais c'est du boulot. Des dessins de publicité pour le cinéma.

– Chic ! Quand commences-tu ?

– Tout de suite. Je travaille chez moi. On me fournit tout ce qu'il me faut et je n'ai pas à faire acte de présence. Ils ont appelé ce matin. Hier j'étais quasiment sûr d'avoir le boulot, mais un doute subsistait. J'ai fait quelques esquisses pour eux et ils semblaient vraiment certains que je ferais l'affaire, et ce matin ils m'ont appelé pour m'annoncer que c'était bon. En fait ce sera plus de vingt-cinq dollars par semaine. Ils m'avaient promis cette somme au départ, pour un temps partiel, mais ils disent pouvoir exploiter mes dessins sur chaque film. Je t'expliquerai tout ça si tu viens déjeuner avec moi.

– Bien sûr, mais je ne veux pas te ruiner. Nous irons chez Dutch Treat.

– Des clous. Pour une fois que j'ai de l'argent, permets-moi de t'inviter.

– Eh bien, viens me chercher tout de suite. Je suis prête.

– Je serai là avant que tu puisses dire Jefferson Machamer.

– Jefferson Machamer, dit-elle.

– Ce n'est pas comme ça qu'on le dit », rétorqua Eddie en raccrochant.

Eddie bouillonnait d'idées et de projets, dont peu étaient sensés au regard de ses revenus. Tout ce que Gloria avait à faire était de l'écouter :

« Une petite auto, une Austin ou une de ces petites Jordan, tu connais ces petites Jordan ? On n'en fabrique plus, mais elles étaient épatantes. J'ai encore vu une annonce dans le journal pour une petite Peugeot. Il me faut juste une petite voiture.

– Naturellement.

– Pourquoi naturellement ?

– Pour te promener tout seul ; tu veux une voiture dans laquelle réfléchir, pas vrai, chéri ?

– C'est vrai, une voiture dans laquelle je pourrais réfléchir.

– Et Norma et moi, par les chauds dimanches d'été, nous resterions à coudre. Toi, tu irais à la campagne, à North Shore, c'est agréable et bien frais. Tu irais là-bas méditer pendant que Norma et moi, on t'attendrait, et puis tu rentrerais et tu nous dirais à quoi tu as pensé. Enfin si tu le veux bien, si tu n'es pas trop fatigué. Et que vas-tu faire d'autre avec cet argent ? »

Ils se trouvaient arrêtés au coin de la Cinquième Avenue et de la 8e Rue.

« Tu vois ces statuettes au sommet des poteaux de signalisation ? »

À cette époque, au-dessus des poteaux de signalisation situés à chaque carrefour se dressait la statuette dorée d'un homme torse nu et casqué.

« Hmm-hmm.

– Je vais faire un truc avec elles. Je ne sais pas encore quoi, mais un truc.

– Quelqu'un devrait, en tout cas.

– Je pourrais les acheter, toutes celles entre ici et la 110e Rue, s'il y en a jusque-là, et je les enverrais à un vieil oncle gâteux qui adore jouer aux petits soldats.

– Non.

– Non, tu as raison. J'ai une meilleure idée, mais je ne te connais pas assez pour te la dévoiler.

– Non, effectivement.

– Eh bien, je vais quand même te la dire. Comment contrôler les piétonnes distraites ? Au lieu d'une lumière, quand ça passe au rouge, les petits soldats pourraient, euh… les femmes feraient attention.

– Attention ?

– Toutes les femmes s'arrêteraient, tu vois ? Elles observeraient le phénomène, et pendant ce temps le trafic s'écoulerait. Il n'y a qu'une seule difficulté. Une fois les femmes lassées, elles redeviendraient des piétonnes distraites.

– Oh, oh, les femmes…

– Je sais. Les femmes ne se lassent jamais de regarder ce genre de choses. Quelle charmante conversation !

– Et les piétons distraits, alors ? dit Gloria.

– Nous en avons un pour maire[1], répondit Eddie.

– Oh, arrête, ce n'est même pas original.

– Si, au moins c'est original. C'est peut-être nul, mais c'est original. En tout cas je n'ai jamais entendu personne dire ça. C'est toujours ce qui m'embête quand je fais des vannes.

– Que vas-tu faire d'autre avec ton argent ?

– T'offrir à déjeuner, te payer un cadeau et un cadeau pour Norma…

– Et te faire couper les cheveux. »

Pendant tout le repas, Eddie resta très gai, bien après que Gloria se fut assombrie. Elle devina que ce n'était pas seulement son travail qui enthousiasmait Eddie. Il y avait aussi Norma Day. D'ordinaire, la gaieté d'Eddie ne durait pas sans encouragement de la part de Gloria. Cette fois, elle subsistait et Gloria l'aurait trouvé stupide s'il s'était agi de quelqu'un d'autre. Mais pas de stupidité avec Eddie, Eddie ne faisait rien de stupide. Eddie avait bien le droit d'être gai. Seulement, deux fois dans la journée, ça faisait beaucoup : d'abord Ann avec son M. Fletcher – ou plutôt M. Henderson. Ann allait sortir de la vie de Gloria. Et maintenant Eddie. Au diable Ann. Elle n'aimait pas les femmes. Certes, elle les trouvait plus intelligentes que les hommes, mais à quoi bon puisque cette supériorité ne leur servait à rien ? Maintenant qu'Ann était heureuse, Gloria admit que ses camarades d'école avaient peut-être raison lorsqu'elles la soupçonnaient d'être lesbienne. Elle n'avait rien contre Ann. Gloria pensait que presque toutes les femmes l'étaient un tant soit peu – il suffisait de les

1. Allusion au nom du maire de New York : Walker (« piéton »).

soûler dans une ambiance appropriée. Et bon nombre d'entre elles n'avaient même pas besoin d'être ivres. Elle-même avait reçu des avances d'une essayeuse d'une maison de couture, de figurantes, de doctoresses. Puis elle s'en était désintéressée. Pour chaque femme qui lui avait fait des avances, il en existait bien dix, quinze, cent, mille qui n'en avaient jamais eu la moindre envie, et qui n'avaient même pas le moindre penchant pour ça. Mais admettre qu'elle avait eu tort n'améliora pas son humeur. Elle souhaita à nouveau le bien d'Ann et eut envie d'être loin d'Eddie. Elle en était lassée. La seule personne qu'elle aurait voulu voir était Liggett. Elle voulait être chez elle ou avec lui. L'un ou l'autre, mais loin de son quotidien, d'Eddie, de ses amis, de leurs endroits chic et gais, du langage qu'elle et eux parlaient, de toute cette vie. En revanche, si elle devait demeurer liée à cet univers, il le lui faudrait en entier. Là, sous le brillant soleil de la Cinquième Avenue, elle ne désirait qu'une chose : être avec Liggett, couchée sur un lit ou sur un plancher ou n'importe où avec lui ; ivres morts, se droguant, faisant tout ce qu'il voulait sans tenir compte de l'heure de la journée ni du jour de la semaine, et sans chercher à savoir comment ça finirait. Et si ce n'était pas Liggett, alors ce ne serait personne. Elle retournerait chez elle, auprès de sa mère, entourée de meubles dans lesquels elle ne se cognerait pas même dans le noir. Elle serait irréprochable. Elle ne fumerait plus, porterait des vêtements sévères, cesserait de se farder. Elle porterait un soutien-gorge convenable, ne mettrait pas de vernis à ongles. Elle trouverait du travail et mènerait une vie normale. Elle savait qu'elle pourrait faire tout cela, parce qu'elle savait que Liggett reviendrait. Peut-être.

Eddie lui proposa un autre café. Elle répondit qu'elle rentrait chez elle attendre un coup de téléphone. Eddie comprit. Sa bonne humeur s'évanouit. Gloria n'avait pas partagé sa joie.

« Tu rentres chez toi ? Nous prendrons l'autobus et je te raccompagnerai.

– Je suis navrée, Eddie.

– Tu es navrée ? C'est moi qui suis navré.
– Il ne faut pas m'en vouloir. J'ai le cafard.
– Eh bien, embrasse-moi avant de partir.
– Non, dit-elle.
– Bon, ne m'embrasse pas. »

Mais elle l'embrassa, à la grande joie du serveur. En rentrant chez elle, elle eut envie de pleurer, mais en route son humeur s'allégea parce qu'elle rentrait chez elle, et que c'était la route de la vertu.

Il était trois heures quand elle arriva chez elle. Elsie, la bonne, balayait les escaliers. Elle aurait facilement pu lui ouvrir, mais pas Elsie. Parfois Gloria se demandait si Elsie, qui était noire, n'avait pas entendu parler d'elle dans les boîtes de Harlem. En effet, Elsie manifestait à l'égard de Mme Wandrous un respect presque servile, mais ne semblait pas attacher la moindre importance à Gloria.

« On vient de livrer des paquets, l'informa Elsie.
– Pour moi ? dit Gloria.
– Oui, répliqua Elsie sur un ton aigu qui voulait dire : “Mais bien sûr, qui d'autre reçoit des colis dans cette maison ?”
– Alors, pourquoi ne le dites-vous pas ?... Oh, inutile de me répondre. »

Une jolie manière de commencer sa nouvelle existence, mais cette Négresse l'irritait.

« Que fait votre mari ? Il travaille ?
– Pourquoi ?
– Ne me demandez pas pourquoi. Répondez à ma question.
– Il se débrouille. De temps en temps il trouve un petit boulot. Et maintenant, puis-je vous demander pourquoi ?
– Non. »

Pour effrayer Elsie, Gloria pensa à lui parler de Lubby Joe, un caïd noir de Harlem, dont le nom suffisait à faire taire tous ces Nègres. Mais comment expliquer ses propres relations avec Lubby Joe ? Cela aussi l'énerva, d'avoir commencé quelque chose qu'elle ne pouvait finir, d'autant que ça lui aurait tellement plu de terroriser Elsie...

« Où avez-vous mis les paquets ?

– Je les ai montés dans votre chambre.

– Au poil, ma sœur ! » dit Gloria malgré elle.

Gloria était en haut, essayant des vêtements neufs, quand Elsie vint frapper à la porte, son torchon à la main.

« Un homme vous a téléphoné, il a laissé ce numéro.

– Allez au diable, petite salope de Noire, pourquoi ne me l'avez-vous pas dit quand je suis arrivée ?

– J'y ai pas pensé.

– Foutez-moi le camp d'ici ! »

Elle appela. Le numéro était celui de l'hôtel Biltmore, et le message indiquait également le numéro de la chambre. On ne répondit pas. Beaucoup de monde aurait pu l'appeler de là-bas, mais ce ne pouvait être personne d'autre que Liggett. Elle resta assise, à moitié habillée, trop furieuse pour maudire Eddie, haïssant la race des Nègres, se haïssant elle-même et haïssant sa malchance. Cinq minutes plus tard, elle rappela, espérant qu'au moment du premier coup de fil, il était dans la salle de bains. Cette fois, elle laissa un message :

« Dites que Gloria a appelé, la personne saura. »

Elle espérait juste que c'était bien Liggett. Elle entendit quelqu'un ouvrir doucement la porte donnant sur la rue, comme le faisait sa mère. Elle l'appela, lui demandant de monter.

« Il fait plus chaud. Quand es-tu rentrée ? Eddie a vraiment trouvé du travail ?

– Maman, j'en ai assez, renvoie Elsie. Aujourd'hui.

– Qu'a-t-elle fait ?

– J'avais un message très important et elle a oublié de me le transmettre. Et bien sûr, maintenant la personne est partie.

– Elsie a beaucoup à faire. Tout l'entretien de cette maison…

– Tu trouveras des dizaines de Négresses qui en feraient deux fois plus et n'oublieraient pas une petite commission comme celle-là. Et puis j'en ai assez d'elle. Elle est paresseuse.

– Oh non, elle n'est pas paresseuse. Elle travaille dur. J'admets que quelquefois elle puisse être distraite, mais vraiment elle n'est pas paresseuse.

– Si, elle est abominable. Je veux que tu la renvoies, j'insiste !

– Allons, inutile d'en faire toute une histoire. Si cette personne veut te parler, elle n'aura qu'à te rappeler. Qui était-ce, de quoi s'agit-il ?

– Ce serait trop long à t'expliquer. Je veux que tu renvoies Elsie, un point c'est tout. Si tu refuses, je le dirai à oncle Bill, et je m'en irai d'ici.

– Écoute, ce n'est pas parce que Elsie a commis une petite faute que je vais tolérer de telles grossièretés de ta part à mon égard. Je trouve que tu en prends bien à ton aise. Beaucoup trop pour ton bien. Tu vas, tu viens, tu passes même la nuit dehors, on se demande où et avec qui. Nous permettons cela parce que… Je me demande vraiment pourquoi nous le permettons. Mais ne t'imagine pas que tous tes caprices font loi. Tu devrais apprécier tout ce que nous faisons pour toi…

– Je n'en entendrai pas davantage. »

Gloria s'enferma dans la salle de bains. Il y avait là une coiffeuse surmontée d'un miroir à trois faces et beaucoup de lumières. Le tiroir aussi était garni d'un miroir. Gloria se demanda à quoi pensait celui ou celle qui avait fabriqué ce meuble. À quoi pouvait bien servir un miroir sur un tiroir, à une telle hauteur ? Sinon à ce à quoi on pense, évidemment ? Il réfléchissait votre corps juste en haut des cuisses. Est-ce que les autres femmes se regardaient à cet endroit-là autant qu'elle le faisait elle-même ? Oui, sans doute. Cette idée lui plut, car désormais elle voulait être comme les autres. Elle ne voulait pas être seule au monde dans son genre. Elle ne voulait pas être marquée, exclue du reste du monde. La journée avait bien commencé. Puis Ann était venue avec tout son bonheur, puis Eddie, son meilleur ami, l'avait ennuyée, elle s'était lamentablement querellée avec Elsie, puis avec sa mère. Pourquoi une journée qui avait si bien commencé se terminait-elle aussi mal ? Un Dieu cruel, un Dieu en colère, s'amusait-il à vous donner l'impression que la journée serait merveilleuse, à vous inspirer un sentiment de fausse sécurité pour mieux vous accabler ensuite ? Quatre fois qu'on lui faisait le coup ! D'où venait cette idée que la journée serait bonne ? Peut-être était-ce un Dieu de bonté, au contraire, qui vous laissait une bonne nuit de sommeil, puis une matinée agréable, sachant que vous auriez besoin ensuite de tout l'optimisme possible. Dieu avait-il vraiment quelque chose à voir là-dedans ? Voilà bien longtemps qu'elle ne pensait plus à Dieu, et elle résolut d'y remédier dès lundi car elle avait remarqué que les croyants étaient plus chaleureux que les autres. Ils souffraient plus, peut-être, mais ils jouissaient davantage des bons moments. Les catholiques. Les catholiques s'amusaient plus que les autres en société. Les gens de Broadway étaient presque tous catholiques ou juifs ; c'étaient des bons vivants. Tout du moins les catholiques. Les Juifs, eux, ne semblaient jamais vraiment s'amuser. En général, ils s'occupaient trop de manifester leur joie pour qu'elle fût vraiment sincère. Les Italiens aussi. Gloria remplaça alors les catholiques par les Irlandais. Ceux qui s'amusaient le plus, d'après ce qu'elle avait observé, étaient les Irlandais catholiques non pratiquants. Certains se confessaient une fois par an et, aussitôt après, retournaient au péché. Gloria n'approuvait pas cette conduite, mais à l'évidence, ces catholiques-là s'en portaient bien. Elle décida d'aller dans une église catholique et de confesser ses péchés. Elle pourrait vraiment en raconter de belles au curé. Elle se rappela quand, croyant avoir été invitée chez une actrice de cinéma, elle s'était retrouvée chez des gangsters. Ils avaient rassemblé toute une troupe de figurantes. Ils avaient noué les poignets d'une fille avec une nappe et l'avaient laissée pendre toute nue à la fenêtre du vingt-deuxième étage, et lorsqu'ils l'avaient hissée dans la pièce, tout le monde la croyait morte. Les filles se soûlaient aussi vite que possible parce qu'elles mouraient de peur et n'osaient pas s'en aller. Et les deux pucelles. Et le nain. Le plus jeune et le plus dur de la bande, qui ne souriait que lorsqu'il blessait quelqu'un. Il la terrifiait car ses yeux revenaient sans cesse se poser sur elle. Enfin, l'avocat qui l'avait amenée à cette fête avait prévenu le chef de la bande qu'elle était de la haute. Le gangster apprécia que sa fête la choque. Et c'était bien le cas. Elle avait vu des fêtes incroyables, mais la cruauté de celle-là restait gravée dans sa mémoire. Elle regarda la salle de bains et pensa à Rome. Mais Rome n'avait jamais connu de fêtes pareilles. Rome n'avait pas de lampes électriques, de champagne, de téléphone, d'immeubles de trente étages et le panorama de New York la nuit, ni de saxophones ou de pianos. La seule chose qu'elle avait ratée, c'étaient les lions et les chrétiens, et elle pensa que si elle traînait suffisamment longtemps elle finirait par les voir. Elle se força à changer d'état d'esprit. Tout était tellement réel pour elle qu'elle s'imagina que sa mère l'entendait penser. Elle ouvrit la porte de la salle de bains. Sa mère n'était plus dans la chambre.

Gloria décida de s'en aller. Seule. Elle ouvrit le tiroir de son secrétaire et prit son argent. Elle compta plus de trente dollars. Où aller avec trente dollars ? Ici, là, non, non, non… et oui : à cinq heures trente, elle pouvait prendre un bateau pour le Massachusetts. Le *City of Essex* partait à cinq heures trente. Elle avait de quoi payer l'aller et le retour, ses repas, les pourboires, quelques journaux. Elle prendrait juste un petit nécessaire de voyage.

« Mademoiselle Gloria, téléphone », annonça Elsie d'en bas.

9

Le *City of Essex*, construit à la fin des années 1870, est encore un bâtiment solide. Il fut conçu pour satisfaire un public dont les goûts n'étaient pas ceux d'aujourd'hui. Les citoyens de la République vivant sous l'administration de Rutherford Birchard Hayes n'avaient pas les mêmes idées que ceux du temps de M. Hoover et ce, particulièrement en matière de soleil. Quand on construisit le *City of Essex*, les Américains, qui voyageaient sur mer et préféraient le bateau au train, appréciaient l'ombre et ne tenaient pas à se faire rôtir au soleil. Aussi le *City of Essex* avait-il un pont supérieur qui constituait plus qu'un toit pour la salle à manger. Il était entouré d'une sorte de passerelle jusqu'au bord de la roue à aubes.

De nos jours l'armateur qui mettrait de l'argent dans un bateau ménagerait un espace sur le pont supérieur où les voyageurs pourraient, par beau temps, s'asseoir et s'allonger au soleil. Naturellement, ce pont serait entouré de bastingages assez hauts et solides.

Mais le *City of Essex* avait été construit à la fin des années 1870, et les passagers avaient beau s'amuser de l'ameublement et de la décoration surchargée de la salle à manger, ils se méfiaient du pont supérieur entouré d'un bastingage trop bas et particulièrement dangereux car placé à proximité de la roue à aubes.

La dernière chose dont Weston Liggett se souciait, deux ponts au-dessous du pont supérieur, c'était bien du bastingage au-dessus de lui. Sa grande préoccupation était de savoir si Gloria se trouvait à bord du *City of Essex*, sans oublier d'autres soucis moins importants. Une semaine auparavant, cet homme vivait chez lui et, maintenant, il en était réduit à une chambre d'hôtel. Une jeune fille qui aurait pu être sa propre fille l'obsédait à la folie (ce n'était pas de l'amour, il était trop en colère). Il avait de bonnes raisons de croire que cette fille était à bord, mais n'en était pas absolument certain. Un doute subsistait. Qui plus est, Liggett ne voulait rien faire pour le vérifier. Il ne voulait rien entreprendre. Il ne voulait pas s'adresser au contrôleur (il ne voulait rien avoir à faire avec le contrôleur, un homme aux épaules arrondies, à la moustache très soignée, svelte et qui tenait sa cigarette entre l'index et le majeur comme s'il avait eu jadis beaucoup de succès auprès des femmes. Cet homme se serait méchamment méfié si on l'avait interrogé au sujet d'une jeune femme élégante, assez grande, d'environ vingt-deux ans). Liggett refusait aussi de s'adresser à un steward ou à n'importe qui d'autre. Peut-être, sans s'en rendre compte, n'était-il pas absolument sûr de divorcer. Les habitudes d'homme marié ne se perdent pas si facilement, surtout si le mariage a eu le temps de signifier quelque chose de bon ou de mauvais – aussi avait-il pris des précautions. En téléphonant à Gloria, il n'avait pas indiqué son nom, car on le connaissait au Biltmore sous celui de Walter Little. Il avait réservé une place sur le *City of Essex* sous ce nom de Walter Little (les initiales étaient les mêmes). Lorsqu'il avait essayé de joindre Gloria, il n'avait pas laissé ce nom bidon car elle n'aurait pas rappelé un Walter Little. Il était presque certain qu'elle n'aurait pas rappelé non plus de Weston Liggett. D'où toutes ces précautions avant d'embarquer et à présent, à bord du *City of Essex*.

Autant que l'on pût être convaincu de quelque chose, il était convaincu que Gloria ignorait sa présence à bord. Elle ignorait où il était. Quand elle l'avait rappelé, il se trouvait dans sa chambre, mais il avait délibérément refusé de répondre. Il n'avait appelé personne d'autre depuis l'hôtel. Donc, de toute évidence, cet appel ne pouvait venir que de Gloria. D'abord, il ne sut pas pourquoi il n'avait pas répondu, mais ensuite il se félicita de son coup de maître : l'appel de Gloria signifiait qu'elle était chez elle. Cela pouvait aussi signifier qu'elle avait téléphoné chez elle pour prendre ses messages, mais c'était peu probable. Non, plus probablement, elle était chez elle. Suivant son intuition, il prit un taxi jusque chez elle, décidé à attendre dix heures, si nécessaire, qu'elle se montrât. Afin de ne pas attirer l'attention, il avait acheté quelques journaux au kiosque à l'angle de la rue de Gloria et les lisait en regardant fréquemment sa montre comme un monsieur qui a un rendez-vous, un journal ouvert, l'autre replié coincé sous son bras. Il n'eut pas à attendre longtemps. Moins de dix minutes après avoir pris son poste de guet, Gloria apparut, portant une petite valise. Elle monta dans un taxi. Liggett traversa la rue et sauta dans un autre. Il fit semblant de ne pas avoir décidé de sa destination (jusqu'à ce que le taxi de Gloria se mette en branle). Remarquant que ce dernier tournait dans une rue à sens unique, il dit à son chauffeur de prendre cette rue le temps qu'il se décide. Le choix s'imposa de lui-même : le taxi de Gloria prenait un autre sens unique, vers l'ouest. Il la suivit jusqu'au quai de la Massachusetts and Rhode Island Steamship Company. Liggett continua sur quelques pâtés de maisons, sortit et prit un autre taxi jusqu'au quai de la M&RI. Gloria avait eu le temps d'embarquer. Il connaissait bien les bateaux de la M&RI car Emily les avait souvent pris pour aller passer l'été avec sa famille à Hyannisport. Ils ne partaient jamais à cinq heures et demie pile, et il pouvait embarquer sur le *City of Essex* à la dernière minute s'il le voulait. Il le fit, même si au dernier moment quelque chose faillit le dissuader : et si Gloria était avec un autre homme ? Un type miteux, pour faire un voyage comme ça. Banal et miteux. Pire qu'Atlantic City. Il faillit renoncer, mais en y réfléchissant, il se dit : *Et puis zut !* Si elle voulait faire ça, il était temps de tout découvrir, et sinon ce serait une excellente occasion de lui parler et de l'obliger à écouter, à propos du manteau et de tout le reste. Liggett se sentit diminué en constatant combien son avenir dépendait de Gloria. De son consentement. Un caprice, sans doute. Peut-être dirait-elle non aujourd'hui et oui la semaine prochaine.

Elle devait accepter de lui parler, et son consentement dépendait de son approche à lui. S'il l'approchait d'un air menaçant, elle l'enverrait probablement au diable. Mais s'il savait s'y prendre, elle consentirait peut-être à tout ce qu'il lui demanderait. Et l'une des choses auxquelles il espérait ardemment la voir consentir était de passer la nuit avec lui. En embarquant sur le *City of Essex*, son plan était donc de demeurer tapi puis, après dîner, de lui parler et de voir ce qui se passerait. Il espéra qu'elle n'était pas du genre à être malade au passage du détroit de Long Island.

Sur le *City of Essex* se trouve une partie de pont étroite entourant toutes les cabines extérieures, à l'exception de quatre de chaque côté. À bâbord et tribord se trouvent deux séries de quatre cabines qu'il faut veiller à ne jamais prendre lorsqu'on embarque sur le *City of Essex*. Elles sont inconfortables car elles donnent sur les roues à aubes. Liggett logeait dans l'une d'elles.

N'ayant rien à faire, il posa son séant sur un petit tabouret et ses coudes sur le bord de la fenêtre puis, tendant le cou à l'extérieur, il regarda dehors en fumant. Il enleva son manteau et s'en trouva plus à l'aise. La vue n'était vraiment pas mal. Le *City of Essex* prend un bon raccourci en descendant la North River puis en remontant l'East River, il passe sous des ponts au-delà des quais municipaux désaffectés de l'East River (Liggett était côté bâbord). Au loin, on entendait d'autres bateaux s'engager sous le pont de Brooklyn. Il remonta vers Mitchell Place, où se dressaient les immeubles Beekman et Sutton Place, que Liggett connaissait bien et où habitaient plusieurs de ses amis. Un changement dans l'écho des machines lui indiqua qu'ils passaient sous le pont de Queensborough. Des milliers de voitures et de motocyclettes rentraient dans leurs clapiers des comtés de Queens et de Nassau. Sur tout le trajet, et particulièrement à proximité de Hell Gate, Liggett se dit que c'était un sacré boulot que d'être maire de New York. Tous les employés des docks, les flics de la circulation, ceux de la zone portuaire, le personnel des hôpitaux, les flics de la division des marines, les malades mis en quarantaine sur Welfare

Island (que naturellement Liggett ne pouvait voir), le personnel hospitalier d'une île et les dératiseurs d'une autre, la femme qui devait vivre sur une île appartenant à la ville parce qu'elle avait la typhoïde, les conducteurs de ferry, les ouvriers des ponts – ils étaient suffisamment nombreux pour constituer une ville de bonne taille (et probablement effrayante)... tous dépendaient du maire, James J. Walker. Liggett se demanda si Walker y songeait lui aussi. Et s'il y songeait, était-ce une bonne chose ? Peut-être cela lui montait-il à la tête. C'était trop de boulot pour un seul homme. Liggett décida que la prochaine fois qu'il le verrait, il conseillerait à Walker de prendre du repos (même si Walker venait juste de s'en accorder). Puisqu'il faisait encore jour, il était trop tôt pour se mettre en chasse de Gloria.

Des plans. Le péquin de base avait-il idée du nombre de plans nécessaires pour, mettons, un treuil à charbon comme celui qu'ils dépassaient ? Il existait des plans pour toutes les étapes de la construction de l'immeuble, des plans pour le rez-de-chaussée, etc. Tous les plans dont se servent les ingénieurs. Le péquin de base pourrait regarder un tableau commutateur sans imaginer ses plans, les plans du câblage et de l'isolation, les plans de la dynamo, des plans distincts pour différentes parties – comme un roulement à billes, par exemple. Seigneur ! Si l'on pouvait inventer un matériel à dessiner les plans bien meilleur que tout ce qui existe, commercialisable mais un peu moins cher que les autres ! C'était la fortune assurée, une mine d'or. Liggett ne savait rien de la nature du papier de tous les plans qu'il avait examinés. Oh, ce n'était pas son rayon, mais c'était quand même fascinant. Tous ces milliers de plans. Pourquoi en un seul plan, comme la centrale d'Edison... ?

Une navette appartenant à un ami de Liggett et financée par cinq connaissances dépassa le *City of Essex* à une vitesse infernale. Cet hydroplane, équipé de moteurs d'aviation, reposait à peine sur l'eau, pareil à une chauve-souris sortant tout droit de l'enfer. Pourquoi prendre de tels risques sur l'East River quand une simple boîte de cigares à la dérive pouvait briser les flotteurs, démolir l'hydroplane et provoquer la mort de tout l'équipage ? « Mais ils sont fous, ces gars-là », dit Liggett. Ils avaient leur idée du grand frisson, d'accord, mais comme moyen de rentrer chez soi tous les soirs, c'était nul. Le service régulier vers Long Island n'était certes pas terrible, mais ça valait toujours mieux que de mourir dans une embarcation pareille. Ce serait plus rapide et plus sûr de prendre l'avion. Il pourrait atterrir à proximité du yacht-club où s'amarrait l'hydroplane et ne coûterait pas plus cher. *Vraiment* ces gars-là étaient des fous ! Ils étaient tous mariés, avec au moins un enfant et au moins l'un d'entre eux ne pouvait payer sa part du coût exorbitant de ce bateau. Pourquoi agir de cette manière, et pourquoi aller si vite ?

Mais Liggett leur en voulait surtout parce qu'ils étaient mariés. Il n'y pensa pas longtemps, car la vue d'un bateau ramenant des maris chez eux ne le ravissait pas. S'il retournait chez lui maintenant, il y aurait de la tension même entre ses filles et lui. Avec Emily, bien sûr, il fallait s'y attendre. Mais elle l'aurait communiquée aux filles – ou leur aurait dit que leur père ne reviendrait pas. Ruth. Quelle idée de lui embrasser la main dans l'auto ! Comme elle avait géré la situation lors du déjeuner familial ! Liggett aurait voulu faire tant de choses pour elle, avec elle. Il se rendit compte que, depuis deux ou trois ans, il avait commencé à imaginer le jour où il pourrait l'emmener dîner, au théâtre, en boîte, aux courses de bateaux et aux matchs de foot. Qu'elle était belle ! *Bon Dieu, quelquefois, elle me coupe le souffle !* Sa beauté n'était pas du genre conventionnel. Mais ses yeux, son menton lorsqu'elle était tranquillement assise sans savoir qu'on l'observait. Tous les pères éprouvaient-ils de tels sentiments à l'égard de leur fille ? Sans doute, mais la plupart pas à ce point. Impossible d'être trop démonstratif avec Ruth. Lui embrasser la main comme ça dimanche... ça lui était venu spontanément, et ça lui avait plu. C'était bien. Qu'elle eût apprécié. D'ailleurs, Ruth l'aimait davantage qu'Emily. Enfin non, mais différemment. Lui l'aimait tellement quand elle était toute petite, et son amour n'avait cessé de croître à mesure qu'elle grandissait. Elle était devenue une personne plus accomplie, et son amour à lui était plus accompli aussi. Il voulait être à ses côtés pendant sa grossesse, la naissance de son premier bébé avec le jeune et chic type qu'elle épouserait. Pas un type plus âgé qui aurait roulé sa bosse, couché avec plein de filles et serait sorti de l'université cinq ou dix ans plus tôt, mais quelqu'un de son âge. Comme ces deux personnages d'un roman de Galsworthy, sauf qu'ils étaient cousins, non ? Ils devaient faire attention à ne pas avoir d'enfants. *Ruth. Ravissante et très chère Ruth, tu ne sauras jamais combien ton père t'aime.*

Les larmes aux yeux, une ou deux roulant sur sa joue, il remarqua que le crépuscule se faisait nuit. Les rideaux étaient tirés devant les hublots d'un petit yacht que dépassait le *City of Essex*. Liggett eut faim. Ses pures idées d'amour paternel s'évanouirent. Il se rappela pourquoi il était à bord.

Gloria avait faim, elle aussi. Autre chose la tracassait : depuis qu'elle était à bord du *City of Essex* elle avait envie d'aller aux toilettes et n'osait pas. Certaines toilettes de *speakeasies* sentaient si mauvais qu'y respirer semblait même risqué. Cependant, tous ceux qui fréquentaient un même *speakeasy* faisaient partie d'une grande famille et n'auraient pas eu la méchanceté de se contaminer mutuellement. C'était tout du moins l'impression de Gloria vis-à-vis des toilettes de *speakeasies*, ce qui ne l'empêchait pas de prendre ses précautions. Mais sur ce vieux raffiot, tout semblait si *vieux*. Les toilettes réservées aux femmes (à distinguer des toilettes pour dames du *speakeasy*, du petit coin de l'école, de l'endroit des petites filles de la fête dans un appartement ou du lave-mains du train) étaient assez propres. La vieille Négresse qui en avait la charge vendait des épingles de nourrice. Gloria entra dans une des cabines et ressortit aussitôt. La vieille Négresse la crut sans doute folle, mais peu lui importait ce qu'une Négresse, vieille ou jeune, pensait d'elle. Finalement, après quelques pas de promenade le long des coursives en essayant de « ne pas y penser », elle capitula, alla aux toilettes et en ressortit prête à gambader ou à s'offrir un steak.

Elle découpait son steak quand une femme lui adressa la parole. Gloria était seule à une table de deux, la femme seule à une table de quatre.

« La brise est toujours agréable dans le détroit de Long Island, n'est-ce pas ?

– Oui, n'est-ce pas ? répondit Gloria.

– C'est la première fois que je prends un de ces bateaux, quoique… hé, hé, je suis déjà allée plusieurs fois en Europe. Mais je voulais me rendre compte de ce que valait ce bateau.

– Oui, en effet, fit Gloria.

– C'est ce à quoi je m'attendais. Je me demande où nous sommes actuellement. En avez-vous une idée ? Nous devons avoir déjà passé New Haven. J'ai des amis qui habitent là. Je suis de… Je parie que vous n'êtes pas venue d'aussi loin que moi pour faire ce petit voyage. Vous êtes new-yorkaise, on peut le dire sans risquer de se tromper. »

Gloria faillit répondre : « Vous pouvez le dire à qui vous voudrez », mais elle répondit :

« Oui, de New York.

– Voulez-vous venir vous asseoir à ma table ? J'ai remarqué que nous étions les seules femmes à voyager sans compagnie sur ce bateau.

– Merci. Ça ne vous ennuie pas que je termine d'abord mon steak, pour ne pas avoir à tout déménager ? Je viendrai prendre mon dessert à votre table », dit Gloria en regrettant de ne pas avoir ce je-ne-sais-quoi grâce auquel la plupart de ses amis se débarrassaient des raseurs au lieu de devoir parler avec nervosité sans penser un mot de ce qu'on dit. Elle n'avait pas envie de prendre son dessert avec cette institutrice ou Dieu sait ce qu'elle était.

« Alors, pour simplifier, je viens à votre table. J'ai fini mon repas et je n'ose pas fumer lorsque je suis toute seule. C'est curieux d'être timide comme ça, pas vrai ? Ça ne semble pas convenable, une femme qui fume toute seule au restaurant. Vous êtes d'où ? Mais vous me l'avez dit, de New York. J'aimerais passer quelque temps à New York. Chaque fois que j'y vais, je ne fais que traverser, soit pour aller en Europe, soit au retour d'Europe pour rentrer chez moi. Oh ! vous ai-je brûlée ? » Une étincelle avait jailli de son allumette et atterri sur le poignet de Gloria. « Laissez-moi voir. Non, ce n'est rien. Ça vous brûlera peut-être un peu. Je mettrais quelque chose dessus si j'étais vous. C'est terrible ce que ces allumettes sont mal faites. Sans doute est-ce cet Ivan… Comment s'appelle-t-il, vous savez, le roi des allumettes, un Danois… non, un Suédois… Vous voyez cet homme là-bas avec un cigare ? C'est à cause de lui que je me suis rapprochée de vous. Il est ivre.

– Il n'en a pas l'air, répondit Gloria.

– Si, il est ivre comme un Polonais. Rond comme une bille !

– Rond comme une bille ? Je n'ai jamais entendu cette expression.

– C'est comme ça que nous disons chez nous. Vous ne dites pas ça ?

– Pas ici. Qu'est-ce que ça veut dire ? Pourquoi comme une bille ?

– Je me suis posé la question moi aussi. Sans doute une bille avec laquelle jouent les enfants et qui roule dans tous les sens. Comment dit-on dans votre bande pour les gens qui ont du vent dans les voiles ?

– Je ne fais pas partie d'une bande.

– Je voulais dire, comment disent vos amis ?

– Je crois que vous n'aimeriez pas l'expression qu'ils emploient.

– Vraiment ? Pourquoi ? Est-ce *risqué** ?

– Oui, un peu.

– Dites-le-moi, je ne me formaliserai pas.

– Eh bien, la plupart de mes amis, de mes amis *hommes*, disent : “Je suis plein jusqu'aux couilles”. Et les filles…

* En français dans le texte.

– Oh, vraiment ! Je croyais avoir affaire à une jeune fille convenable. Je me suis trompée… excusez-moi », dit la femme en se levant et en quittant la pièce.

Je l'ai eue, la vieille ! pensa Gloria. *Maintenant, je boirais bien un verre, mais je n'en trouverai pas.* Elle alluma une cigarette, souhaitant que la femme revînt ; elle avait l'air drôle. Enfin, elle sortit. Sur le pont, la radio jouait *Le Vent dans les saules*, un disque de Rudy Vallée, diffusé depuis le Connecticut. Il faisait frais, la nuit était sans lune.

Ce soir-là, Gloria résolut de ne pas regarder les hommes. D'ordinaire, à une fête ou au bal, dans une gare, dans un bistrot, dans la rue, sur un terrain de football, Gloria regardait les hommes. Soit elle fixait un étranger à lui en faire baisser les yeux, d'une manière dont peu d'Américains osent fixer une Américaine, soit elle faisait presque ce que dans les films on qualifie de « *fig bars* », expression qui décrit l'attitude d'un enfant très timide, orteils tournés vers l'intérieur, yeux baissés, et surtout doigt dans la bouche. Gloria pouvait jouer la timide lorsqu'elle le voulait, ce qui arrivait souvent. Elle n'avait jamais pu surmonter sa terreur des foules. Aussi loin qu'elle s'en souvienne. C'était vrai quand elle était enfant, et une fois ça l'avait poussée à faire quelque chose qu'elle regrettait encore. Elle se trouvait à une fête, en compagnie d'un homme et de deux autres couples. Les deux femmes étaient prêtes à se laisser aller mais Gloria fut la première. Ce fut l'une des rares fois dans sa vie où elle fit quelque chose qu'elle s'efforça ensuite obstinément de comprendre. Elle découvrit que c'était surtout pour frimer et que cette volonté venait de son irrépressible timidité – mais ça n'arrangea rien. Elle fut même contente lorsque l'une des femmes qui l'avaient vue, une actrice de second ordre, mourut. Une de moins à l'avoir vue. Elle espéra que l'autre aussi mourrait. Mais elle ne le souhaita pas trop fort, car l'autre femme, pas l'actrice, souhaitait sans doute aussi la mort de Gloria. Et ça ne fit rien pour émousser sa timidité. Ça l'accentua même. Parfois, au moment d'entrer dans un bar, elle se souvenait de cet épisode – et osait à peine entrer. D'autres fois, en passant entre deux rangées de tables, elle détestait sa robe pour la raison même qui faisait qu'elle l'avait choisie : trop décolletée, moulant exagérément ses fesses. Elle se représentait bien leur mouvement pendant qu'elle marchait, comme si chacune était un poing, fermé puis ouvert, au rythme du métronome. Elle le savait parce qu'elle observait les autres filles. Une fille marche dans une pièce, et ses fesses font *tic-toc tic-toc*. Elle le remarque et s'arrête à une table, interrompant le rythme, une fesse en l'air : *tic !* puis elle repart et… *toc !* l'autre fesse, et *tic-toc tic-toc*.

Il faisait noir sur le pont et dans le détroit de Long Island. Les lumières des côtes de Long Island et du Connecticut éclairaient mieux que les lampes bon marché du pont. Gloria demanda à un steward de lui installer une chaise au milieu du pont. Elle ne remarqua personne.

Elle ne vit donc pas Liggett, accoudé au bastingage à tribord, qui regardait Long Island, en admettant qu'il ne faisait que supposer la position du bateau. Mais il se raidit au bruit des talons de Gloria sur le pont. Il savait reconnaître le bruit des talons d'une femme. Il se retourna et vit qu'elle ne regardait pas dans sa direction. Il observa un steward qui lui apportait une chaise. Il se dirigea vers la salle à manger.

Le serveur, un Nègre, parut mécontent de voir entrer un client si tard. Liggett n'était pas d'humeur à s'occuper de l'opinion d'un garçon de restaurant. « Remportez cette soupe, elle est froide ! » dit-il quand on lui apporta le premier plat. Le Nègre marmotta quelque chose. « Quoi ? » s'exclama Liggett si violemment qu'on entendit à peine le « Q ». Alors le maître d'hôtel blanc s'approcha, demanda si quelque chose n'allait pas, et Liggett répondit que non, tout allait bien, merci. Le Nègre prit l'assiette ; le maître d'hôtel le suivit en lui demandant ce qui se passait. Le garçon expliqua que la soupe était froide ; et le maître d'hôtel dit : « Bonté divine, apportez de la soupe *chaude*, et vite. » Le garçon geignait que pas sa faute, faute à chef si soupe froide, et puis il est tard... Liggett se félicita d'avoir ainsi réglé cette affaire, sans s'adresser au maître d'hôtel.

Soudain il se leva. Il ne se sentait pas malade mais ne voulait plus de son dîner. Le maître d'hôtel accourut vers lui :

« Qu'est-ce qui ne va pas, monsieur ?

– Je ne me sens pas bien. Je vais aller prendre l'air. Je ne dînerai pas.

– Je suis navré, monsieur.

– Ce n'est rien », répondit Liggett.

Il remonta sur le pont. Gloria n'était plus sur sa chaise. Elle s'appuyait au bastingage côté bâbord. Il faisait nettement plus froid et les seuls autres passagers sur le pont étaient un Italo-Américain, sa femme et deux enfants. Manifestement le bonhomme voulait en avoir pour son argent d'air marin. La femme et les enfants ensommeillés le regardaient dans l'attente du signal qui les enverrait au lit.

« Bonsoir », dit Liggett.

Gloria se retourna, prête à foudroyer l'importun de son Regard Glacial, mais s'exclama :

« Oh, mon Dieu !

– Surprise ?

– Pas du tout. Et je me demande par quel hasard tu te trouves sur ce bateau.

– Tu ne penses pas que ce soit par hasard ?

– Non ? Mais comment as-tu deviné que j'étais à bord ?

– Je t'ai suivie.

– Oh, comme c'est vulgaire ! Me suivre.

– Il fallait que je te parle.

– Inutile de me suivre. Il suffisait de me téléphoner.

– Je t'aurais manquée, tu es partie de chez toi peu après avoir reçu mon message.

– C'est bien toi qui m'as appelée. Je m'en doutais.

– Oui, c'est moi. Veux-tu t'asseoir ?

– Non, je n'y tiens pas.

– Moi si.

– Tu as peur qu'on nous remarque ensemble ?

– Qui nous verrait ? Ces Italiens ? Nous n'avons vraiment aucune relation commune.

– On ne sait jamais.

– De toute façon, les voilà qui s'en vont. Maintenant, écoute-moi cinq minutes, s'il te plaît.

– Alors je vais m'asseoir, je me sens faible.

– Pourquoi ?

– Ton apparition subite.

– Je suis à bord depuis cinq heures trente.

– Tu me tues.

– Bon ! Asseyons-nous, dit-il. Maintenant, écoute-moi bien…

– Non, je t'en prie, plus de ces formules-là.

– Navré. Comment dois-je commencer ?

– D'abord, comment ça va depuis cette terrible bagarre ? Je te croyais sérieusement blessé.

– J'ai eu quelques côtes fêlées.

– Attention. J'ai connu un jeune homme qui s'était pris un coup à la côte au football, et finalement ça lui a perforé le poumon.

– Tu ne voudrais pas que ça m'arrive ?

– Non. Crois-moi ou non, j'en serais désolée.

– Pourquoi ? Instincts humanitaires ?

– Mieux que ça… ou pire.

– Quoi ?

– Je t'aime.

– Ha, ha ! Je précise que c'est un rire.

– Je m'en doute.

– Qu'est-ce qui te fait penser que tu m'aimes ?

– Je n'en sais rien. Rien ne me le fait penser. Je le sens. Tu n'es pas obligé de me croire, mais c'est vrai.

– Je te demande pardon. Voilà une cigarette.

– Comme c'est charmant ! Cigarettes américaines. Tu auras une belle amende si on te prend à les introduire en douce dans le Massachusetts.

– Ne rigole pas.

– Très bien. »

Liggett essaya de s'emparer de sa main, mais elle la lui refusa.

« Non. Tu voulais me parler, eh bien parle.

– Très bien. D'abord, je ne suis plus avec ma femme. Je préciserai même que j'ai *quitté* ma femme.

– Définitivement ?

– Définitivement ? Oui, bien sûr, définitivement.

– Bien sûr, répéta-t-elle. Au fond, tu ne sais pas du tout si c'est définitif. On devine à ta voix que tu n'y as même pas pensé.

– Non, sans doute. Je n'ai pas calculé en mois, jours et années. Tu as froid ?

– Oui, mais on reste ici.

– Inutile d'être agressive, je ne faisais que demander.

– Désolée.

– Enfin, pour revenir à notre sujet, ma femme et moi, nous nous sommes séparés définitivement. Je lui ai parlé de toi.

– Pourquoi avoir fait ça ?

– Je n'ai pas révélé ton nom.

– Peu importe. Mais pourquoi lui avoir parlé sans me prévenir ?

– Rappelle-toi, je n'en ai pas tellement eu l'occasion.

– Tu aurais dû m'en parler. Tu aurais dû attendre. Pourquoi avoir fait ça ? Je ne suis pas une briseuse de ménages. Tu as des enfants. Il n'y a pas pire malheur que de briser un foyer. Tu aurais dû m'en parler avant.

– Je ne vois pas ce que cela aurait pu changer. Les faits étaient là.

– Quels faits ? Nous avons couché ensemble. Tu le lui as dit ? Tu lui as dit que j'avais couché dans votre appartement ?

– Oui.

– Quel idiot ! Quel affreux idiot ! Oh, oh, oh, Liggett, pourquoi avoir fait ça ? Pauvre homme. Ah, embrasse-moi. »

Il se pencha vers elle, l'embrassa. Elle le prit par le cou et murmura :

« Et qu'as-tu dit encore ?

– Tout, sauf ton nom.

– Et qu'est-ce qu'elle a répondu ?

– Je ne lui ai guère laissé le temps de parler. Je lui ai dit que je t'aimais.

– Bon. Et elle n'a pas demandé mon nom ? Et puis à quoi bon, elle le saura bien assez tôt.

– Même si elle me l'avait demandé, je ne le lui aurais pas dit.

– Elle ne sera pas pressée de l'apprendre. Que va-t-elle faire ?

– Nous n'avons rien conclu. Je l'ai quittée en lui promettant de lui fournir tous les éléments nécessaires au divorce. »

Gloria rit.

« Elle a déjà assez de motifs pour divorcer, je crois.

– C'est exactement ce qu'elle m'a répondu.

– Va-t-elle accepter ton aimable proposition ?

– Je crois que oui ; elle ira à Reno.

– Pourquoi tant de frais ? Divorcez à New York. Je jouerai dans votre procès le rôle de la belle inconnue en négligé de dentelle.

– Non. Mieux vaut Reno.

– Mais on m'a dit que les divorces à Reno coûtaient très cher.

– Elle semble préférer ça, et il en ira selon ses désirs. Je ne me défendrai pas. Je ne demanderai qu'à pouvoir prendre mes filles chez moi de temps en temps.

– Quel âge ont-elles ?

– Ruth, l'aînée, a seize ans ou presque. Barbara, la plus jeune, a deux ans de moins.

– Oui, je me rappelle, tu me l'as déjà dit. Quel malheur pour ces petites ! L'aînée allait faire ses débuts dans le monde.

– Oh, ça m'étonnerait. Ces cérémonies coûtent trop cher. Il y a deux ans nous aurions pu, mais pas cette année ni l'an prochain.

– L'an prochain nous serons en pleine révolution.

– Où as-tu pris des idées pareilles ? La révolution aux États-Unis ? On pourrait avoir un démocrate pour président, mais ce n'est pas une révolution.

– Non, je parle d'une révolution sanglante. On promènera des têtes coupées au bout de piquets, ou de piques, je ne sais pas comment on appelle ça. Ta tête, par exemple. Tous les riches. Ta tête avec un chapeau de paille et un ruban du Racquet Club. C'est comme ça qu'ils sauront quelles têtes couper : celles avec un ruban Dekes, Psi U's, Racquet Club, Squadron A.

– Veux-tu m'épouser ?

– J'essayais de te faire oublier cette idée. Ne te crois pas obligé de me demander en mariage.

– Évidemment. Je ne t'épouserai pas par devoir mais parce que j'en ai envie. *Veux*-tu m'épouser ?

– Oui, mais...

– Il n'y a pas de mais. Si tu veux, nous nous marions. Il n'y a rien d'autre à envisager.

– Au contraire, il y a quantité d'autres choses à envisager, mais ça ne fait rien.

– C'est ce que je voulais dire.

– Non, mais on ne va pas discuter de ça. Oui, je veux t'épouser. Arrange ton divorce et nous nous marierons, et je serai même une bonne épouse.

– Je le sais.

– Pas pour la raison que tu crois. Tu crois qu'après avoir fait les quatre cents coups comme un homme, j'ai envie de me stabiliser. Ce n'est pas pour ça que je serai une bonne épouse.

– Non ?

– Tu te trompes complètement. En réalité, je suis née pour être une bonne épouse, comme ma mère. J'ai réfléchi aujourd'hui à quelle femme merveilleuse elle a été pour mon père, et encore tant d'années après sa mort. Et puis, tu as raison, après avoir mené la vie que j'ai vécue, je me rends compte qu'une femme n'est pas faite pour une telle existence. Tu préférerais que je ne parle pas de mon passé, mais que veux-tu, je ne peux pas le renier.

– Où est ta cabine ?

– Le numéro est sur ma clé. Je n'y suis pas encore allée. Où est la tienne ? Je préfère aller dans la tienne. »

Il lui expliqua comment s'y rendre.

« Je descends, dit-il.

– J'arrive dans cinq minutes. »

Arrivé à sa cabine, il regretta de la recevoir dans un endroit aussi piteux. Son embarras s'accrut encore quand Gloria entra. Il s'assit sur la couchette du bas. Elle se plaça debout devant lui, les deux mains sur la couchette supérieure. Il la prit dans ses bras, à la hauteur des fesses. Elle était là, juste sous ses vêtements, les mains sur la couchette supérieure et prête à faire tout ce qu'il voudrait.

« Non, dit-elle.

– Quoi ?

– Je ne veux pas.

– Mais si, assieds-toi.

– Non, mon chéri. » Mais elle s'assit à côté de lui.

« Qu'est-ce qu'il y a ?

– Je n'en sais rien.

– Si, dis-moi. »

Le regard de Gloria fit le tour de la pièce. Elle secoua la tête d'un air navré.

« Oh, dit-il, mais ce ne sera pas toujours ainsi.

– J'espère bien, mais même pour une fois, ça me ferait horreur.

– Allons dans ta cabine.

– À quoi bon ? Ce ne sera jamais qu'une petite cabine du *City of Essex*.

– Cette nuit seulement. J'ai tellement envie de toi, je t'aime tant, Gloria !

– Moi aussi, je t'aime. Peut-être encore plus. Mais regarde, regarde ce lit, ces draps, épais, lourds. Humides. Froids. Et nous ne pouvons même pas nous tenir debout côte à côte dans cette pièce. Ce serait comme un voyageur de commerce et la femme de chambre de son hôtel.

– Tu n'es pas femme de chambre, je ne suis pas voyageur de commerce. Nous sommes comme mariés. Ce n'est pas la signature d'un tas de papiers qui y changera grand-chose.

– Si. Pas de signer les papiers, mais ce qu'ils signifient. Je vais monter sur le pont pour prendre l'air puis j'irai dans ma cabine. Tu viens ?

– Dans ta cabine ?

– Non, sur le pont. Je ne veux pas coucher avec toi sur ce bateau. Si tu ne veux pas venir, tant pis, mon chéri. Nous nous reverrons demain matin. Aussitôt débarqués, nous irons à l'hôtel et je serai à toi, mais pas ici.

– Hmm.

– Ce n'est pas par scrupule, crois-moi. Mais ces chambres sont si…

– Minables et vulgaires, n'est-ce pas ? Tu es bien placée pour parler ainsi.

– Charmant, vraiment charmant. Bonne nuit. Si tu veux me voir demain matin, à ta disposition. Bonne nuit. »

Il ne répondit pas, et elle partit. Resté seul, il l'exécra pendant un moment car il aurait voulu la posséder dans cette chambre. Cette exiguïté, justement, aurait rendu ça bien, comme dans une boîte. Ça aurait été une nouveauté.

Puis il commença à voir ce qu'elle voulait dire, et regretta ses propos (mais il pouvait encore y remédier). Il voulut la rejoindre pour s'excuser avant qu'elle aille dormir, lui dire qu'elle avait raison. Ce n'était pas la première catin venue, et elle avait bien le droit de refuser de coucher dans un lit pareil. Il enfila son veston et sortit.

Le vacarme du bateau couvrit la démarche lourde de Liggett sur le pont. Il comprit alors à quel point ce ferry était bruyant. D'ordinaire, il faisait beaucoup de bruit en marchant, mais les gros pistons qui entraînaient les roues latérales, les roues elles-mêmes, la proue du *City of Essex* qui fendait l'eau, le vent assez fort venu de la côte… « Jeep », dit-il pour « Jésus », et le vent lui remplit la bouche.

Un pont, deux ponts, et pas de Gloria. Il vit une pancarte accrochée à une corde : « Interdiction aux passagers de circuler sur le pont supérieur après vingt heures. » Voilà où elle était.

Il enjamba la corde qui tenait la pancarte et monta lentement l'escalier. Inutile d'y aller furtivement. Les passagers étaient au lit, et le personnel sans doute aussi.

En haut des marches, il aperçut le sommet de la roue à aubes, la cheminée et quelques manches à air. La mer était d'un noir d'encre, il n'y avait qu'une petite guirlande de lumières sur la côte. Il vit Gloria, du moins le crut-il, assise sur le toit de la salle à manger. Elle tourna la tête et l'aperçut, ses yeux étaient habitués à l'obscurité. Elle se leva et s'enfuit. Puis elle s'arrêta et regarda.

« Oh ! ça va ! » dit-il en redescendant l'escalier. À mi-chemin il entendit, ou crut entendre, un cri aigu. Il se hâta de descendre les dernières marches et entendit, avec certitude cette fois, un deuxième cri. Il regarda dans l'eau juste à temps pour voir Gloria aspirée par la roue. Le bateau s'arrêta.

« Je n'ai rien pu faire », dit Liggett à personne.

10

Les aubes sont très serrées et les roues tournent dans un caisson étroit. Il ne fallut pas moins d'une demi-heure pour ramener sur le pont ce qui restait de Gloria, et personne ne voulait s'en charger. Si elle était tombée en arrière des roues, les remous du *City of Essex* l'auraient rejetée au loin. Mais elle était tombée en avant des roues, où s'exerce une terrible aspiration. Le *City of Essex* aspire continuellement du bois flottant, des chiens crevés et des pelures d'oranges, et parfois, en tournant, les roues rejettent tout ça. Parfois non. Les timoniers avaient entendu le second cri et donné l'ordre de couper les moteurs. Entre-temps, Gloria avait été happée, dans le sens inverse des aiguilles d'une montre. Un long écrasement. Sans doute succomba-t-elle dès que la première aube lui heurta le crâne. Il ne restait plus un os intact sur plus de trente centimètres. Le premier matelot qui entra dans le caisson s'évanouit. Le capitaine du *City of Essex*, Anthony W. Parker, n'avait pas vu une chose semblable depuis l'homme déchiqueté lors de l'explosion de l'*Erma* au large de Nantucket en 1911. Le capitaine Parker supervisa l'extraction du cadavre de la roue. Lui et deux marins pénétrèrent dans le caisson avec une couverture de l'armée. L'un des marins accepta une gorgée de cognac de la flasque du capitaine ; le second allait en prendre une aussi mais estima qu'il travaillerait mieux sans. D'abord ils jetèrent la couverture sur le corps, puis délicatement roulèrent celui-ci à l'intérieur. Le capitaine Parker les aida à porter le cadavre dans la coque.

« Retournez voir si vous pouvez trouver l'autre main, dit le capitaine Parker. Peut-être portait-elle une bague. Il faut découvrir qui elle est. »

Ils ne retrouvèrent pas l'autre main.

« Tenez cette couverture », dit le capitaine Parker lorsqu'un pan retomba. Puis il ordonna à l'équipe de remettre le bateau en marche.

Le chef du personnel envoya chercher une Négresse. D'abord elle hurla et se débattit. Il ne fallut pas moins de cinq minutes pour l'amener à regarder les vêtements de la noyée – qu'on lui montra en remontant un coin de la couverture. Il fallut encore dix minutes supplémentaires pour lui arracher quelques mots, puis enfin elle dit que oui, elle reconnaissait la robe, et donna le numéro de la cabine de Gloria. Le capitaine y envoya quelqu'un qui revint en disant que ça devait être elle, puisque le lit n'était pas défait et que la cabine semblait inoccupée.

« Elle a dû monter à bord exprès pour se suicider », déclara le capitaine Parker.

C'était une sale affaire. Le suicide d'une jeune fille. Probablement enceinte... Il ne douta pas un seul instant du suicide. Une jeune fille de dix-huit à vingt et un ans peut-être, selon le chef du personnel (il s'en souvenait en fait, après la description de la Négresse, et le contrôleur corrobora) ; elle a embarqué, mangé seule, n'a été vue en compagnie de personne. Le capitaine Parker devait rédiger un rapport destiné aux propriétaires, ainsi qu'aux autorités portuaires de New York et du Massachusetts. Sans doute un substitut du procureur viendrait-il fouiller, fouiner et s'agiter, afin de se faire connaître. Pourtant, il s'agissait bien d'un suicide prémédité, aucun doute là-dessus. Pourquoi la malheureuse n'avait-elle pas sauté de la poupe ? Mais quand on veut à ce point mourir... Le capitaine Parker souhaita que la première aube l'eût frappée sur la tête. Sinon elle devait avoir souffert affreusement. Une mort épouvantable. Enfin, les filles tombaient parfois enceintes sans s'être informées de tous les moyens dont elles disposaient désormais pour l'éviter, contrairement à auparavant. Le capitaine Parker se demanda s'il convenait de réciter la prière des morts. Il regarda autour de lui. Non, décidément, ni les hommes ni les officiers ne l'approuveraient. Fanchette, un matelot de Pawtucket, avait fait le signe de croix en voyant le corps. C'était suffisant. Si la famille y tenait, elle pourrait commander un service religieux et prier tant qu'elle voudrait.

Le *City of Essex* avait repris sa route et arriva à bon port le lendemain matin. On demanda aux passagers leurs noms et adresses avant de débarquer. Pour la plupart, ce voyage était habituel et beaucoup ne s'aperçurent de rien. Pris de panique, Liggett faillit oublier qu'il voyageait sous le nom de Walter Little. Il héla un taxi sur le quai de débarquement, se fit conduire à la gare et retourna vers New York par le premier train.

11

Le trajet jusqu'à New York ne recelait aucun mystère pour Liggett – il l'avait fait pendant ses années d'école préparatoire, à l'université, à Harvard, en permission pendant la guerre, et pour voir Emily à Hyannisport. Mais il ne quitta pas des yeux le paysage, avec ou sans mystère. Lorsqu'un homme vit intensément et qu'il est malheureux, vient un moment où sa vie se charge d'un secret si obscène qu'il sait qu'il ne s'en débarrassera jamais. (Shakespeare le savait et essaya de le dire, mais il le fit aussi mal que les autres : tous les parfums d'Arabie évoquent les parfums d'Arabie, et rien de plus. C'est le problème des métaphores lorsqu'il s'agit de comportement humain. Les gens ne sont pas des bateaux ni des pièces d'un jeu d'échecs, des fleurs, des chevaux de course, des tableaux, des bouteilles de champagne, des excréments, des instruments de musique, ni rien d'autre, ils sont seulement des gens. Les métaphores conviennent pour donner une idée.)

Liggett croyait savoir ce qui était arrivé et il se traitait d'assassin. Puis il cessa de se traiter ainsi parce qu'il constata que l'idée d'être un assassin ne lui déplaisait pas tellement, et ce n'était pas le moment d'aimer ce dont vous vous traitiez. Un assassin est un homme vêtu d'une cape noire qui jaillit soudain de sa loge à l'Opéra, pistolet au poing[1], un homme armé d'un .38 automatique dont la femme est infidèle, un coureur des *sierras* en poncho avec une carabine Marlin. Difficile de sortir de vos représentations

1. Allusion à l'assassinat de Lincoln.

enfantines, quand on vous apprend qu'un assassin est un noble criminel. Il faut le désapprendre. Liggett avait assisté à un assassinat au cours de sa vie. En France. Il avait vu tuer bien des hommes, plusieurs à l'arme blanche, mais il n'avait assisté qu'à un seul assassinat. Un de ses soldats venait d'acculer un Allemand contre le bord de la tranchée, l'ennemi allait tomber ; s'il avait eu les mains libres, il aurait certainement levé les bras. L'Américain avait le dessus et pouvait le maîtriser aisément, mais un sergent approcha et, prenant son temps, tira deux coups de revolver dans l'oreille de l'Allemand. C'était un assassinat, et ce sergent était un assassin ; il appartenait à la grande famille des tueurs et non à celle des soldats. Les gangsters étaient aussi des meurtriers.

Tout cela était condamnable, mais ces criminels étaient liés d'une manière ou d'une autre à l'Histoire. Son crime, non. Et il espérait que ce ne serait jamais le cas. Il haïssait ce secret, qu'il ne voulait partager avec personne. Pourtant, il se penchait en avant comme pour hâter le train afin d'aller se confesser plus vite à Emily.

Il ne lui restait plus qu'Emily. Avant, il n'y avait qu'Emily et, désormais, il n'y aurait qu'Emily. Ces pensées défilaient dans sa tête, comme cela arrive dans les trains. Une pensée réconfortante vous vient et s'accroche à votre esprit, pendant que le bruit rythmé des roues, surtout sur des lignes aux rails légers de quatre-vingt-dix livres, vous berce jusqu'à sombrer dans le sommeil les yeux ouverts ; une pensée s'accroche à votre esprit puis disparaît, supplantée par une autre.

Ainsi, penser à Emily lui rappelait ce qui était arrivé la veille au soir. Il revoyait tout, et même ce qu'il avait raté. Quand Gloria s'était enfuie, et qu'il l'avait appelée, il croyait qu'elle entendait sa colère mais pas ce qu'il disait, et elle s'était à nouveau enfuie lorsqu'il avait dit : « Oh ! ça va ! » Elle se dirigeait vers l'échelle sur bâbord, derrière les roues à aubes, espérant lui échapper en la descendant rapidement. Mais dans l'obscurité et à cause du roulis du navire, elle percuta le bastingage très bas sur le pont supérieur du *City of Essex*. Elle avait dû le heurter au genou ou juste en dessous. Le choc avait fait basculer la partie supérieure de son corps et elle était tombée à l'eau. Puis elle avait crié, et crié une seconde fois, et lui avait su qu'il ne pourrait pas la sauver – il l'avait su une fraction de seconde après avoir compris ce qui s'était produit. Il n'aurait pu que mourir avec elle.

Il avouerait tout à Emily. Oui, il redoutait l'idée de ne pas tout lui avouer. Si Emily lui conseillait d'aller se dénoncer à la police, il le ferait. Mais cela dépendrait uniquement d'Emily. Et Liggett souhaitait qu'elle ne lui donnât pas un tel conseil.

À la gare centrale, il traversa les couloirs et gravit les escaliers jusqu'au Biltmore, prit sa clé, monta dans sa chambre, redescendit, paya sa note et retourna à la gare. Il donna sa valise à un porteur (il ne voulait pas qu'on le voie la porter) pour la faire déposer à la consigne. Il acheta des journaux, Gloria faisait la une du *Journal*, du *Telegram* – le *World Telegram*, comme ils l'appelaient désormais, qui semblait être sorti durant une grève des imprimeurs. Rien dans l'*Evening Post*, le journal que lisait Emily. Dans le *Journal*, une manchette :

MORT MYSTÉRIEUSE D'UNE JEUNE NEW-YORKAISE DANS LE DÉTROIT DE LONG ISLAND.

Les journaux laissaient planer le mystère sur la mort de la jolie Gloria Wandrous, une brunette de dix-huit ans tombée du *City of Essex*. Elle avait été identifiée grâce à ses vêtements !

Liggett n'en lut pas davantage. Et qu'était-il advenu du manteau d'Emily ? Où pouvait-il bien être ? Si Gloria l'avait emporté chez elle, il serait facile de le retrouver. Sans doute Emily avait-elle porté plainte maintenant et, au cours de l'enquête, les policiers reconnaîtraient ce manteau chez la jolie brunette de dix-huit ans. Ils le porteraient à Emily. Elle ne serait pas inquiétée, mais où était son mari la nuit du drame ? Que faisait ce manteau dans la maison ou l'appartement de Mlle Wandrous ? Connaissait-elle Mlle Wandrous ? Était-elle au courant des relations que son mari entretenait avec elle ? Essaierait-elle de couvrir son mari dans cette affaire ? Où était donc ce dernier la nuit du drame ? Et le flic qui avait passé Liggett à tabac dans le *speakeasy* ? Il ferait un rapport. Le barman lirait les journaux et en parlerait au flic, et le flic raconterait que cette fille avait eu des problèmes avec un type le mardi précédant son suicide – *s'il s'agissait bien d'un suicide*. Et ces gens au *speakeasy*, la nuit où il s'était présenté à Gloria ? Le genre qui se repaît des ragots dès qu'il y a un scandale. « Vous avez lu le journal ? Cette pauvre petite Gloria. Gloria Wandrous ? Oui. Oh, oui. Nous étions avec elle, l'autre jour, chez Duilio. Avec ce type, vous savez… Weston Liggett. Mon Dieu, quel malheur ! Pauvre gosse. Il m'a semblé qu'elle avait le béguin pour cet homme. » Et il y avait ce garçon, Brunner. Gloria prétendait que c'était seulement un ami. Mais vu les circonstances, un ami pourrait être plus dangereux qu'un amoureux. Sans doute les amants de Gloria étaient-ils surtout préoccupés aujourd'hui de se préparer un alibi ou de passer inaperçus. Mais pas un ami. Liggett arriva chez lui.

Il avait encore la clé. La bonne répondit à ses questions : non, personne ne l'avait appelé au téléphone, personne ne lui avait rendu visite. Oui, Mme Liggett était sortie et rentrerait vers trois heures, elle avait des courses à faire.

Liggett se prépara un cocktail qu'il ne put avaler et but plusieurs verres d'eau en fumant sans arrêt. Enfin il s'assit et écrivit un message pour sa femme.

« Emily, je te prie de me rejoindre au 21 à quatre heures. Il s'agit d'une affaire extrêmement grave. Je te supplie de venir. W. »

Puis il téléphona à Lockheed, son suppléant au bureau, et lui dit qu'il avait été malade – « Entre nous, je me suis pris ma cuite semestrielle » – et Lockheed lui répondit que tout allait bien, pas de message important, il enverrait des offres concernant le boulot à Brooklyn, pour approbation de Liggett, mais il semblerait que le vieux John McCooey ne signerait pas le contrat car il s'était froissé au sujet de…

Liggett eut une idée. Il irait trouver Brunner et lui demanderait sans détour s'il savait où se trouvait le manteau. Brunner devait être au courant de l'affaire du manteau car Gloria, regrettant de l'avoir embarqué, avait dû en parler à son ami. Liggett croyait que Brunner n'était qu'un ami. D'ailleurs, ne l'avait-il pas vu en compagnie d'une fille, l'autre nuit ? Pas mal, en plus. S'il avait été l'amant de Gloria, il ne lui aurait pas amené une jolie fille. Enfin, Liggett prévoyait de dire à Brunner qu'il avait appris par le journal le décès de Gloria, et qu'il en était désespéré – il l'aimait tellement. Peut-être irait-il jusqu'à lui confier qu'ils étaient décidés à se marier, mais il faudrait se montrer prudent. Maintenant qu'elle était morte, inutile de se créer trop de problèmes. S'il savait comment récupérer le manteau ou bien où il était… voilà certainement ce qu'aurait voulu Gloria.

Liggett trouva l'adresse dans l'annuaire, et s'y rendit par le métro et à pied. Brunner, Dieu merci, était là. Il reconnut Liggett, ce qui rassura ce dernier mais l'embêta aussi un peu.

« Monsieur Brunner, je ne sais pas si vous vous souvenez de moi, dit-il.

– Mais certainement, monsieur Liggett, que puis-je pour vous ?

– Eh bien… Non merci, j'ai trop fumé toute la journée. Peut-être devinez-vous pourquoi je suis venu ?

– Sans doute s'agit-il de Gloria. Vous savez ce qui…

– Je viens de le lire dans les journaux, répondit Liggett. Je ne sais pas par où commencer. Vous étiez son meilleur ami, m'avait-elle dit.

– En effet.

– Est-ce qu'elle vous avait parlé de nos projets ?

– Je sais qu'elle était votre maîtresse depuis peu », dit Eddie en se levant, puis il ajouta : « Dites-moi si vous êtes venu pour cette saleté de manteau ; il est ici, prenez-le et emportez-le. Je ne veux pas vous voir venir avec un air navré et vos craintes d'être mêlé à un scandale public. Vous voulez votre manteau, prenez-le. Je n'en veux pas. D'ailleurs elle n'en voulait pas non plus. Si vous n'aviez pas déchiré sa robe, elle ne l'aurait pas pris. C'est des types comme vous qui l'ont poussée à faire ce qu'elle a fait. Je ne serais pas étonné d'apprendre que vous étiez le véritable… »

La sonnette de la porte retentit.

« Qui est-ce ?

– Probablement un de mes amis », répondit Eddie en appuyant sur le bouton d'ouverture avant d'aller regarder dans la cage d'escalier et de demander : « Qui est-ce ?

– Monsieur Brunner ? Je m'appelle Malloy. Je voudrais vous parler. Pouvez-vous m'accorder quelques minutes… ?

– Pourquoi ? Qu'est-ce que vous voulez ? Oh, c'est *vous.*

– Je pense que je vais y aller, dit Liggett.

– Très bien… fit Eddie. Alors, je vous enverrai ces croquis. Chez vous ou à votre bureau ?

– Heu… à la maison, si ça ne vous dérange pas, répondit Liggett.

– Ça ne me dérange pas plus de les envoyer chez vous qu'à votre bureau. Au revoir, monsieur.

– Puis-je entrer ? demanda Malloy.

– Si vous ne venez pas jouer les terreurs.

– Oh, je me souviens de vous.

– Ouais, vous devriez, dit Eddie. Qu'est-ce que vous voulez ? Vous cherchez un pianiste ?

– Non. Je suis venu pour affaires. Je suis reporter au *Herald Tribune.*

– Ah ?

– C'est un gagne-pain. Ou c'en était un jusqu'à aujourd'hui. C'est probablement la dernière fois que je représente ce journal, alors donnez-moi un coup de main, voulez-vous ? Je me suis soûlé hier, en suivant l'affaire Crowley. Jésus, ils ont démoli la maison ! Vous êtes au courant ?

– Je n'ai pas encore eu le temps d'acheter le journal.

– Vous savez, Two-Gun Crowley ; ils l'ont eu hier. Toute la police de la ville l'assiégeait dans une maison de la 90e Rue Ouest. Crowley, un autre gars et sa poule.

– Alors, ils l'ont descendu ?

– Non, pas lui, mais il va bientôt griller. Quiconque tue un flic passe sur la chaise, aussi sûr que deux et deux font quatre. Et moi, quand une affaire m'exalte comme ça, je me soûle. Je leur ai dit que j'avais pris des gaz lacrymogènes mais je ne m'en suis pas tiré comme ça.

– Dites-m'en donc un peu plus sur vous, monsieur.

– Non, pas maintenant. Plus tard. Demain, peut-être. Je suis venu à propos de cette Gloria Wandrous. Vous étiez un bon ami à elle, pas vrai ? Vous étiez copains ?

– Pas comme vous l'entendez.

– Bon, c'est ce que je voulais savoir. Mais elle avait des amants. Qui ? C'est ça qui m'intéresse, je n'écris pas l'article. Je suis juste ce qu'on appelle un dénicheur d'infos. Moi, dénicheur d'informations, Seigneur ! *J'écris.* Je ne suis pas un dénicheur.

– Vous êtes un artiste.

– C'est ça, à ma manière. Vous aussi. Vous vous prenez probablement pour un excellent artiste peintre, un autre George Luks ou, euh, un Picasso, les deux seuls que je connaisse.

– Bon allez, mon gars…

– Alors quand avez-vous vu Mlle Wandrous pour la dernière fois ?

– Il y a une semaine. Non, dimanche soir.

– Hm, c'est curieux. Alors ce n'est pas vous qui déjeuniez avec elle hier au Brevoort ? Elle est partie la première et vous auriez pris un autobus. Mais si vous le dites…

– Vous allez écrire ça dans votre journal ?

– Ma foi, je suis reporter.

– Alors, tâchez de ne pas vous tromper.

– Comment ne pas me tromper si vous me cachez la vérité ? C'est la première fois que vous avez affaire à un reporter ? Faites attention : d'ici quelques minutes, toute la meute va arriver ici. Mon journal n'est pas une feuille à scandales, il vaut donc mieux me dire la vérité. Si vous vous confiez à moi, on publiera un article véridique. Mais si vous racontez des mensonges aux types des tabloïds, ils vont vous coincer. Ce sont de vrais reporters. Pas moi. Je suis le genre de reporter à vouloir être critique dramatique, mais ces vaches-là vont tout mettre sens dessus dessous chez vous.

– Et où sera la police pendant ce temps ?

– Dehors, sur le trottoir pour vous empêcher de vous échapper. Il y a un gars dans cette histoire, né dans le quartier, qui connaît tous les tenants et les aboutissants. Dites-moi la vérité et je vous emmène loin d'ici. Semblait-elle déprimée quand vous l'avez vue hier ?

– Oui.

– Pourquoi ?

– Elle ne me l'a pas dit. J'ai cru que c'était une fièvre de printemps.

– Elle ne vous a pas dit pourquoi elle se sentait si déprimée ?

– Rien.

– Était-elle enceinte ?

– Attention !

– Elle avait un chagrin d'amour ? Elle fréquentait du monde, je crois. Mais qui plus particulièrement ?

– Personne que je connaisse.

– Était-elle mariée ?

– Non, j'en suis sûr.

– Et maintenant, une question qui ne va pas vous plaire. C'est vrai qu'elle se droguait ?

– Non. Pas depuis que je la connaissais.

– Ça fait combien de temps ?

– Deux ans.

– Elle ne vous avouait pas tout. Elle prenait des drogues, c'est connu. Et comment s'entendait-elle avec sa mère et son oncle ? Avec son oncle surtout ?

– Je crois qu'elle s'entendait bien avec ses parents. Son oncle lui donnait beaucoup d'argent, enfin autant que ses moyens le lui permettaient. Il lui versait une mensualité convenable. Elle était toujours bien habillée. C'est tout ce que je sais.

– Encore une question : est-ce qu'elle vous avait déjà parlé de suicide ?

– Bien sûr, comme tout le monde ; moi aussi j'en parle, et même vous, ça doit vous arriver.

– Mais elle ne vous a pas parlé de sauter d'un bateau ? Hier au déjeuner, ou un autre jour ? Je voudrais savoir si elle y pensait depuis longtemps.

– Non, je ne dirais pas cela.

– C'est ce que je pense aussi. Toute cette histoire est bien étrange. J'ai lu assez de romans policiers pour savoir qu'une jolie fille ne fait pas sa valise comme Gloria pour aller se tuer. C'était un voyage d'amour, si ça ne vous embête pas que je m'exprime ainsi. Encore une question, monsieur Brunner.

– Vous l'avez déjà dit il y a une minute.

– C'est important. Je veux vous montrer que je ne suis pas un idiot fini. Avez-vous parlé à sa famille depuis hier ?

– Non, j'ai essayé par téléphone mais ça ne répondait pas. Ils ont sans doute fait…

– … débrancher leur appareil. Je pensais bien que vous diriez ça. Le vôtre aussi est débranché. Et vous n'êtes pas sorti chercher les journaux. Alors qui vous a mis au courant ?

– Mais dites donc, vous n'êtes pas en train d'essayer…

– Non. Mais je veux vous donner un exemple de la manière dont s'y prennent mes collègues. Et vous en auriez cinquante sur le dos.

– En tout cas mon téléphone n'est pas débranché. Vous vous trompez.

– Et vous, vous mentez. Mais ne vous inquiétez pas, je ne vous crois pas coupable. Allez, venez, que je vous mette à l'abri des loups.

– Vous croyez vraiment qu'ils rentreraient de force dans mon appartement ?

– Oh, probablement pas. Je vous emmène juste pour me montrer amical. Vous ne les intéressez pas tellement. Ils cherchent un type plus âgé. C'est tout ce que je sais de lui, et tout ce qu'eux savent. Mais il a joué un grand rôle dans la vie de Gloria. Un très grand rôle, même. Alors, vous venez ?

– J'arrive.

– On va boire un coup. Grands dieux, mon gars, vous ne pensez quand même pas que j'aime ça, n'est-ce pas ? Est-ce que vous avez entendu les nouveaux disques de Louis Armstrong ?

– Non, pas récemment. Et votre jolie petite pianiste, qu'est-elle devenue ?

– Mariée. C'est ce que nous devrions tous faire. Vous aussi.

– Ça ne va pas tarder en ce qui me concerne.

– J'ai presque terminé un roman. D'abord, je le finis pour toucher mon argent puis je me mets au vert pendant trois mois. Fermez quand même vos fenêtres, juste au cas où. »

12

« Je prépare un article sur la presse new-yorkaise, dit Joab Ellery Reddington. Voudriez-vous me mettre de côté un exemplaire de tout ce que vous recevrez ? Tous les jours.

– Mais certainement, monsieur. Nous ne recevons pas tous les journaux, mais si vous me dites pendant combien de temps vous désirez les recevoir, je les commanderai.

– Un mois. Je vous paie chaque jour ?

– Très bien », répondit le marchand de journaux.

Et depuis, chaque après-midi, le Dr Reddington quittait son bureau installé dans les bâtiments du lycée et se rendait au kiosque de la gare avant de rentrer chez lui. Il pliait les journaux de telle sorte que seule apparaissait la page financière, et lisait tout ce qui concernait l'affaire Wandrous. Tremblant de peur, il observa le début, le développement et le déclin des allusions à un homme plus âgé, d'âge moyen, d'un certain âge. Le Dr Reddington avait toujours l'argent avec lequel il allait payer Gloria pour qu'elle ne mentionne jamais son nom. Il gardait cet argent sur lui, tout le temps, au cas où quelqu'un viendrait le chercher. Il ne savait pas où il partirait, mais il partirait quelque part. Puis un, deux et finalement tous les journaux décrivirent un homme. Un commandant d'artillerie pendant la guerre, dont la police ne voulait pas divulguer le nom. La police, d'ailleurs, en avait par-dessus la tête de l'affaire Wandrous et l'aurait classée si un tabloïd ne s'était pas acharné dessus. La police déclara qu'elle voulait seulement poser quelques questions à ce commandant.

Enfin, la police annonça que ce commandant était mort en 1925 d'une crise cardiaque dans un train entre Saint Louis et Chicago. Son corps incinéré reposait au columbarium de cette ville. Par la suite, le Dr Reddington continua à lire les journaux de New York mais on n'y parlait plus d'un homme d'âge mûr. Fin août, le Dr Reddington cessa de lire les journaux et rejoignit sa famille, qui passait les vacances dans le New Hampshire. Les Reddington descendaient toujours dans les hôtels où il n'était pas permis aux femmes de fumer en public.

RÉALISATION : NORD COMPO À VILLENEUVE-D'ASCQ
ACHEVÉ D'IMPRIMER SUR ROTO-PAGE
PAR L'IMPRIMERIE FLOCH À MAYENNE
DÉPÔT LÉGAL : JUIN 2020. N° 1500 (96158)
IMPRIMÉ EN FRANCE